JN032949

# 結婚相手は、情熱的すぎる紳士でした

# 目次

# 結婚相手は、情熱的すぎる紳士でした

# 第1章　望まぬ結婚

「――お兄様？　今、なんておっしゃったの……？」

オーリク伯爵邸のとある朝。

食事の席で、ヴィオレッタは長兄のアンソニーを愕然と見つめ返した。

兄は食後のワインを持ったまま冷ややかな薄青の瞳でヴィオレッタを睨み、ため息をつく。

「何度も言わせるな。お前の嫁ぎ先が決まった、と言ったのだ」

「で、ですが、私は――」

結婚してはならないのだ、と言おうとしてヴィオレッタは口を噤んだ。

兄の怒気に身が竦んだこともその理由の一つだが、もし本当のことを言ったとしても、鼻で笑われるか、【悪魔憑き】として生涯、どこぞの地下牢に幽閉されるだろうと思ったからだ。

後者のほうが可能性は高く、ヴィオレッタは己をそんな窮地に追いやるほど愚かではなかった。

――この世界には、【悪魔憑き】と呼ばれる者がいる。

貴族は皆、人生に三度の洗礼を受けるが、【悪魔憑き】であった場合はそれを通過できず、地下や牢に幽閉されることになるらしい。細かいことは世間に公表されていないうえ、貴族らは【悪魔憑き】を穢らわしい者として扱うため、ヴィオレッタも詳しくは知らない。

しかし、この世には確かに【悪魔憑き】と呼ばれる者がいて、その烙印を押されたが最後、どれだけ優れた者であっても表舞台から消されてしまう。

ヴィオレッタは十七歳の成人の際に、三度目の洗礼を無事に終えていた。

(だから安心していたけれど、先日、洗礼後に【悪魔憑き】と判定された方が現れたと聞いたわ)

その症状が顕著ではない場合、また、徐々に進行していくタイプの場合もあるため、必ずしも三度目を過ぎたら安心というわけではないのだ。

(……いっそのこと、本当のことを話してみる?)

自分がなぜ結婚してはならないのか、その理由を。

そう考えて、そうそうに諦めた。

もしここで理由を話せば、【悪魔憑き】として生涯、幽閉されるに違いない——

黙りこんだヴィオレッタを鼻で笑い、アンソニーが続ける。

「お前は我がオーリク伯爵家に生まれたのだ。『結婚したくない、いい』などという我儘がまかり通るものか」

「したくないものは、したくないのです！」

(なんとしても阻止しなければ)

強い気持ちで言い返しながら、ヴィオレッタは椅子から立ち上がった。

到底淑女らしくない大声をあげた彼女に、アンソニーはやや気圧された様子を見せる。

彼女はこれまで、こんなふうに声を荒らげたことがなかったのだ。裏を返せば、それほど結婚したくないのだが、妹に言い返された彼はぽかんとしたのち、顔を真っ赤にする。

(あ、しまった)

慌てていたとはいえ、言い返すのはまずかった。しかし、後悔しても遅い。

「私はオーリク伯爵家のために言っているのだ!」

アンソニーが怒声をあげる。妹の態度を窘めなければと考えるよりも、怒りの感情が上回ったらしい。ヴィオレッタは助けを求めて視線を彷徨わせた。

同じ食卓についているアンソニーの妻メリッサは、夫の言葉は正しいとばかりにふんぞり返っている。ヴィオレッタの妹のソフィは意地の悪そうな表情でほくそ笑んでいた。

ドアの側に立つ使用人二人は、素知らぬ顔だ。

予想していたことだが、ヴィオレッタに救いの手を差し伸べようとする者はいない。

「大体、お前が嫁がねば、ソフィの縁談はどうするというのだ! お前は妹が可愛くないのか!」

「それは……」

貴族の結婚は、年功序列という暗黙の了解がある。特に女性の場合、姉から順番に嫁がなければならない。もし先に妹が嫁げば未婚の姉は傷物ではないかと邪推され、先に嫁いだ妹のほうも貴族のマナーを知らない恥晒しだと誹謗される。

何かしらの事情で嫁げない場合は、家庭教師として働いたり修道女になったりと、今後の人生を決めなければならない。

爵位が高い貴族ほどそういった暗黙の了解を守るため、このままではソフィに求婚したい貴族たちが足踏みすることになる。

ヴィオレッタはそっとソフィを見た。

波打つ淡い金髪を持つ彼女は、ヴィオレッタに対する嘲笑を押し隠しながら、おっとりとアーモンド色の瞳を細めて微笑んでいる。長い睫毛に縁取られた瞳は無邪気さを宿し、可憐さをぎゅっと詰めこんだ宝石のようにキラキラとしていた。

今年十七歳になったソフィは、結婚適齢期だ。昨年の社交界デビューと同時に、彼女の美しさは瞬く間に貴族たちに広がり、今や社交界の花と言われている。

彼女は男性と談笑するとき、己の可憐さを最大限に引き出す口調や素振りをしつつ、相手をたてていた。ソフィほどの美女とのそんなふうな楽しい語らいを経験した男性は皆、彼女に夢中になる。

つまり、ソフィは引く手数多の美女であり、今は少しでもよい相手を見つけるための重要な時期なのだ。未婚の姉の存在は邪魔でしかない。

ソフィの縁談がなかなか纏まらないのは、どう考えてもヴィオレッタに非があった。

「何を黙っているの？」

口をひらいたのは、アンソニーの妻メリッサだ。

彼女は優雅さのなかに僅かな嫌悪を混ぜながら、ヴィオレッタに向けた笑みを深めた。

「ヴィオレッタ、あなただってソフィが可愛いでしょう？」

「も、勿論です。メリッサお義姉様」

「だったら今すぐにでも嫁ぐべきよ。まったく、ソフィと同じなのは髪の色だけね。なぜこうも器量が悪いのかしら」

ヴィオレッタはぐっと拳を握りしめる。メリッサの言うように、ヴィオレッタも淡い金髪だ。ソフィほど艶やかな輝きはないが、陽光に当たると透けて見えるところが気に入っていた。

視線を下げグラスに映る自分の顔を見る。両親が美しいと褒めてくれたブルースピネルの瞳がこちらを見つめ返していた。

(私だって、嫁ぎたいわ)

ヴィオレッタ自身は、心から結婚したい。ものすごくしたい。

たとえ政略結婚であったとしても、相手の男性を愛して、いずれ生まれてくるだろう子どもを自分の手で育てたい――

そこでメリッサがこれ見よがしにため息をつく。

「あなたが嫁ぎ遅れてしまったのは、義父様たちが甘やかしてきたせいね」

「まったくだ。父上と母上はお前を甘やかしすぎだ」

「そんなこと……!」

咄嗟にヴィオレッタは声をあげた。

両親は何度も結婚するよう説得したが、それを突っぱねたのは自分だ。両親と繰り返し話し合った結果、いずれ親戚筋に家庭教師として雇ってもらおうと教養を深めている最中なのである。

しかし、その両親は三ヶ月前に馬車の事故で亡くなっていた。

伯爵位を継いだのは、長兄のアンソニーだ。両親の死の悲しみも癒えないうちに、野心家な彼は家の地位を上げようと動き出したのである。結婚適齢期を過ぎてしまったヴィオレッタをいつまでも実家に住まわせておくのは邪魔でしかないのだろう。

(仕方がないわ。お兄様とお義姉様はとてもお忙しいし……いきなり爵位を継いだことで、苦労なさっているのも知っているもの)

ヴィオレッタは思いきって顔を上げた。

「でしたら、家を出ていきます。私、家庭教師として働けるように、教養を身につけておりました。お父様とお母様とも、そのように――」

「みっともないことを言うな！」

アンソニーの一喝に、ヴィオレッタの喉からヒッと悲鳴が漏れる。

「オーリク伯爵家の名を堕とすつもりか！」

「そ、そんなことは……」

ありません、と答えた声は自分の耳にも聞こえないほどか細い。

下級貴族が生活に困り、働きに出るのは間々あることだ。加えて、家庭教師の職を選ぶ未婚の者は、結婚できない理由があるともされる。

兄が頷くはずがなかったと、ヴィオレッタは反省した。

「落ち着いてくださいまし、アンソニー様。義妹が落ちこんでおりますわ。我が身の浅はかさを悔いているのでしょう。……ヴィオレッタ、あなたは夜会でも壁の花でしたわね」

メリッサの言葉に、「はい」と頷く。

王都で暮らす貴族の義務として、参加しなければならないパーティがいくつかある。王家主催のものや公爵家主催のもの、また、派閥の結束を確かめるものなどがそうだ。

それらは結婚相手を探す場でもあるため、ヴィオレッタは参加するたびに壁に同化するよう身を潜め、誰とも多くは話さないようにしていた。愛想のない「はい」か「いいえ」しか答えない娘を相手にする男性はおらず、彼女は今なお、一度も求婚されたことがない。

メリッサが頬に手を当てて小さく息をつく。

「夜会では壁の花で、まともに人と話せない。そんなあなたを受け入れてくださる相手を、アンソニー様が探してきてくださったのよ。お礼を言うべきではなくて？」

「さすがお兄様ですわね。お姉様もこれで幸せになれますわ」

その言葉に、ソフィが朗らかな笑顔で追随した。純粋無垢に見えるが、その瞳にはヴィオレッタを見下す色が浮かんでいる。そのことに、アンソニーたちは気付かない。

「ソフィ、お前は本当に姉思いだな」

「あなたのような義妹を持てて、わたくしは幸せだわ」

兄夫婦はソフィを褒め、彼女は「お姉様のためだもの」と控えめに答えた。

彼らのやり取りに思うところがないわけではないが、ヴィオレッタがいるせいでソフィに求婚したい貴族たちが足踏みしているのは事実。メリッサの言葉は間違っておらず、世間から見ればヴィオレッタはどうしようもない我儘令嬢なのだろう。

（でも、結婚したら相手の男性を巻きこんでしまう）

ヴィオレッタは【悪魔憑き】ではないが、呪いに似た【契約】をその身に宿している。

意を決して、彼女は口をひらいた。

「あの、でしたら修道女になります」

恐る恐る、だがきっぱりと言うと、アンソニーが目を吊り上げる。

「いい加減にしろ！　私が頷くと思ったのか!?」

そう吐き捨てた。

貴族の娘が修道女になる理由は様々だが、未婚で子を孕んだとか、事件を起こしたとか、決して褒められたものではないことが多い。

これは父の前オーリク伯爵からも聞かされていたので望み薄なのはわかっていたが、どうしても提案せずにはいられなかったのである。

「とにかくお前の結婚は決定だ。荷物を纏めておけ、明後日には送り出す」

ヴィオレッタは息を呑んだ。明後日は、いくらなんでも早すぎる。

（そんな。もう、そこまで話が進んでいるだなんて……！）

すでに結婚が決定している状態で断るとなれば、オーリク伯爵家の名に泥を塗るようなものだ。元よりアンソニーに背くことなどできないとはいえ、結婚からいよいよ逃れられなくなった。

一瞬、屋敷を出ていこうかという考えが過る。

（いいえ、駄目よ。そんなことをしたら、皆に迷惑がかかってしまう）

今でこそあまりヴィオレッタに好意的ではないアンソニーとソフィだが、幼い頃はそうでもなかった。一緒に遊んだり買い物をしたり、そういった兄妹らしい楽しい記憶は今でもヴィオレッタの宝物である。

ヴィオレッタはぎゅっとドレスの裾を握りしめた。

（……嫁いだとしても、相手の方を愛さなければいいのよ）

結婚や温かな家庭への憧れを胸の奥に隠して、そう自分に言い聞かせる。

そもそも、結婚適齢期を過ぎようとしている女を娶ろうという者など、何か魂胆があるか、訳ありに決まっていた。そんな相手と愛を通わせられるはずがない。

そう考えるとほんの少し気が楽になって、彼女は力を抜いて椅子に腰を下ろす。

「先程のご無礼をお許しください。お兄様のおっしゃる通り、結婚いたします」

途端に、メリッサが満足そうに笑い、ソフィがにやにやと嫌味な笑みを浮かべた。アンソニーはそんな二人の様子には気付かないまま、当然だと頷く。

兄の怒りはひとまず収まったようだ。

「お姉様、どなたに嫁ぐか、尋ねなくていいの？」

ソフィの軽やかな可愛らしい声が響いて、それまで張り詰めていた場に柔らかな空気が戻る。

しかし、妹の表情に潜む意地の悪さに、ヴィオレッタは気付いた。恐る恐るアンソニーに尋ねる。

「どなたのもとに嫁ぐことになっているのですか？」

「アベラール公爵の兄に当たる、エリク・アベラール殿だ」

ヴィオレッタは身体を強張らせた。

その名前は聞いたことがある。

アベラール家に生まれた【悪魔憑き】で、幼少期から地方の塔に幽閉されているという。本来ならば、アベラール公爵家の嫡男として爵位を継ぐべき立場だったのに、【悪魔憑き】であったがために、生涯閉じこめられることになった人物だ。

アベラール公爵家が名家中の名家であること。また地下牢や屋敷ではなく、地方の森のなかにある塔に幽閉されていること。さらに、幽閉されてから五十年以上が経過していること。

それらの事実が、エリク・アベラールについての噂に拍車をかけていた。

彼は人の血を啜る化け物で見た目があまりにも人からかけ離れているのだというものから、出生に問題があって父親が違うために幽閉されているのだといった公爵家を侮辱するようなとんでもない憶測まで、エリクに関する噂は多岐に亘る。

ヴィオレッタは目眩を覚えて額を押さえた。

兄はいつも欲のない父がもどかしいと言っていたから、妹たちを少しでもよい貴族に嫁がせて、彼らとの繋がりを作りたいのだろうが――

「あのう、お兄様。エリク様は一体おいくつでいらっしゃるのかしら……噂では、五十年以上も塔にこもっておられるとか」

「御年六十六だそうだ」

「六十六……の、お方……？」

貴族社会においては、地位や資産が何よりも重んじられる。若くて顔がよいことはステータスの一つだが、それほど重要視されていない。

エリク・アベラールが結婚相手を探していれば、本来ならば引く手数多となるはずだ。

なにせ、アベラール公爵家の資産は王家を凌ぐと言われている。年齢など些末なこと。にもかかわらず、ヴィオレッタのような行き遅れに話が来たのは、エリクが【悪魔憑き】だからだろう。

そもそも【悪魔憑き】の者が結婚を求めるなど、世間一般では考えられない。

ところが、ヴィオレッタにとって重要なのはエリクの年齢だった。

（……六十六歳の方と結婚？）

その事実を理解した瞬間、脳天から稲妻を浴びたような衝撃を受ける。勢いよく立ち上がり、テーブルに両手をついてぐっと身体を乗り出した。

「お兄様」

「これは決定だ、拒絶は――」

「その結婚、喜んでお受けします。素敵な縁談を持ってきてくださって、ありがとうございます！」

その言葉は嫌味でもなく、ヴィオレッタの本心だ。

その証拠に、彼女の表情はかつてないほどキラッキラに輝いている。

ソフィとメリッサは、ヴィオレッタがさぞ嫌がるだろうと思っていたらしく、呆気にとられていた。アンソニーは突然やる気を出した妹に胡散臭そうな目を向けたが、咳払いをして「ならばよい」と頷く。

ヴィオレッタにとって、年の離れた男性との結婚は僥倖かもしれなかった。
なぜなら、六十六歳の相手であれば「二十五年」という、とある縛りが意味をなさないかもしれないからだ。

颯爽と朝食の場をあとにした彼女は、スキップしそうになるほど浮かれた気持ちで部屋に戻る。そして、早速荷造りを始めた。

本当はずっと結婚したかった。友人知人の結婚式に呼ばれるたび、微笑みの下でギリギリと歯を噛みしめて血の涙を流していたほどに。

荷造りはあっさり終わった。持っていく荷物はほとんどなく、トランク一つに入る。

(忘れ物はないかしら)

部屋を見回したヴィオレッタは、ふと、母がくれた宝石箱に目を留めた。

数ヶ月前に起きた、あまり愉快ではない事件を思い出して苦笑する。

(あれは、両親が他界した夜だったわね)

ソフィがこっそりと部屋に忍びこんで、この宝石箱からネックレスを盗んでいったのだ。物音で起きたヴィオレッタだが、そのときはソフィが何をしているのかわからなかった。盗難にあったと気付いたのは翌朝のことだ。

(問い詰めたのに、知らないふりをされたわね。ついにお兄様が出てきて、私の管理不足だと、とても怒られたのだわ)

ソフィが盗みなどするはずがない、とアンソニーは言い切ったのである。

だが、それから三日が過ぎ、ソフィはヴィオレッタの宝石箱から、今度は指輪を盗んだ。以降、彼女はこの宝石箱から様々なアクセサリーを持っていくようになったが、ヴィオレッタはそれを咎めなかった。

箱に入れていたのはどれも、母から譲られたものだ。妹が欲しいのならば、あげようと思うことにしたのである。

ただ、初日に盗んだネックレスだけは返してほしかった。

あれは、母方の先祖が高名な【悪魔祓い】に作らせた悪魔除けの御守りだと聞いている。なんでも悪魔を封印する力のある、特別なアクセサリーだとか。

(……いいえ、今更考えても仕方がないわね)

宝石箱を抱えて苦笑しているところに、「何をやっているのよ」と声がかかる。驚いて振り返ると、ひらいたドアの側でソフィが顔を顰めてこちらを見ていた。

視線がヴィオレッタの抱える宝石箱に向き、眉を吊り上げる。彼女はドアを後ろ手で閉め、ヴィオレッタのほうに歩み寄ってきた。

「また私を盗人呼ばわりする気ね？」

「しないわ。この宝石箱は置いていくから、好きなだけ持っていって」

ソフィは軽く宝石箱をひらき、ふんと鼻を鳴らす。

「いらない。お姉様の持ってる宝石って、どれも古くさいのよ。お母様やお婆様のお古でしょう？」

でもソフィが持っていったネックレスは、母方の実家に伝わる大切なものなの。そう言おうとして、ヴィオレッタは止めた。ここで争っても仕方がないし、最後くらい微笑んで別れたい。

そんな彼女の気持ちにも気付かず、ソフィは不敵に笑った。

「私にはもっと流行のアクセサリーのほうが似合うと思わない？」

そう言ってドレスの袖をスッと捲ってみせる。彼女の手首には、シルバーのブレスレットが輝いていた。小さなダイヤモンドが中心で煌めいている。

驚くヴィオレッタに、ソフィは満足そうに笑った。

「いいでしょう？　ジークフリート様に戴いたのよ」

「ジークフリート様……という方が、ソフィの恋人なの？」

「そうよ。侯爵家の方だから、お兄様も結婚を快諾するわ。だから、お姉様がさっさと家を出ていってくれないと本当に困るのよ」

「そうよね。ごめんなさい」

「ここに来たのは、お姉様に言っておこうと思って」

ビシッ、とソフィがヴィオレッタに指を向ける。

「何があっても離婚したり、実家に逃げ帰ったりしないで。少なくとも私がジークフリート様と結婚して家を出ていくまではね。そうじゃないと、お姉様のこと呪ってやるから」

ヴィオレッタは頷いた。

「わかったわ。ソフィ、あなたの幸せを願ってる」

そうしてあっという間に時間が過ぎて、ついに嫁ぐ日がやってきた。

ヴィオレッタは必要最低限の荷物を持って、アンソニーが用意した簡素な馬車に乗りこむ。

ついてきてくれる傍仕え(そばづか)もなく、見送りさえいない。たった一人でエリク・アベラールが幽閉されているというアベラール公爵領の僻地(へきち)に向かったのだった――

## 第2章　悪魔憑き(あくまつ)の旦那様

その日、翠(みどり)は死んだ。

仕事帰りに婚活パーティに向かう途中、横断歩道を渡ろうとした際に、バイクとぶつかったのである。もうすぐ三十歳になろうかという年齢で、翠――ヴィオレッタの前世は幕を閉じた。

次に目を覚ましたのは、真っ白い場所だ。どこかの部屋みたいで、奇妙な膜がかかっているかのように風景がぼやけていた。そして、やけに身体が軽い。

(変な場所ね。なんだか怖いわ)

そっと自分を抱きしめたそのとき、記憶が濁流のように押し寄せ、翠は自身に起きたことを理解した。慌てて強打したはずの頭をまさぐる。

(怪我が治ってる……?)

身体を見下ろすと、婚活パーティ用に着替えたカジュアルなスーツ姿だ。

彼女は両手を握りしめて、ぽつりと呟(つぶや)く。

「……私、生きてる？」

「いや、死んだよ」

「きゃっ！」

いつの間に現れたのだろう。黒髪黒目をした、エクソシストみたいな黒い洋服を着た青年が、翠の前に立っていた。日本ではあまり見ない、知的さが醸し出た金縁のモノクルをつけている。

青年はにっこりと笑うと、どこか飄々とした態度で翠との距離を詰めた。

「俺と取り引きしよう」

周囲がぼやけているにもかかわらず、青年の姿はやけにくっきりと見える。それに気付いて、翠は混乱した。

（ここはどこで、私はどうなったの？）

何より、目の前の青年は一体誰なのか。

「きみは随分と未練があるみたいだ。きみの願い、俺が叶えてやるよ」

「どういうことですか？　怪しいんですけど！　私の命が欲しいんですか？」

「いや、もうきみ、死んでるからね」

青年は馬鹿にしたような目で翠を見て、深くため息をついた。

「順を追って説明しよう。翠、きみは死んだ。次に転生するのは、きみがいたのとは別の世界なんだ。ここまではいい？」

「……たぶん」

まだ戸惑っているものの、彼の言葉そのものの意味は理解できる。納得できるかどうかはひとまず置いておくとして、まずは青年の話を聞こうと決めた。

「時空を超えて転生する者には、こうして俺たち天使が【契約】を持ちかけることになってるんだ。平たく言えば、願いを叶えてやるから対価を寄越せってこと。どうせ一度死んだんだし、どうだ？」

まるでセールスをするような、軽快な口調で青年が言う。

翠は何度か目を瞬いたあと、大きく頷いた。

「やります」

途端に青年が目をぱちくりとさせる。

「うわぁ、決断早いな。俺が言うのもなんだけど、もう少し考えたほうがいいんじゃないか？　きみ、危ない人にアッサリ騙されるタイプだろ」

気軽に聞いたのは彼なのに、なんてことを言うのだろう。そう内心で怒りながらも、無謀なことを言っている自覚がある翠は、ぎゅっとスカートの裾を握りしめる。

「私、もうすぐ三十なのに彼氏いたことなくて。ずっと、素敵な家庭を持ちたいって思ってて……結局、何もできずに死んでしまったから。あの、生き返らせてほしいって願いはできるんですか？」

「残念ながらできない。きみはもう俺たちが守護する世界に転生することが決まっている。だから、こうして声をかけたんだ」

確認しておきたかっただけで、それほど生き返りたいとは思っていない。

両親はとっくに他界しており、翠には家族と呼べる者も、特別に親しい友人もいなかった。毎日、職場と自宅を往復するだけの日々のなか、いつか愛する人と温かい家庭を持ちたいと願うようになったのだ。ならば、いつまでも夢見る少女のままではいられない。そう思い、本格的に結婚に向けての行動を開始した。勇気を振り絞って婚活パーティに登録し、気合を入れて美容院やネイルサロンに通ったにもかかわらず、まさか事故にあうなんて、あんまりだ。

「生き返らせてほしかったのか？」

黙りこんだ翠に、青年が尋ねる。彼女はゆっくりと首を横に振った。

「叶えていただける願いは、一つですか？」

「内容によるな。願いを叶えるとは言ったが、これは等価交換なんだ」

そうだ。この青年は悪魔のように【契約】しないか交渉しているのであって、一方的に翠の願いを叶えてくれるわけではないのである。

「俺はあることをきみに望む。きみはそれを叶え、その分、俺もきみの望みを叶える……そんな仕組みなんだ。多少の誤差は許容範囲だけど、大きく差があると取引不成立になる」

「そんな決まりがあるんですね」

「そう。これは俺みたいな天使だけじゃなくて、創世神ですら曲げられない世界の理（ことわり）なんだ」

（天使なのね。……悪魔みたいなことを言ってるのに）

自称天使だけど、実際は悪魔なのかもしれない。そう考えたものの、すぐに思考を追いやる。

願いを叶えてくれるのならば、どちらでも構わない。

（やっぱり大きな願いを一つ、叶えてもらうべきよね）

翠が望むのはただ一つ、「幸せな結婚」である。

「先に、私に何を望んでいるのか聞いてもいいですか？」

これだけは先に確認しておくべきだろう。そう思って口をひらいた翠に、男は隠すことなくあっさりと答えた。

「俺がきみに望むのは、たった一つ。『きみが愛した男の死』だ」

一瞬、何を言われたのか理解できなかった。

死、という恐ろしい言葉に小さく震えた翠は、彼の言葉の意味するところを考えて、息を呑む。

軽い口調で言われたが、つまりこの青年は、命を差し出せと言っているのだ。

「……それって、私が今後、愛するだろう男性が犠牲になる、ってことですか？　私自身の命を奪うんじゃなくて？」

「そう、理解が早くて助かる」

「それでは意味がありません！　私は結婚して幸せな家庭を築きたいんです。それなのに、その相手の命を奪うなんて！」

そこで青年がスッと目を細めた。瞳は僅(わず)かも笑っておらず、ただジッと翠を見つめる。

「な、なんですか？　間違ったことを言った覚えはありません」

「この【契約】は決定事項だ。きみは自らの望みを俺に提示する権利があるだけなんだよ」

「決定事項って……それって、来世で私が愛した人は、理不尽な死を向かえるってことですか？」

「そう。その点は揺るがない。きみがどれだけ拒絶しても」

ニッ、と青年は白い歯を見せて笑った。

「きみの望みは幸せな結婚、ってところだろう。こうして見たところ、きみは前世でも前々世でも独身だったようだ。輪廻の性質だね。これはどれだけ転生を繰り返しても未来永劫続く」

でも、と青年は猫撫で声を出す。

「俺が手を貸せば、来世では幸せな結婚生活を送れる。まぁ、相手が死ぬまでの期限付きだけど」

翠はふらりとよろけて、一歩後ろに下がった。

どうして彼は、翠に【契約】を持ちかけたのだろう。なぜ愛した男が死ななければならない？

(――決定事項って、何よ)

疑問と違和感、そして怒りが湧いてくる。

しかし、感情のまま叫んだところで状況は好転しないとわかる程度には、翠は大人だ。

「罪悪感は覚えなくていい。どうせ、転生すればこれまでの生もここでの会話もすべて忘れる」

青年がますます笑みを深めた。そして胸に手を当てると、優雅な仕草で自己紹介を始める。

彼が高位の天使であるというところまでは耳に入れていたが、途中から翠は聞き流した。

自分のことでいっぱいで、青年のことにまで思考を回す余裕がない。

(私は……愛した人を不幸にする？)

翠はふらふらと床に座りこむ。絶望と焦燥感で愕然としているうちに、あることに思い至った。

(私には願いを提示する権利があると言っていたわ)

そこでごくりと生唾を飲む。

願いは決まった。緊張で、どくんどくんと心臓が大きく脈打っている。

「――さて。そろそろ願い事は決まったか？」

青年に問いかけられ、翠は我に返った。考えに沈んでいる間に、青年の自己紹介は終わったらしい。何か他にも説明していた気がするが、聞きそびれてしまった。

翠は大きく息を吐き出して顔を上げ、青年を見る。彼は面白そうに目を眇(すが)めていた。

「【契約】します」

「それがいい。で、願いはなんだ？　美女に生まれたい？　運命の男をイケメンに指定する？」

「対価として見合っていれば、なんでもいいんですよね？」

「ああ。俺ほど高位の天使になれば、大抵のことはできるからな。ほら、言ってみな？」

翠は頷(うなず)いて、口をひらく。

「来世でも、翠として生きた記憶を引き継がせてください。当然、ここでの会話も」

力強く言った彼女を前に、青年が静止する。ややのち、首を傾(かし)げた。

「……いやちょっと待って。きみの願いは恋愛絡みじゃないのか？」

「人生、恋愛がすべてじゃありませんよ」

翠はキッパリと言う。

正直、喉(のど)から手が出るほど結婚したい。愛されたい。幸せな家庭を築きたい。

けれど、いずれ現れるだろう愛する人を犠牲にしてまで、自分の願いを叶えたいとは思わなかった。絶望することがわかっていて、そこに向かって歩むなど愚の骨頂ではないか。

ならばいっそのこと、一番の望みを捨てて他のことを沢山（たくさん）叶えたい。

翠が死んだのは三十歳手前。恋愛以外にもやり残したことは山ほどある。記憶を引き継げれば、それらに挑戦する機会が与えられるだけではなく、大切な両親のことも忘れないで済む。社畜生活ですっかり怠惰（たいだ）になっていた健康面にも、来世では気を遣おう。両親は翠に多くを求めず、ただ健康でいてくれればいいと言っていたのに、それすら忘れていた自分が恥ずかしい。

翠は決意を込めて、拳（こぶし）を握りこんだ。

「今生でやり残したことを来世でやりたいんです。そのために記憶の引き継ぎを！　ぜひ！」

来世ではアレもコレも試したい。そんな想像をしていると、なんだか楽しみになってきて、ずいっと身を乗り出す。

「さぁ！」

「……きみ、思ってた性格と違うな」

青年は盛大なため息をついて軽く手を振る。

「まぁいいか。……あぁ、でもそれだとこっちの対価が……やや吊り合わないな」

「できないんですか？」

「できなくはない。だが等価交換にならないんだ」

そう言って、思案するように腕を組んで唸（うな）った。

「そうだ、こうしよう。本来なら『きみが愛した男の死を望む』ところだけど、『きみが愛した男と相思相愛になって肌を合わせた日から二十五年後に、その男の死を望む』にする」

翠はきょとんとする。随分と条件が追加されたようだ。

青年が「条件をつけることで【契約】内容がやや軽くなるんだ」と説明する。

「あのう、二十五年後っていうのは？」

「二十歳で愛する男ができたら、四十五歳までその相手が生き延びるということだ」

「……もし、二十五年経たずに事故で亡くなったら？」

「【契約】は絶対だ。きみとそういう状況になった時点で、二十五年間の健康的な生が確約される。この二十五年間は命を奪わない。これで【契約】の吊り合いが取れるはずだ」

「ちなみに、死ってどういう意味ですか？　魂を奪うの？」

悪魔が人の魂を食べる、といったことを想像していた翠に、青年は苦笑した。

「望むのは命でも魂でもない。あくまで『死』だ。そのあとは通常の輪廻に沿うだろう」

眉を顰める翠に、さらに言う。

「安心するといい。きみが愛した男は、きみを生涯大切にする。相思相愛になるのは間違いない。もし途中で愛されなくなったら、その男は運命の相手じゃなかったということだ」

「運命の相手……？」

「そう。来世できみは、運命の相手と出会って恋をする」

少しだけ、胸がときめいた。来世では相思相愛になれる男と巡り会えるというのだから、結婚を渇望する身からすれば嬉しいに決まっている。

けれど、その甘いときめきはそっと胸の奥にしまう。

（来世では誰のことも愛さないわ）

二十五年後だろうと、命を奪うなんてできるはずがない。青年は翠に恋をさせたいようだが、恋愛が人生のすべてではないのだ。

そうして翠はヴィオレッタとして新たな生を受けた。

だが伯爵令嬢として転生したばかりに、結婚は義務としてついて回る。幸いなことに、両親はヴィオレッタに結婚を無理強い（むりじ）しなかったが。

【契約】した天使の青年は、ヴィオレッタが愛した男の命を奪うのだから、愛さなければいいのかもしれないが、結婚に憧れ（あこが）ている彼女には形だけの結婚をする自信がなかった。

貴族の結婚は愛がないと言われているが、ヴィオレッタ自身が夫になる人を全力で愛したいという願望を秘めている。

もし、結婚相手を愛してしまったら……

皮肉にも、前世や青年と【契約】を交わした記憶があるからこそ、ヴィオレッタはあれほど望んでいた結婚を避けて生きなければならなくなっていた。

――ガタン、と馬車が揺れて、ヴィオレッタは眠りから覚めた。

ここはどこだろうと考えて、すぐにエリク・アベラールのもとに嫁ぐ（とつ）途中だと思い出す。

あれほど避けていた結婚をすることになったせいか、昔の夢を見たらしい。

（懐かしいわ。結構はっきりと覚えているものなのね）

前世、そして天使と名乗る青年との【契約】。

改めて、ヴィオレッタは頭のなかで確認した。

自分が嫁ぐ相手は、六十六歳の男性。

この世界の平均寿命は七十歳前後だというから、今から二十五年も生きることはそうないはずだ。

（先王陛下が九十歳まで生きたと聞くけれど、かなり珍しいことだし。エリク様が九十歳になるのは、今から二十四年後だわ）

ヴィオレッタはずっと、愛した人の寿命を縮めてしまうことを恐れていた。しかし、元より年配の男ならば、先に天寿を全うし、彼女が相手に齎す『死』は機能しなくなるのではないか。

――ヴィオレッタは何憚ることなく、全力で夫を愛することができる。

それなりに現実を見てきた彼女は、結婚が甘いだけのものではないことも理解している。そもそも、相手のエリクがどのような人物なのかもわからないし、彼は【悪魔憑き】として塔に幽閉されているというから、一般的な結婚生活は望めないかもしれない。

それでも、夫婦になるという縁を大切にしたいと思う。

誠心誠意、妻として尽くそう。心から愛そう。

まだ見ぬ夫を想い、ヴィオレッタは強く決意したのだった。


清々しいほどの晴天の下、ヴィオレッタは不気味な雰囲気を醸し出している塔を見上げた。

春の心地よい風にそよぐ淡い金色の髪を軽く後ろに払い、ブルースピネルのような色の目をそっと細める。そよぐ風は春らしく暖かいのに、辺りは薄暗いうえに肌寒い。

(ついにやってきた……けれど)

ここは、アベラール公爵領の僻地にあるエリク・アベラールの屋敷の前である。

どこまでも続きそうな高い塀で囲まれた敷地の広さに、ヴィオレッタは驚きを隠せない。

巨大な門扉の前で馬車が停まり、彼女はトランクを持って降りる。

(なんだか、妖気が漂ってるような……)

ヴィオレッタにそんなものを感じ取る力はないのだが、門の向こうに高々と聳える灰色の塔は、なんとも言えない仄暗い圧を放っていた。

「ヴィオレッタお嬢様」

名前を呼ばれて、ハッと振り返る。

ここまでヴィオレッタを運んでくれた老いた御者が、深々と礼をしていた。彼がやや沈んでいるように見え、ヴィオレッタは心付けをはずみ、渡そうとする。御者はいつもアンソニーに従順なので従わざるを得なかったが、こんな僻地まで来たくはなかったのだろう。

御者が不機嫌な理由をそう考えたヴィオレッタだったが、彼は首を横に振って心付けを辞退した。

「どうか、お元気で。……お嬢様の幸せを願っております」

その声は震えている。短い言葉だったけれど、胸が苦しくなるほど感情が伝わってきた。

ヴィオレッタはふと、父がこの御者をとても気にかけていたことを思い出す。

貴族として偉ぶったところのなかった父は、この御者だけでなく、すべての使用人に心を砕いていた。ヴィオレッタはそんな父が誇らしかったが、アンソニーやソフィは違ったらしい。心を砕くのならば、もっと上流階級の者と親しくなれる努力のほうにすべきだと考えているのだ。

彼らの考えは貴族としては当然のもので、父やヴィオレッタが珍しいのだろう。そういった意味では、彼女は兄妹たちのなかで最も父に似ていた。

御者はヴィオレッタを通して父を見ているのだろうか。本心はわからないが、どんな理由にせよ自分が嫁ぐのを寂しいと感じてくれる人がいると知り、ふわりと胸が温かくなる。

「ありがとう。あなたもどうかお元気で」

御者はぎゅっと拳を握りしめると、踵を返して馬車の御者台に乗りこみ、そのまま去った。

ヴィオレッタは改めて門扉を見上げる。

そのとき、門の向こうに見える屋敷のドアが開き、執事服の男が姿を現した。

五十絡みで、白に近い金髪を几帳面に頭に撫でつけている。しゃんと伸びた姿勢で歩き出した彼は、ヴィオレッタに気付いて一瞬足を止めたが、すぐさま門までやってきた。

「ヴィオレッタ様でございますか？」

「はい。お約束通り、本日嫁いでまいりました」

ヴィオレッタはトランクを地面に置き、ドレスの両端をちょこんと持って挨拶する。

執事は彼女を見て、トランクを見て、辺りをざっと見回してから、無表情で挨拶を返した。

「わたくしはこちらの屋敷で執事をしております、ジョージと申します」

ジョージがヴィオレッタのトランクを持ち、先導する。

巨大な門をくぐったヴィオレッタは、目を瞬いた。心地よい春なのに、辺りは真冬の公園のようにがらんとしている。塀や建物といった人工物以外、植木や花々などの庭を彩るものが物悲しいほどない。

「あの、ジョージ様」

「奥様、わたくしのことはジョージとお呼びくださいませ」

「ジョージ、なぜこの辺りは草木がないのかしら」

ヴィオレッタの素直な疑問に、ジョージは頷いた。

「手入れをする者がおりませんので、何も生えないよう土に特殊な薬を混ぜてあるのです」

「まぁ、そうでしたの」

この屋敷の旦那様であるエリクは、塔に幽閉されているという。彼が今どのような状況に置かれているのか具体的には知らなかった。もしかしたら、庭を眺められないのかもしれない。

ジョージに案内されたのは、彼が出てきた屋敷のさらに奥にある、別の屋敷だ。

馬車から降りたときに気付いていたけれど、かなり広大な敷地らしい。先にも別の建物があって、そのまた奥には蔦の絡まったドーム型の建物が見えた。そのドームよりももっと奥に、レンガ造りの塔が建っている。

(あれがエリク様の暮らしておられる塔かしら)

どうやらエリクが暮らす塔を最奥に、複数の建物が敷地内に収まっているようだ。小さな都市国家みたいだとヴィオレッタは思った。ジョージに案内された屋敷をじっくりと見つめる。

アンティークな雰囲気が漂う木造の建物で、ドアをくぐった正面に赤い絨毯を敷いた階段がある。ドアの近くの壁に椅子が二脚、その隣の飾り棚には精緻な八面体のガラス細工が並べてあった。吹き抜けの天井もガラス張りで、差しこんだ陽光がガラス細工をキラキラと輝かせている。

「綺麗……」

そう呟いて、ヴィオレッタはぱっと微笑んだ。

「素敵なお屋敷ね」

「奥様にはこちらの屋敷を使っていただくようにと、旦那様より仰せつかっております」

「ここで暮らせるなんて、嬉しいわ。旦那様にお礼を言いたいのだけれど」

「奥様が大変お喜びだとお伝えいたします。すぐに専属の侍女を寄越しますので、大変恐縮ではございますが、お待ちいただけますでしょうか」

けれど、ジョージの言葉にぽかんとする。

「あの、旦那様とはいつお会いできるのかしら」

「旦那様は奥様にはお会いになりません」

「……え？」

目を見張る彼女を見つめるジョージは、どこまでも無表情だ。彼は淡々と続ける。

「旦那様は呪われているのです。それゆえ、奥様にお会いになることはできません」

「……そんなに大変な呪いなの？」

そこで初めてジョージが感情を見せた。ギリッと奥歯を噛みしめて悔しそうに顔を顰め、サッと視線を床に落とす。

「旦那様の呪いはとても恐ろしく……そして、危険なものです」

「せめて、話をしたいわ。壁越しでもいいから……」

「奥様」

彼は首を横に振る。そして次に顔を上げたときには、すでに無表情に戻っていた。

「旦那様は奥様を束縛なさいません。旦那様と会うこと以外でしたら、ご自由に過ごしていただくように仰せつかっております」

「……自由って……」

「恋人を作っていただいても、この屋敷でその恋人と共に暮らしていただいても結構とのことです。趣味に没頭されるのでしたら、お好きなだけ資産をお使いいただいても構いません」

趣味とやんわり言うが、貴族の趣味とはつまり、買い物のことだ。ドレスや宝石を好きなだけ買っていいという意味である。

打ちひしがれ言葉が出ないヴィオレッタに一礼すると、ジョージは屋敷を出ていった。

一人きりになるなり、彼女は床に座りこむ。温もりに溢れているように見えた木造の床は、冷たく硬かった。

今頃になって、ようやく気付く。自分にとって今回の結婚話が唐突かつ強制であったように、エリクにとっても突然のことで、きっと不本意な形で押し切られたのだろう。

（……幸せな結婚なんて、やっぱり私には無理なのかしら）

元々、あの青年と取り引きした時点で諦めたはずのことだ。

(いいえ。旦那様は好きなことをしてもいいと言ってくださっているようだし、嫁いだことでお兄様たちのお役にも立てたのだから……これは、幸せ、よね？)

求めていた夫婦の形とは違っても、今のヴィオレッタは自由だ。衣食住だって保証されている。これはある意味で、幸せな結婚生活ではないだろうか。

実家での肩身の狭い日々は終わり、好きなことをして過ごしてよいのだから――

清々しい心地になってもいいのに、心は重く自己嫌悪でいっぱいだ。吐き気もする。

(納得して【契約】し、誰も愛さないと決めたくせに……愛しても大丈夫な方が現れたからその人を愛そうなんて、都合がよすぎたのよ)

それに、あくまで「愛しても大丈夫」というのはヴィオレッタの判断でしかない。もし彼女がエリクを愛したら、彼は二十五年後の死が確定するのだ。

私と愛し合ったら二十五年後に死にます、と伝えれば、彼はどう思うだろうか。ヴィオレッタを敬遠するかもしれない。誰だって余命を決められて、嬉しいことなどないのだ。

それなのに、年嵩の方だから大丈夫などと決めつけて――

(私、最低だわ)

もし今後、エリクと会う機会があれば、そのときは真っ先にヴィオレッタの事情を打ち明けよう。

自分が受け入れられていないことは、すでに察している。面会さえ許されないのだから、エリクはヴィオレッタと関わりたくないのだろう。

それでも、とヴィオレッタは顔を上げた。

いつまでも落ちこんでなどいられない。愚かさを自覚したのだから、同じことをしないようにすればいいのだ。前世での社会人経験から、取り返せる間違いというものがあることは知っている。今回はそれだ。

(私はエリク様に嫁いできたのだもの。たとえお会いできなくてもできる限りの務めを果たすわ)

そう気持ちを新たにしたのだった。

†

ヴィオレッタの専属として雇った侍女を向かわせたあと、ジョージはエリクのもとを訪れた。

昼間でもぼんやりと薄暗い回廊が続く塔の最上階に、彼はいる。

ドアをノックすると、静かな返事があった。そっとドアをひらき、暗がりのなかでベッドに腰を下ろしているエリクを見つける。ジョージからは背中しか見えないため、表情は窺い知れない。

「奥様を屋敷にご案内いたしました」

「そう」

エリクの口調はいつもと変わらず、優しいけれど感情を感じさせない、無機質なものだ。

長い幽閉生活で、彼は変わってしまった。一体いつ頃から、彼の笑顔を見ていないのだろう。

そんなことを考えていたジョージは、つい、普段ならば口にしないことを言葉にする。

「奥様は旦那様にお会いしたいようでした」

言ってから、しまったと後悔したが遅い。

それができないから彼はここにいるのに、これでは嫌味混じりに責めているだけではないか。

「僕に？」

エリクが驚いたように顔を上げた。

ジョージは無表情のまま、おや、と思う。すっかり伸びて背中に垂らした白銀の髪が揺れて、エリクがゆっくりと振り返る。長い前髪の隙間から覗く翡翠色の瞳が、僅かな驚きを宿していた。

「なぜ？　……ああ、社交辞令だろう。それとも結婚式の催促かな。不本意に嫁いできたとはいえ、世間一般では式を挙げるのが当然らしいからね」

エリクはそう言って、無機質な目をベッドのシーツに向ける。

「彼女には自由にしてもよいと、改めて伝えておいてくれないかな。僕が死んだあと、本当に愛した人と結婚できるように財産も残すから、と」

いつもの無気力な彼に戻っていた。

ジョージは口をひらこうとしたが、言葉が見つからず、頷いてその場をあとにする。

エリクは今回の結婚に最後まで乗り気ではなかった。

しかし、アベラール家当主である彼の弟が取り決めた家同士の結び付きを重視したのである。

エリクの幽閉を命じた彼の実母は、とっくに他界していた。つまり、彼は今、自らの意思で塔に引きこもっている。

それほどまでに、彼自身、呪われた身が恐ろしいのだろう。

エリクは優しすぎる。だから、自分のせいで誰かが傷付くのが許せないのだ。

使用人用の建物に戻ったジョージは、そっとため息をついた。

ちょうどそれを見ていた厨房担当の使用人であるグラフィンが、眉根を寄せる。

ジョージの甥に当たる彼は、二十五歳とまだ若い。ややお調子者で適当なところがあるが、こと料理に関しては妥協を許さない男だ。

「どうしたよ叔父貴、浮かない顔をして。いや、叔父貴の顔が厳めしいのはいつもか、ははっ！」

こちらの悩みなど知らず、からからと笑う甥を、ジョージは睨み付ける。渾身の怒りを込めたせいか、さすがのグラフィンもジョージの悩みが簡単なものではないと悟ったらしい。

「どうしたんだよ？」

「奥様がいらしたのだが——」

「あー、エリク様も難儀だよなぁ。あのお年で二十歳の妻を娶らされるとか。つか、相手って伯爵家の令嬢だろ？　金目当てに決まってんじゃん」

そもそも貴族の結婚とはそういうものだ、と言いかけて、ジョージはふと思考に耽る。

あの伯爵令嬢は貴族とは思えない軽装だった。専属の侍女は来ないとも聞いていたが、使用人のような服で門前にいるのを見たときは、伯爵令嬢という肩書きと目の前の女が一致しなかったほどだ。

「で、奥方ってどんな人？　俺の予想では、めっちゃきつい性格の女だな。嫁ぎ先がなくて【悪魔憑(つ)き】のエリク様に嫁(とつ)がされたんだ。うわっ、貴族ってサイテーだね」

「憶測でものを言うものではないし、使用人として礼儀をわきまえた発言をせんか」

「いいじゃん、どうせここには最低限の使用人しかいないんだし……あ、でも今後は奥様専属に雇った侍女も出入りするのかぁ」

この建物では、住みこみで働いている使用人一同が寝泊まりしている。設備が充実しており、食事作りのほか、様々な準備をここで行う。エリクが男なので、当然ながら使用人専用の建物も男所帯だった。

しかしヴィオレッタが嫁(とつ)いできたことによって、先日新しく侍女を雇った。彼女個人の部屋はヴィオレッタが暮らす屋敷にあるが、主の身の回りの世話をするためにここにも出入りするだろう。

「素直で可愛い子だったな。きっつい奥様に仕えるなんて、かわいそうだ。しんどくなったら俺が慰(なぐさ)めてあげよう」

「旦那様の奥様をそのように言うものではない。何度も言わせるな」

強い口調で窘(たしな)められ、グラフィンは「はぁい」と気のない返事をした。

ジョージは自身の仕事のために部屋に戻る途中で、足を止める。

「……私も、そのように思っていたな」

突然決まった、エリクの結婚。

齢(よわい)六十六の【悪魔憑(あくまつ)き】の彼に嫁(とつ)がされる、年若い伯爵令嬢。年齢的にも婚期ギリギリのその女性は重大な欠点があって、生(い)け贄(にえ)のようにエリクに宛(あて)がわれたのだろう。

口に出してこそいないが、そう決めつけていた。

実際に何か欠点があるのかもしれないが、出迎えたときの様子からは、それほど性格に問題があるようには感じない。

（なんにせよ、好きに暮らしてよいということはお伝えした。今後、奥様は自由に暮らすだろう）

少し距離はあるが、出掛けられる範囲に街もある。

幽閉生活をしているとはいえ、公爵家の人間であるエリクの資金は潤沢だ。ヴィオレッタはそれを好きに使っても構わない。

彼女のような若い娘が望まぬ結婚を強いられるのはとても辛いだろう。もしかしたら悲しみを紛らわせるために、明日にでも遊びに出るかもしれない。

それに本来、貴族の妻というのは世継ぎを期待されるが、エリクには必ずしも必要ではなかった。アベラール公爵家はエリクの弟が継いでいるし、エリク自身に子を望んでいる様子もなければ、周囲が求めているわけでもない。

つまりヴィオレッタは、嫁いできただけで充分に役目を果たしたことになるのだ。

だから、自由に過ごしていいと伝えたとき、ジョージは彼女が喜ぶものだと思っていた。

しかし、喜ぶどころか、彼女の珍しいブルースピネルのような瞳は激しい困惑に揺れ、確かな落胆を映したのだ。あの表情は、一体どういう意味だろうか。

ジョージはヴィオレッタの姿を思い返しながら、ふむ、と唸る。

（奥様を迎えられたことで旦那様に笑顔が戻ればよいが……そうはならないのだろうな）

さすがに望みすぎだ、と自嘲した。

†

ヴィオレッタは蜂蜜を溶かした紅茶を飲んでほっと息をついた。

「美味しいわ」

途端に、傍に控えている赤毛の少女がぱっと花ひらくような笑顔になる。愛らしいチョコレート色の瞳がくるりと輝いて、その無邪気な様子にヴィオレッタも表情を綻ばせた。

少女はヴィオレッタ専属侍女として雇われた十六歳の娘で、名前をフィアという。公爵家に仕える侍女としてはまだ未熟だが、ヴィオレッタはフィアの素直なところをとても気に入っていた。

「ありがとうございます、奥様！」

褒められて喜ぶフィアは、伯爵令嬢として生まれ育ったヴィオレッタの周囲にはいなかったタイプだ。実家の使用人たちは年配の者が多く、ヴィオレッタより年下の人間はいなかった。

そんなフィアと共にエリクが与えてくれた屋敷で暮らしはじめて、三日が過ぎている。一日に一度、ジョージが様子を見に来る以外に、誰とも会わない。

妻として頑張ろうと決めたのはいいが、何をすればいいのだろう。嫁いできた翌日、そっとジョージに尋ねたものの、彼はやや驚いたあと、すぐに無表情で「わかりかねます」と答えたのだ。

露骨に落胆したヴィオレッタを憐れに思ったのか、元気を出してくださいと言うかのように、彼はエリクから言付けを預かっていると告げた。

喜んだのも束の間。その内容は「自分亡きあと、本当に愛した者と結婚できるよう財産を残す」というものだ。要は、ヴィオレッタを妻として屋敷に置くことは許可するが、エリク自身は彼女と一切関わるつもりがない、ということである。

あのときはショックだったわ、と思い出して、知らずにため息をつく。

「奥様……？」

フィアが心配そうに小首を傾げた。愛嬌のある顔立ちをした彼女は、平凡な見た目のヴィオレッタよりもずっと可愛らしい。チョコレート色の瞳で見つめられて、ヴィオレッタは苦笑した。

「ごめんなさい、なんでもないの」

「いいえ！　今のため息は絶対に訳ありです！」

力強くそう言ったフィアが、ぐっと拳を握りしめる。

「お気持ちをお察しいたします。お優しい奥様は現状を憂いておられるのですよね。いきなり祖父ほど年の離れた相手に嫁がされて、さぞお辛いでしょう」

「……フィア、あのね」

「あっ、でしたら、気分転換に外出されてはいかがですか？　あたしがお供いたします！」

(今日も押しが強いわ……フィア)

だがそんなところも可愛いと、ヴィオレッタは笑みを深めた。

淡々と仕事をこなす有能な侍女よりも、こうしてころころと表情を変えてくれるのを好ましく思うのは、ヴィオレッタが貴族に染まりきれていないせいだろう。淡々と仕事をされると、対応が素っ気なくなるし、寂しい。

フィアとの会話をヴィオレッタは楽しんでいた。

以前、妹のソフィに貴族らしくない変わり者と言われたことがある。

彼女は罵倒したつもりだろうけれど、ヴィオレッタはその言葉が嬉しかった。日本人として生きてきた記憶のある彼女は、豪華絢爛な日々や傅かれて過ごす生活に憧れてはいたものの、相手の身分によって態度を変える傲慢な振る舞いには少なからず抵抗があったのだ。

「そうね、気分転換はよい案だわ。でも、街は少し遠いかもしれないわね」

行くなら馬車の手配をしないとならないし、お忍びとなればそれなりの準備も必要になる。今からそれをやるのは、フィアの負担になるだろう。

その気遣いに気付いていないだろう彼女は、純粋にヴィオレッタが街に行きたくないのだと考えたらしい。

「では、敷地内を散歩されてはいかがですか？」

「敷地？」

「はい！　お屋敷にこもられていては、気持ちまで鬱屈してしまいますからね。今日は天気もいいですし、屋敷の周辺を散歩されるだけでも楽しいかもしれません」

ヴィオレッタはその代替案を気に入る。確かにこの三日間、屋敷のなかで過ごすだけだった。

「そうね、そうしましょう」

紅茶を飲み終えると、さっそく散歩に出掛けることにした。

嫁いでくるときに持ってきたドレスにショールを纏い、縁の大きな婦人用ハットを被る。

実家から持ってきたドレスは三着。そのすべてが、パニエやコルセットをつけない、薄い生地で作られた簡素なものだ。

エンパイア・スタイルという過去に流行ったものだが、「下着のような薄着ではしたない」と言われることもあるため、社交界で着る令嬢はほとんどいない。ヴィオレッタも例外ではないけれど、屋敷で過ごす場合は別だ。

（誰にも睨まれないなんて、気が楽だわ）

屋敷の外に出ると帽子の縁を軽く持ち上げ、ぽかぽかと暖かい太陽を見上げた。

実家の屋敷では、社交界同様エンパイア・スタイルのドレスは不評で、使用人たちからは非常識だという目で見られていた。

好きな本を読むだけなのにカッチリとコルセットをしたら、楽しめるものも楽しめないではないか。そうヴィオレッタは思うのだが、彼らは貴族としてのしきたりを重んじているのだ。

伯爵令嬢というものは、何かと制限が多く、走っては駄目、大きな声を出しても駄目、口をあけて笑っても駄目。独身は不名誉で、働くなんてもってのほか、修道女は家に汚名を塗りたくるようなもの。そんな生活を強いられれば、絵に描いたような「何もできない女」になるというのに、貴族社会では歓迎されるのだから、価値観の違いというのは恐ろしい。

「奥様」

フィアに声をかけられて、ヴィオレッタは無意識に身体を強張らせた。

伯爵令嬢は日に当たるものではない。そのための帽子なのに、太陽を見上げるなど愚かだ。

ソフィならば冷ややかに睨(にら)んだだろうし、実家の使用人は伯爵令嬢としてあるまじき行動だと諫(いさ)めるに違いない。日焼けは庶民がするもので、貴族令嬢が肌を焼くとは恥(はじ)になる。

しかし――

「奥様、それでは帽子の意味がありません。ふふっ、日に焼けてしまいますよ」

フィアはまるでおっちょこちょいなことをしているとでも言うように、くすくすと笑う。ヴィオレッタは身体の力を抜いた。

「そうね。けれど、日に焼けるのもよいと思うのだけれど」

「こんがり肌って、すごく健康的ですね！　きっと奥様にお似合いです！」

その言葉に、つい噴き出してしまう。諫(いさ)めるどころか、日焼けを健康的だと表現し、似合うと言うなんて。

フィアは目をぱちくりさせて首を傾(かし)げた。

「奥様？　あたし、おかしなことを言いましたか？」

「いいえ、その通りよ。健康はとても大切だものね」

「あの、あたしはまだ侍女として日が浅くっ、失言をしてしまったのでしたら罰を受けます！」

「いいのよ、そんなこと気にしなくて。あなたはあなたのままでいてほしいわ」

彼女まで王都の屋敷にいる使用人たちのようになっては、息苦しくて堪(たま)らない。

そう思っての言葉だったが、フィアは感激したように目を潤ませた。

「奥様……あたし、奥様についていきます！　なんでもおっしゃってくださいね！」

それから、二人で談笑しながら敷地内を散歩した。

内容はフィアがヴィオレッタの侍女になった経緯である。

彼女は近くの街で生まれ育ち、弟三人を養わなければならないのだという。そんな彼女は、ひと月ほど前にアベラール公爵家が出した侍女の求人を見て、すぐに応募した。給料が破格だったのだ。

おそらく応募者が殺到しているから望み薄だろうと思ったが、当たって砕けろ根性で申しこむと予想に反して、募集枠一人の高給取りの侍女に、見事受かったのである。

その話を聞いたヴィオレッタは、感嘆した。

「それはすごいわね。公爵家の侍女なんて、そうそうなれるものではないもの」

「あたしもそう思ってます。まさか応募者があたし一人だけだったなんて、本当に幸運です！」

けれど、フィアの満面の笑みを見つめたまま、そこで固まる。

「あら、応募者は殺到していなかったの？」

「はい！　あとで聞いたんですが、エリク・アベラール卿が暮らす屋敷に足を踏み入れるなど正気じゃないと言われているみたいです。街の人たちはお金よりも保身を優先したと耳にしました」

「……正気じゃない……保身……」

「街では当たり前なんですよ。エリク・アベラール卿に関わってはならない、ってことは。あたしも幼い頃、寝物語に【エリク・アベラールの話】を聞かされました。……なんでも寝ない子のもとにやってきて、臓物でその子の頬を撫で回すとか」

（……それはもはや変態の域ではないかしら）

なんだか、想像のエリク・アベラールの恐ろしい部分が、好き勝手に改竄されている気がする。

「でも、ジョージ様は仕事を丁寧に教えてくださるし、奥様もお優しくて素敵な方だし、あたし、応募してよかったです！」

えへへ、と照れるフィアの可愛い笑顔を前に、ヴィオレッタは思考に沈む。

エリクに関して、王都の貴族たちの間でもよくない噂があるのだから、彼が暮らす地元で恐れられているのも当然なのだろう。

そう自分に言い聞かせたのは、これまで信じていなかった恐ろしい噂の数々が、もしかしたら真実なのかもしれない、と考えてしまったからだ。

例えば人の生き血を啜る……といった禍々しい話も。

ヴィオレッタは恐る恐るフィアに聞いた。

「フィア、その、旦那様は本当に……噂のように……恐ろしい方なの？」

「そのように皆、言ってます。でも、あたしはお会いしたことがないので……」

悪魔は貴族にのみ憑くという。そのせいか、貴族らは【悪魔憑き】を毛嫌いしており、その言葉を使うのすら躊躇う。だからヴィオレッタは、【悪魔憑き】について詳しく知らない。

知っていることといえば、人生において三度の洗礼を受ける必要があることと、【悪魔憑き】だと判断された者が幽閉される、ということだけだ。

「でも、こんなに素敵な奥様まで恐れられるのは、なんだか納得いきませんよ！」

黙りこんだヴィオレッタを気遣ったらしいフィアが言った。

（ん？）

聞き捨てならない言葉に振り返ると、彼女は力強く続ける。

「あのエリク・アベラール様の妻になる女性なのだから、化け物に違いないって。皆、そんなことを言うんですよ！」

（それは、知りたくなかったわ）

顔を引きつらせるヴィオレッタだが、人が未知のものに怯えたり恐れを抱いたりすることは理解している。エリクが恐れられるのは仕方がない。そういう状況を作ったのはアベラール公爵家だ。

そこでふと、考えた。

この状況をエリク自身は納得しているのだろうか。結婚云々は嫌がっているらしいが、彼が望んで幽閉されているとは思えない。

そのとき、雷に打たれたような衝撃が走る。

（私、エリク様のことを少しも知らないわ……お名前と年齢、【悪魔憑き】だってくらいしか）

突然決まった結婚なので当然だが、夫婦になったからには相手を知っていきたい。

ヴィオレッタはやっと、妻として最初にやるべきことを決めた。

――エリク・アベラールの苦悩の原因だろう【悪魔憑き】について知り、理解していこう。

結婚が決まってから何度目かわからない強い決意を胸に、フィアを振り返る。

「ねぇフィア。【悪魔憑き】ってどういったものか、詳しくわかるかしら？」

途端にフィアは表情を曇らせた。

「申し訳ございません、奥様。あたしはよく知らなくて……あ！　噂なんですが、【悪魔憑き】は悪魔に『命』という対価を支払って、欲しいものを得た罪人のことだと聞いたことがあります！」

「きぇ」

変な声が出るほどヴィオレッタは狼狽する。

自分もまた【悪魔憑き】なのだろうか。前世の人生を終えたとき、不思議な場所で出会った青年を思い出す。あの青年に取引の対価として、「ヴィオレッタが愛する人の命」を支払った。それはまさに、今フィアが言った【悪魔憑き】の条件そのものではないか。

青年は天使だと自称していたが、実は悪魔だという可能性は充分ある。

（で、でも私、今まで洗礼で【悪魔憑き】だって言われたことがないもの。きっとあの青年は本当に天使だったのよ）

きっとそうだ。そうに違いない。

ヴィオレッタはこっそり【悪魔憑き】について調べるのは危険かもしれないと考え直した。万が一、彼女も【悪魔憑き】だと言われて幽閉されれば、エリクと会う機会は生涯やってこない。

（そういえばあの青年、自己紹介の他にも何か話していたような……全く聞いていなかったわ）

青い顔で額を押さえる。後悔で頭痛を覚えたのだが、そんな自分を心配そうに見つめているフィアの視線に気付いて、無理やり微笑んだ。

「教えてくれてありがとう、フィア」

「奥様……申し訳ございません、確信もないことを口にして不安にさせてしまいました。それだけじゃなくて、旦那様を罪人のように言うなんて……奥様の夫になった方なのに」

しゅんと項垂れるフィアに、苦笑する。素直で真面目な彼女を落ちこませたくなくて、励ましの言葉を紡ごうとしたとき――

「今から、【悪魔憑き】とは何か、具体的なことを聞きにいきましょう！」

彼女はがばっと顔を上げて力強く言った。

「……え？　今から……誰に聞きに……？」

「ここの敷地内にある教会に、鎮守様が常駐されてるそうです」

「教会があるの？　敷地内に？」

驚いて聞き返しながらも、ヴィオレッタは小首を傾げる。

「鎮守様、って何をなさる方なの？」

神父様ではなく、鎮守様。

初めて聞く役職名らしきそれは、言葉の響きからして普通の教会の役職ではなさそうだ。

フィアはうーんと考えながら、たどたどしく説明をしてくれた。

「神父様のさらに上位に位置する方です。【悪魔憑き】の呪いを鎮める、大変希少なお力をお持ちで……確か、そんな感じでした。【悪魔憑き】の専門家ってところでしょうか」

「……専門家……」

「はい。なのできっとお詳しいですよ、行きましょう！」

そう言うと、「こっちです！」とヴィオレッタを促して歩きはじめる。

ついていきそうになって、ヴィオレッタは慌てて足を止めた。

これまでの洗礼で【悪魔憑き】と認定されなかったのは、神父では見つけられない何かが――例えば結界のようなものがあった、という可能性はないだろうか。

この世界がどの程度、悪魔や天使といったファンタジー要素を取りこんでいるのかわからないけれど、【悪魔憑き】が存在するのだから結界だってあってもおかしくない。

仮に、そういった何かの理由で神父には気付かれなかったが、ヴィオレッタも【悪魔憑き】と呼ばれる存在だった場合、神父の上位に位置するという鎮守なる者に会うのは危険だ。

ヴィオレッタはじりじりと後ろに下がる。フィアが向かう先は、屋敷に着いた日に遠くに見えた蔦が絡まったドーム型の建物である。

「奥様、大丈夫ですか？」

「え、ええ。その、少し目眩がしただけだから。今日は屋敷にもど――」

「大変です！　すぐにでも鎮守様に見てもらいましょう。医師も兼ねているって、ジョージ様がおっしゃってました！」

（万能の香りがするわ……鎮守様）

会ったこともない相手なのに、若干の胡散臭さを感じるのはなぜだろう。

フィアがヴィオレッタを優しく気遣いながら教会に向かって歩き出す。彼女の表情は懸命に仕事を全うしようとする侍女のそれだ。

（いい子なのよ。本当にいい子なの……でも、少しずれているように思うのは、気のせいかしら）

ちょっと足を踏ん張ったりふらついてみせたりし、その都度「屋敷に戻りましょう」と促す。けれど、フィアは「あたしがおんぶします！」とまで言った。

彼女の必死さに根負けするかたちで、ヴィオレッタはずるずると教会に向かう。

（……大丈夫よ。もし、もし！【悪魔憑き】だって言われても、大事にはならないわ）

エリクとヴィオレッタの結婚は、アベラール公爵家とオーリク伯爵家、双方の結び付きのためのものだ。すでに書類上の婚姻は結ばれたと聞いているし、エリクに【悪魔憑き】のヴィオレッタを宛がったとなると外聞が悪い。双方の家はこぞって彼女が【悪魔憑き】なのを隠すだろう。

（そもそも、私が【悪魔憑き】だと決まったわけではないし……大丈夫よ、たぶん！）

ヴィオレッタは繰り返し、そう自分に言い聞かせるのだった。

ドーム状の教会は、近くで見るとより古風な趣のある建物だった。

他の建物も年代物と呼べる雰囲気だが、この教会はどちらかといえば、太古の遺跡のようである。

まるでこの周辺だけ時代や世界観がちぐはぐな、奇妙な様子だ。

そんな教会の周辺を、春だというのに大きく広がった紫陽花が彩っている。

この生で紫陽花を見るのは初めてだ。もしかしたら、この世界では春に咲くのかもしれない。

そんなふうに、ヴィオレッタが教会や紫陽花について考えたのは、ほんの一瞬だった。

紫陽花の緑色の葉に向けて、象の形をしたジョウロを傾けている青年がいる。ゴシックな服装をし金縁のモノクルをつけたその青年に、ヴィオレッタは激しく見覚えがあった。

彼はまるでヴィオレッタが来るのを見越していたかのように、微笑みながら振り返る。そして、ジョウロを持ったまま会釈をした。

「初めまして。俺は鎮守のメッセと申します。どうぞお見知りおきを」

鎮守を名乗る青年は、どこをどう見ても【契約】を交わした自称天使の青年だった――

ドーム状の建物はステンドグラスが美しい礼拝堂だ。といっても会議室ほどの広さしかなく、全体的に圧迫感を覚える。

しかし美術的観点から見れば、これ以上ないほど素晴らしい。壁に彫りこまれたレリーフ一つとっても精緻で、王都の美術館に寄贈されている有名彫刻家の作品にも引けを取らなかった。

天井には鮮やかな色彩で微笑む女神の絵が描かれている。正面に教壇のような机があって、その上にある、赤子の天使を象った彫刻も細部まで凝った作りだ。

ただ、昼間だというのに仄暗い。ステンドグラスから降りそそぐ陽光はほとんどなく、壁に設えてある鉄製の古めかしい燭台で輝く蝋燭が、ぼうっと辺りを淡く照らしている。

「こちらが礼拝堂になります」

メッセと名乗った青年が広間を示す。

「本来ならば奥の応接室にご案内したいのですが、奥様をお連れするには気が引けまして」

「なぜ私が『奥様』だとわかるのですか？」

「現在、敷地内に在する女性は、エリク・アベラール卿の奥様とその専属侍女のみですから」

苦笑するメッセに、ヴィオレッタはそれもそうだと頷いた。つい過剰な反応をしたかもしれない。

メッセはヴィオレッタを礼拝堂の一番前の椅子に案内すると、壁側にあった丸椅子を運んできて、向かいに座った。

「奥の部屋は俺の生活スペースにもなってるんです。ご用件はこちらでお伺いいたします」

「ありがとうございます」

「俺のような鎮守師に、そんなに丁寧にならなくてもいいですよ」

はにかむ彼に、ヴィオレッタは胸中で小首を傾げる。

(てっきり、あの自称天使の青年だと思ったけれど……もしかして、別人なのかしら)

【契約】をしたときの記憶は会話以外、ひどくおぼろげだ。ゴシックな服装とモノクルという、ぱっと見た印象で同一人物だと勘違いしただけという可能性はある。

ヴィオレッタは当時の自分の記憶を信用していない。

自称天使の青年に関しても服装とモノクルは覚えていても、髪と瞳の色は忘れている。モノクルを左右どちらにつけていたのかさえ曖昧だ。

目の前の青年は、青に近い黒色の髪と瞳をしているけれど……

少なくともフィアがいる今、メッセが【契約】相手の天使なのかどうかを確かめることはできないし、もし本当にあの青年だとしてもヴィオレッタには関係のないことだ。

いや、関係がないことであってほしい。今このタイミングで再会するなど何か理由がありそうで、不安を覚える。

「それで、ご用件をお伺いしてもよろしいでしょうか」

　メッセの言葉に、ヴィオレッタは気を取り直した。

「実は、【悪魔憑き】について詳しく知りたいの」

「ほう、それはなぜです？」

「夫が【悪魔憑き】と言われているのに、私、【悪魔憑き】についてよく知らなくて」

「つまり、妻として夫のことを知りたい、と」

「ええ、その通りよ」

　少ないやりとりだったが、言いたいことは伝わったらしい。メッセは意味深に微笑んで頷くと、【悪魔憑き】について説明を始めた。

「【悪魔憑き】とは、一言で表せば呪われた者のことを言います」

「呪われた者……？」

　ヴィオレッタは咄嗟に自分の身体を見る。彼女が愛した者は定められた死に至るというそれは、呪いに入るのではないか。不安になり、そっと両腕で身体を抱きしめた。

「呪いの種類は様々で……奥様、どうかされました？」

「い、いえ。続けてちょうだい」

「……俺はその呪いを感じたり、薬で緩和したりするのが役目です。心配されなくても、奥様自身は呪われていませんよ。むしろ、美しき天才天使の加護がついているようです」

「天使の加護……？」

「美しき天才天使、の加護です」

なんだか「美しき天才」という部分を強調されている気がする。ヴィオレッタは「美しき天才天使の加護」と繰り返した。メッセは満足そうに頷いて、【悪魔憑き】についての話を続ける。

「【悪魔憑き】には、発作のような呪いが繰り返し現れるのですが、その際、必ず周囲になんらかの被害が出ます」

「周囲に？　自分に、ではなくて？」

「その通りです。そこが厄介なんですよ」

彼は唸り、考えるように天井を見上げつつ、ぽつぽつと話した。

「これは以前俺が出会った【悪魔憑き】の少年の実例なのですが、彼は十四歳で症状が現れました。『店に陳列されている購入前のパンの中心を指で押し潰してしまう衝動』を持つ【悪魔憑き】だったのです」

「……え？」

意味がわからなくて、彼の言葉を噛み砕きながらヴィオレッタは想像する。

焼きたてパンが並ぶ店に飛びこみ、陳列棚にあるすべてのパンの中心を指でズブッと押し潰す客。

(買う前のパンを全部……怖いけれど、【悪魔憑き】というには微妙な気も……)

なんとも言えない顔になる彼女に、メッセが真剣に言う。

「その程度と思われるでしょう。ですが、これはかなり珍しい軽度の実例です」

「軽度？　もっと大変な事例もあるの？」

彼は頷いて、「通り魔のような危険行為が発作として現れる者もいます」と続けた。ヴィオレッタはゾクリと身体を震わせる。心なしか、数度気温が下がったように肌寒さを感じた。

(本物の悪魔に取り憑かれたようになるということかしら)

――旦那様の呪いは、とても恐ろしく……そして、危険なものです。

ふいに、ジョージの言葉が脳裏を過る。あの灰色の塔を思い出した。

あそこにエリクは幽閉されているのだ。それも五十年以上も。

ヴィオレッタは自分自身に置き換えて想像し、恐怖で竦み上がる。

三歳で初めて受けた洗礼、あのときにもし【悪魔憑き】だと言われていたら――

「……エリク様は心細い思いをなさっているのではなくて？」

つい、こぼれた言葉にメッセは軽く目を見張り、考えるように顎に手を当てた。

「毎日のようにお会いしておりますが、心細いというよりも、心がない状態……ですね」

(心がない……？)

それは無慈悲という意味ではなく、心が空っぽという意味だろうか。そういった意味合いに受け取ったものの、実際のところはわからない。詳しく尋ねる前に、メッセが続けた。

「ですがまぁ、幽閉とはいえ、公爵領にこれほどの敷地を与えられている方です。粗雑に扱われているわけではありません。どうか、奥様はご自身を大切になさってください」

彼の声音は忠告の色を帯びており、ヴィオレッタは狼狽する。

「どういう意味かしら」

「ご自身でよくおわかりでしょう」

ギュッと膝の上で拳を握りしめた。

メッセはヴィオレッタにこれ以上エリクに関わるなと言っているのだ。それほどまでに、エリクの【悪魔憑き】は恐ろしいものなのだろう。

ヴィオレッタはふらりと立ち上がり、そのまま踵を返そうとして——その場に踏みとどまる。

様々な決意を胸にここにいるのだ。ヴィオレッタがエリクの妻になったのは揺るがない事実。ならばせめて、妻として夫を心配するくらいは許されるのではないだろうか。

「あなたはエリク様を治療なさっているそうね」

これ以上エリクへの想いを否定してほしくなくて、つい話題を変えてしまった。露骨すぎただろうか。

メッセは何度か瞬きをしたあと、苦い顔で歯切れ悪く答える。

「治療？　……治療、ええ、まぁ、そのようなものですね」

沈黙が降りた。これ以上話を広げるつもりはないようだ、と判断できる。どうやら治療については、あまり詳しく聞けないらしい。

（ううん、充分だわ。今日はあくまで【悪魔憑き】について聞きにきたんだもの）

落ちこみたくなくて、そう思うようにする。

「メッセさん、突然訪れたにもかかわらず丁寧に対応してくださってありがとう。私はこれで——」

「奥様」

けれど、メッセは慌てたように口をひらいた。

言葉を遮ったことに気付いたようで小さく謝罪すると、深呼吸をしてから話しはじめる。

「鎮守師の役目は、普段から【悪魔憑き】本人の体調を管理して少しでも発作の回数を減らし、発作時には本人の負担が軽くなるよう調整することです。……それだけしかできません」

「管理……？」

「はい。ですので、万が一発作が起こった場合、俺にはどうすることもできないんです。医者のように治療できるわけでもなければ、【悪魔祓い】のように憑いたものを祓えもしませんから」

そう言われて、ヴィオレッタは無意識のうちに鎮守師という職を【悪魔祓い】みたいなものだと思いこんでいたことに気付いた。

「……では、その、エリク様は発作を起こしたとき、どうなさっているの？」

「部屋に閉じこもっておられます。薬が効いているようで、僅かに理性が残っているのです。……ですが、さぞお辛いでしょう」

「閉じこもって、一人で耐えておられるのね」

胸の奥にずしりとした痛みを覚えて俯く。どれほどの頻度でその発作が起こるのか知らないが、エリクがずっと一人で耐えてきたのだと思うと涙が溢れそうだ。

「奥様、なぜ【悪魔憑き】を【悪魔憑き】と呼ぶようになったのか、ご存じですか？」

「それは……いいえ、知らないわ。悪魔に憑かれたような行動を取るからではないの？」

メッセは首を横に振ると、懐からピルケースを取り出した。小さなカプセルが一つ入っている。

「発作を他者が無理やり止めようとすると、【悪魔憑き】の者は空気中に毒素を放出します」

「ど、毒⁉」

あまりに唐突な話に、ヴィオレッタは声を荒らげた。

【悪魔憑き】と呼ばれる者たちも人間だ。毒を放出すると言われても、にわかには信じられない。

メッセは蓋を閉じると、そのケースを差し出した。咄嗟に受け取ってしまい、ヴィオレッタは彼を見つめ返す。

「奥様に差し上げます」

「これは？」

「解毒薬です。完全ではありませんが、【悪魔憑き】が発する毒素を中和してくれます。……実は、その毒こそが【悪魔憑き】と呼ばれる所以なのですよ。言い得て妙でしょう？ 体内から出る毒とは、まさに悪魔のようではありませんか」

「毒は、その、命に関わるほど危険なものなの？」

「ええ。周囲にいた者を死に至らしめます」

ヴィオレッタは息を呑む。周囲の者が毒素で死ぬなんて、想像すらできない。

彼女は今になって理解した。

なぜ洗礼で【悪魔憑き】の子を見つけるのか、塔や地下に幽閉するのか。

それは【悪魔憑き】の発作による被害があまりに甚大であるため、先手を打って隔離することで、周囲の人々を守っているのだ。

「奥様、どうかエリク様のことはお忘れくださいい。人生、恋愛がすべてではないのでしょう？」

ハッと顔を上げたとき、メッセはゆっくりと頭を下げていた。

「ご無礼を申しました」

そう言って椅子から立ち上がり、ハンカチを落とす。ヴィオレッタはそれを拾おうと身を屈めた。

「――翠、今夜ここに来い。侍女の前では言えないことがある」

低い声で囁かれて、固る。

伸ばした白い指先は、ハンカチに触れそうなところで止まった。彼女の手を追い越すようにメッセが自分で拾い上げる。

「それでは、薬の調合がございますので失礼いたします。奥様、侍女殿、いつでもお越しくださいね。……出口までお見送りいたします」


それからどのようにして屋敷に戻ったのか、ヴィオレッタは覚えていなかった。

心配そうなフィアに微笑みを返し、その日を過ごして――人々が寝静まる深夜になる。

いつものヴィオレッタならば、とっくにベッドに潜りこんでいる時間だ。しかし今日は夜着に着替えず、窓の向こうを見つめた。

「……夜中だわ」

ぽつりと呟いたのは、自分自身に言い聞かせる言葉だ。小さく震える両手をぎゅっと握りしめて、顔を上げる。

やはりメッセは、あのとき【契約】を交わした青年だった。

話があるというのならば、行かなくては。どのような内容かわからないが、直接来るように促されたのだから、よほど重要な用件だろう。

静まり返った屋敷をそっと抜け出すと、教会に向かって歩き出す。闇に溶けるような濃緑のドレスに羽織ったショールを引き寄せた。

しっかりと羽織っているのに心許なく感じるのは、心が不安に揺れているからだろう。

メッセは何を伝えたいのだろうか。

もしかしたら、エリクに関することかもしれない。

教会の正面ドアの前に立つと、自分を奮い立たせるように拳を握りしめる。たとえ、とんでもない話を聞かされたとしても、気持ちをしっかり持てば対応できるはずだ。

(大丈夫。大丈夫よ、私)

ヴィオレッタはひやりと冷たいドアの取っ手を掴み、強く押しひらいた。

礼拝堂は昼間より遥かに濃い闇で満ちている。壁際の燭台は二つおきに使用されているだけで、ほとんどのものは火が消えていた。かろうじて床が見える程度の明るさだ。蝋燭の炎が届かない箇所は、そのまま冥府に繋がっているのではないかとさえ感じる。

それほど濃い闇に包まれた礼拝堂に、そっと足を踏み入れた。

「……メッセさん、どこにいるの？」

ざわり。ふいに、闇のなかで何かが動く。ヴィオレッタはそちらに目を凝らす。

「メッセさん？」

じっと見つめていると、闇のなかにぼんやりと白いものが見えた。

誰かがいる。

白いシャツを纏った誰かが、暗闇のなかに立っているようだ。

ヴィオレッタは幽霊を怖いと思わない。前世で死んだ記憶があるし、これまでの人生を通して生きている人間のほうが怖いと思い知った。

だから、この白い影が幽霊だといいのにと考えながら、それに近づいていく。

（誰……？　具合が悪いのかしら？）

呼びかけても返事がない。メッセではないのだろう。

もしかしたら敷地内で暮らす他の使用人かもしれないが、呼びかけに無反応というのは些かおかしい。彼らなら敷地内で暮らしている女がエリクの妻かその侍女の二人だけだと知っているはずだ。

（もしかしたら、侵入者？　……誰かを呼んできたほうがいいかもしれないわ）

正直にいえば、人を呼んで騒ぎにしたくなかった。このような時間に教会にいる理由を尋ねられたら、なんと誤魔化せばよいのかわからない。誰かと逢い引きしていたのではないかと疑われる可能性もある。

その躊躇いのせいで、誰かを呼ぼうと決めたときには、三メートルほど歩みを進めていた。

視界の端で白い影が揺らめき――それがあっという間に、ヴィオレッタとの距離を縮める。手首を掴まれて、礼拝堂の床に引きずり倒された。強かに臀部を打った痛みで息を詰めたヴィオレッタは、ぬっと目の前に迫った人影に身体を硬直させる。

「誰なの!?」

血色の悪い男が伸し掛かってきた。彼はヴィオレッタの首筋に顔を埋め、柔肌にカリッと歯を立てる。

「ひっ」

それは甘噛みだったが、相手が誰でなんのためにこのようなことをしてくるのかわからない今、無防備に急所を晒す恐怖で震えた。ヴィオレッタの頬を、柔らかい何かが撫でる。

それが白銀の髪だと気付き、咄嗟に相手を押し返そうとしたが、ビクリとも動かない。

無理にでも引き剥がそうと男の着ている白いシャツを掴み、そのあまりにも上等な手触りに違和感を覚えた。

だが、恐怖でガチガチと震える彼女に、その違和感の理由を考える余裕はない。

「や、やめてっ」

男の髪をきつく引っ張ったり、肩を叩いたりするが、覆い被さってきた男は全く動かない。

(私、ここで殺されてしまうの……？)

そう思った瞬間、男が身体をより密着させてきた。硬くて熱いものがドレス越しに太もも辺りに触れ、自分が今、何をされようとしているのか理解する。

恐怖で喉を引きつらせたヴィオレッタの首筋を、ぬるりとした舌が這った。熱い吐息が肌を撫で、ぞわっと全身が総毛立つ。

「ひぃっ、いやっ！」

「ッ……どうしてここに、女がいる？」

男の、低く掠れた小声が耳に届く。

激しい痛みを堪えているかのような苦痛に満ちた声音に、ヴィオレッタはぎょっとした。

もしかして、呼びかけに無反応だったのは声が出なかったから？　ヴィオレッタを押し倒したのは、助けを求めようとして力加減を誤ったから？

あまりにも悲痛な響きを感じ取り、視線を声のほうに向ける。彼女の首筋から顔を上げた男の驚愕に揺れる翡翠色の瞳が、こちらを見つめていた。長い前髪から覗くその瞳からは、激しい動揺が感じ取れる。

（この人……年が……）

このような暴挙に出るのは年若い男だと思いこんでいたが、相手が老齢と呼べる年配の男であると気付いて、ヴィオレッタは息を呑む。

それも、若かりし頃はさぞ浮き名を流したであろう整った顔立ちをした男だ。

「答えてくれ、きみは誰だ……なぜ、ここにいる……あぁ、くっ」

その目がとろんと潤み、男は下肢に馬乗りになった状態で下腹部をさらに強く押し付けてくる。

ヴィオレッタは悲鳴を堪えて、慌てて言葉を紡いだ。

「わ、私はエリク・アベラール様の妻です！」

そう答えたので、この無作法者はすぐに退くに違いない。ここの主の妻に無体を働く愚か者はいないだろうから。

けれど、男は目を見張ったあと、ギリッと歯を食いしばった。ヴィオレッタの目論見は外れて、彼は覆い被さったまま退こうとしない。

「ど、退いてください」

「っ、あぁ、そうしたい、僕だって、こんなっ」

苦しそうな声音と共に、より強く下腹部を押し付ける。強張る身体を叱咤して、ヴィオレッタは懸命に言葉を紡いだ。

「あなたは誰なのですか？　どうして、こ、こんなこと」

「……僕はおかしくなっているんだ」

そう言う男の声はやはり苦痛に満ちていて、より強く歯を食いしばったのがわかる。もしこのような状況でなければ、何があったのかと親身に話を聞こうと思っただろう。

だが、あいにく彼のトラウザーズ越しに感じる熱杭から、彼の求めていることを察していたヴィオレッタは、自分では役に立てそうもないことを理解していた。

たとえ言葉の端々から、現状が彼の本意ではないと察していても、純潔を散らされることだけは阻止しなければならない。ヴィオレッタはできる限り視線を鋭くし、力を込めて男を睨み付けた。

「あなたが誰か存じませんが、私はエリク様のものです。エリク様以外の男性に身を委ねるわけにはいきません」

はっ、と男が息を呑む。苦痛に歪(ゆが)む瞳に、戸惑(とまど)いの色が大きくなった。

「……それは、本気で言っているのかい」

「当たり前です。私は妻として、エリク様に尽くすと決めているのです」

「僕がその、エリク・アベラールだと言っても……？」

「何を――」

言うの、と続けようとした言葉が途切れる。

今頃になって、ようやく先程感じた違和感に気付いた。男は屋敷を任されている執事のジョージよりも遥かに質のよいシャツを着ている。つまり彼は、ジョージより立場が上の者だ。

当てはまる人物は一人、目の前の男の年齢も話に聞いていたエリク・アベラールと一致する。

（まさか、本当に？）

だがエリクは【悪魔憑(あくまつ)き】ゆえに塔に幽閉されているのではなかったのか。

浮かんだ疑問の答えは、絡まった糸が解(ほど)けるようにすぐに出た。

ここは教会だ。メッセがエリクの主治医のような存在なら、彼がここにいるのはおかしなことではない。敷地内なのだし、メッセからは毎日のように会っていると聞いている。

しかし、たまたまエリクが教会に来ているときにヴィオレッタが居合わせるなど、そんな偶然がありえるのだろうか。嫁(とつ)いできて三日が過ぎたが、本来ならばこの時間に教会を訪れることなどない。メッセに来るように言われなければ、たった一人で屋敷を抜け出しはしなかった。

（……どうして、私に来るように言ったメッセさんがいないの？）

確か、礼拝堂の奥はメッセ個人の生活スペースと言っていた。

先程の呼びかけに気付かなかったのだろうか。それとも留守にしているのか。……来るように、言いつけておいて？

咄嗟に身体を捻って、ヴィオレッタは礼拝堂の奥に続くドアを見る。

ドア付近の蝋燭の火が一つだけ、他の燭台より下方にあった。目を凝らすと、それが幽霊のように佇むメッセが片手に持ったものだとわかる。

彼はヴィオレッタと視線が合うと、「エリク様」と口パクで示してから、グッと親指を立てた。

なぜか清々しいほどに満面の笑みを浮かべている。人助けをしたと言わんばかりだ。

（こ、ここ、この方がエリク様で間違いないということ!?）

昼間、彼に関わるなと言ったはずなのに、メッセは何を考えているのだろう。

混乱するヴィオレッタに、彼はさらに口パクを続けた。彼女に伝わるようにか、ゆっくりと。

さ、ぷ、ら、い、ず。

そう言って、再びぐっと親指を立てる。

言葉を失ったヴィオレッタは口をぱくぱくと動かした。

ふわりと、再び白銀の髪が頬を擦る。

視線を男――エリクに戻すと、彼の顔がゆっくりとヴィオレッタの肩口に沈むところだった。

刹那、エリクの背中がビクンと跳ね、ぐちゅりというぞっとする音が耳元で響く。

「う、くっ」

くぐもった声と共に、ぽたりと何かが床に滴(したた)る嫌な粘着音がした。

「エリク……様？」

恐る恐るその顔を見ようとしたとき、エリクが弾かれたように身体を引いて、たった今顔を埋めていたヴィオレッタの肩を強く押す。

「逃げろっ」

やっと振り絞った、そんな力のない声で、しかし、はっきりと言った。

「早く、逃げるんだ……」

膝立ちになった彼の口元には、血がべったりとついている。一瞬、首筋に噛み付かれたのかと思ったが、そうではない。エリクはヴィオレッタの肩口に顔を近づけてはいたが、噛んだのは彼自身の手の甲だ。

「エリク様!?」

獰猛(どうもう)に瞳を滾(たぎ)らせているのに、その表情は恐怖に歪(ゆが)んでいる。身体は弱々しく震え、己で噛んだ手はだらんと垂れていた。

その壮絶な姿に、ヴィオレッタはこれが彼の【悪魔憑(あくまつ)き】の発作なのだと悟る。

「早く行け！　僕に犯されてもいいのか！」

「で、でも」

怖くないわけではなかった。むしろ逃げ帰りたいし、恐怖で身体の震えが止まらない。それでもすぐに逃げなかったのは、ここで逃げれば、二度とエリクと会えないと予想したからだ。

いや、このままここにいても二度と会ってもらえないだろう。

彼にとってヴィオレッタとの結婚は本意ではなかった。彼女の存在を疎んでいるかもしれない。

それならば今すぐに逃げ帰り、今夜のことはなかったことにして、キッパリとエリクのことを忘れたほうがよいに決まっている。

好きなことだけをして生きていいと言われているのだから、楽しくラクな道を選べばいいのだ。

なのにヴィオレッタは、ふっと自嘲する。

（そうやってまた、私は自分だけが得する道を選ぶの？）

前世でやり残したことをやりたいから記憶を引き継がせてくれと【契約】をした。……自分ではなく、他人の命を対価にして。

相手を死に至らしめるとわかっていたから、独身を望んだ。……家族が困ると知っていたのに。

その場から動かない彼女に、エリクが苛立たしげに叫ぶ。

「きみは【悪魔憑き】がわかっているのか⁉　誰も僕を止められないんだぞ！」

発作を無理やり止めようとすれば、毒素が放出される。忘れるはずもない、【悪魔憑き】が【悪魔憑き】と言われる所以だ。

エリクが逃げろと促す。彼女は今、自分で行動を選べるのだから、さっさと逃げてしまえばいい。

ヴィオレッタは浅い呼吸を繰り返しながら、ぎゅっと強く拳を握りしめる。

どれだけ自分に甘い選択肢を提示しても、決意は揺るがない。

握りしめた手から力を抜いて、小さく震えつつ顔を上げる。

エリクは夢見ていた結婚相手――夫と呼べる初めての人。

他人が決めた結婚とはいえ、ヴィオレッタはずっと、唯一無二となる夫を愛したかった。

そんな大切なエリクに、今夜、やっと会えたのだ。

彼の美しい翡翠色の瞳を見つめて微笑む。

「私はエリク様の妻です。誰にも止めさせはしません」

エリクの瞳が動揺に揺れ、まじまじとヴィオレッタを見つめた。彼はぶるぶると震えていたが、やがてサァと瞳が欲望に染まり、再びヴィオレッタに伸し掛かる。

首筋にエリクの顔が下りてきて熱い吐息がかかる。拒否はしないとわかってもらいたくて、ヴィオレッタはそっとその肩に触れた。


闇に包まれた礼拝堂は二人だけの牢獄のようだ。まるで禁忌を犯しているみたいに、罪悪感で胸が軋む。

この痛みはどこから来ているのだろうか。

夫と初めて身体を合わせる行為は、決して罪ではないのに――

エリクの身体は焼けるように熱く、その熱は彼のシャツだけでなくヴィオレッタのドレスをも通って伝わってくる。

首筋に柔らかな唇が下り、続いて湿ったものが宛がわれた。ぬるりとしたそれは、彼の舌だ。唾液に塗れた舌は、まるで味見をするように白くなめらかな首筋を辿り、ねっとりと耳たぶを舐る。

「ひぃっ」

ぞわっ、と鳥肌が立ち、つい口から悲鳴が漏れた。ヴィオレッタは慌ててぎゅっと唇を噛む。

(聞こえてしまったかしら……?)

ただでさえ望まれない花嫁なのに、これ以上嫌われれば、どうすればいいかわからなくなる。

エリクに身を任せなければと、彼女は自分から身体を密着させた。けれど、小さな震えは続いており、身体の強張りもそのままだ。

前世から一度も異性に身を委ねたことはないが、この行為がどのようなものなのか具体的に理解している。そのせいで、その恐ろしさも容易に想像がついた。

呪いで欲望に染まった男に純潔を散らされるのだ。愛し合う恋人同士の睦事のように快楽を伴うものではないだろう。

ぬちゃ、と耳の穴に舌が差しこまれ、ヴィオレッタはさらにぎゅっと唇を噛む。エリクの膝がドレスを隔てて内股に押し付けられ、太ももを挟んだ。灼熱の昂りをより強く感じ、ヴィオレッタはサッと青くなる。

行為が進めば、この凶器のような昂りがなかに入ってくるのだ。秘窟を強引に押し広げ、秘部の奥まった内臓を圧迫しながら——

そう考えた瞬間、身体が恐怖でより引きつった。

(わ、私、どうしたらいいの……?)

怖がっていると知られれば、エリクに嫌われる。

決して夫を蔑ろにしたいわけではない、彼のために身体を差し出すのが妻の役目だ。

破瓜の恐怖と嫌われたくない思いとでいっぱいになったヴィオレッタは、こぼれそうになる涙を懸命に堪えた。

ふいに、大きく筋張った男の手が彼女の腰を支えるように優しく触れる。

（あ……）

まるで母に抱きしめられたときみたいな、そんな心地のよい触れ方にヴィオレッタは息を呑む。

生まれ変わってからは、貴族という立場上、身内とですら抱きしめたり手を繋いだりしなかった。手のひらのぬくもりがじんわりと溶けて、腰に染みこんでいく。

人のぬくもりに甘やかされるのは何年ぶりだろうか。

感じ入っているうちに、焦っていた気持ちが凪いでいく。

「止めてあげたいけれど、止められそうにない」

ヴィオレッタの身体の震えが収まった頃、エリクが囁いた。彼の息は先程より荒く、声音も苦しそうだ。それを聞いて、凪いでいた心が再び激しく脈打ちはじめる。

それは決して恐怖からではない。

（私のために、待ってくださったの……？）

堪らないというようにヴィオレッタの太ももに下肢を押し付け、エリクは甘い吐息を漏らした。

「くっ、あぁ……っ」

布を隔てていても、それが先程より猛っているのがわかる。男性は耐えるのが辛いと聞いていたし、何よりエリクは呪いに支配されているのだ。実際に彼の顔は汗に塗れ、痛みに耐えるかのようにギリッと歯を食いしばっている。

そんな彼が、ヴィオレッタの気持ちを考えて我慢してくれていると思うと、胸が切なく疼いた。

「あぁ、ヴィオレッタ」

エリクの口から紡がれた名前に、彼女は顔を上げる。

(私の名前……)

ヴィオレッタはここに来てから、彼の妻としか名乗っていなかったはずだ。不要な存在とはいえ、名前くらい覚えていて当然なのかもしれないが、呼ばれたことが思いのほか嬉しい。

「くっ、ふっ、ヴィオレッタ……あぁ、すまない、すまないっ……ヴィオレッタッ、あぁ」

さらにぐりっと下肢を押し付けるたびに彼は熱い吐息をこぼし、ヴィオレッタの名前を呼んだ。

すでに彼女の身体の強張りは解れているが、腰に添えた手はずっと優しく抱きしめてくれている。

時折、撫で回したいというように肌を小さく擦るものの、我に返るように動きが止まっては、強くヴィオレッタの腰を抱きしめた。

ヴィオレッタが怯えたために、本当に何もしないつもりなのだ。ただ自分だけが果てようと、強引に高みに昇り詰めようとしているらしい。

(私がエリク様にそうさせてしまったのだわ)

優しいエリクはヴィオレッタを哀れんだのだろう。

(……このままでは、駄目よ)

どうすればいいだろう、と考える。

新婚の妻が目の前にいるのに、その身体にほとんど触れさせず夫に射精させるわけにはいかない。

しかし、答えを導き出す前に、エリクは抱きしめる腕にさらに力を加わえ、より強く下肢を押し付けはじめた。

「あぁ、ヴィオレッタッ……ああっ」

熱杭を服越しに擦り付けるその動きが、断続的なものから激しさと力強さを伴った一定のリズムを刻むものに変わる。

青白いと思っていたエリクの肌に情事特有の赤みが差し、男の色香に当てられたヴィオレッタの肌もまた、ほんのり朱色に染まりつつあった。

「あぁっ、くっ」

びくん、とエリクの身体が強張った。噛みしめた彼の歯の隙間から、呻くような息が漏れる。

彼はヴィオレッタに覆い被さったまま、強くその腰を引き寄せた。一際強く押し付けた熱杭の先端から勢いよく白濁が迸り、トラウザーズとドレスを濡らしてヴィオレッタの太ももまで染みる。

雄の匂いが辺りに充満し、強張っていたエリクの身体が弛緩した。

荒い呼吸を整える彼を、ヴィオレッタは眉を寄せて見上げる。

「……あ、あの、エリク様。ごめんなさい、気遣ってくださって……私、何もできずに……」

夫に一人で果てさせてしまった。最低な妻だと罵られても仕方がない。

罵倒を覚悟した彼女に、エリクの顔がゆっくりと近づいてくる。ぎゅっと目を瞑ると、頬に柔らかいものが触れた。

唇が押し付けられたのだ。

「ん……少し、落ち着いた、から。……ああ、でも、まだ」

エリクはとろんと潤んだ目でヴィオレッタを見つめると、もう一度、頬に唇を押し付ける。

「あ、あの、私……何をすればいいですか」

「……触れてもいい？」

頬に触れる熱い吐息に身体を震わせるヴィオレッタに、エリクがうっとりと期待を込めて囁く。

どこに触るつもりなのだろう。疑問に思ったが、どこを触られようと断るつもりはない。

「う、は、はい。エリク様の、お好きなところに、触れてください」

ドレスを脱いだほうがいいだろうか。そちらのほうが触りやすいに違いない。しかし、エリクは着衣のままだし、このような場所でドレスを脱ぐのは、はしたないと思われるのではないか。

悶々と考えていると、大きな固い手がドレスの裾をたくし上げた。

（ひゃっ！）

驚きと羞恥に固まっている間に、エリクは器用にドロワーズの隙間から手を差しこみ、ヴィオレッタの柔尻を手のひら全体で揉みはじめた。

丸みを帯びた彼女の尻がエリクの両手ですっぽりと隠れる。

「あっ、エリク様っ」

「可愛いね、ヴィオレッタ」

「か、可愛っ……!?」

平凡ですべてが地味だと言われてきたヴィオレッタを可愛いと言うのは両親だけで、異性から言われたのは初めてだ。本気ではないとわかっているのに、褒められたようで嬉しくなる。

つい先程まで恐怖で震えていたはずなのに、彼の紅潮した頬や優しい手のひらのぬくもりを感じていると胸に熱いうねりが込み上げ、ヴィオレッタはどうしようもなく彼に触れたくなった。

とっくに震えは止まっている。

もっと沢山触れてほしいと、伝えなければ。そして、決して嫌で震えていたわけではないのだと、弁明しなければ——

思い切って口をひらこうとしたとき、柔尻を揉み解していた片方の指がそっと肌を滑り、するりと太ももの間に差しこまれた。指の腹が秘所に触れる。

「あぁっ……!」

自分のものとは思えない甘やかな声を出してしまい、彼女は頬を染める。エリクがくすりと笑った気配がして、羞恥でさらに顔が火照った。

「エ、エリク様」

「もっと触れたい。ここ」

彼の長い指が媚肉をくにゅりと押し、秘裂に沿って撫でる。

向かい合っているので、秘所は見えないはずだ。それなのに、まるで見ているかのような巧みな愛撫が続き、淡い叢に隠れた花芽を指の腹で転がされる。

「あ……ひっ！」

ヴィオレッタはずくんとした疼痛を下腹部の奥で感じた。その甘美な刺激で秘所からとろりとした愛液が溢れてきて、エリクの手を汚す。

（私だけ、気持ちよくなってる……？）

自慰行為さえまともに知らない彼女だが、これが「気持ちいい」感覚であることは知っている。前世でそれなりに生きてきたので、知識はあるのだ。

だからこそ、焦る。

エリクが興奮しているときは何もできなかったのに、自分だけ気持ちよくなるなんてあってはならない。

秘部のじんじんとした痺れが去る前に、再びエリクの指が媚肉に触れた。襞をなぞり、ぷっくりと膨らんだ花芽を焦らすようにつんと弾く。

「ま、待ってっ、それっ」

「ここかい？」

「あぁ……っ！」

花芽を押し潰されて、ヴィオレッタは声をあげた。

エリクは頷いて、彼女の願いとは正反対のことを始める。止めてほしいという意味で「待って」と言ったのに、敏感なそこを念入りに可愛がりはじめたのだ。指の腹で捏ねては摘まみ、秘裂をぐちゅりと撫でては淫水を指に絡ませ、それを膨らんだ花芽に塗り付けるようにくにくにと弄んだ。

「……んんっ……ひぅっ！」

とろりと溢れる愛液がエリクの手からもこぼれて太ももを伝い、床にぽたぽたと滴る。

隠された敏感な部分を弄られるたびにびくんと腰を揺らすヴィオレッタに、彼は熱い息を吐いて満足そうにくすりと笑う。

これ以上ないというほど秘部がしとどに濡れてヴィオレッタの息が上がってきた頃、エリクが秘裂の隙間にそっと指の腹を押し付けた。

「女性の……ここに男性のものが入るそうだけれど。とても狭いね。もっと触れればいいのかな」

静まり返った礼拝堂に、ヴィオレッタの熱い吐息と淫水のくちゅくちゅという音が響く。

弄られすぎた花芽は驚くほど敏感になり、僅かな刺激で腰が揺れる。ましてや直接花芯を刺激されて、もう耐えられなかった。

ついさっきまで恐怖で震えていたくせに、今は淫らに愛液を溢れさせて齎される刺激をただ甘受している。そんな卑猥な自分に羞恥を覚えながらも、もっと欲しいと腰を動かしたくて堪らない。

無理やり散らされるような痛い初体験になると思っていたのに、こんなにも優しくされて、いつの間にかヴィオレッタの心も解れていた。

（エリク様……私の、旦那様）

彼の胸に頬を寄せてうっとりとしていると、ぷくりと膨らんだ花芽を指先でぴんと弾かれる。下肢から背筋を通って頭の奥まで雷のような痺れが走った。

「あっ、ああ……っ！」

びくびくと身体を震わせた彼女は、これまでの比ではない量の愛液を溢(あふ)れさせる。頭がふわりとして、目の前がちかちかした。

（今のって、イッたってこと……？）

しっとりと頬を朱色に染めながら荒い息をついているうちに、エリクの手が秘裂から離れる。

もしかして、終わったのだろうか。

（どうしよう、私一人だけ気持ちよくなってしまったわ）

そう思っていると、カチャカチャとベルトを外す軽快な音が聞こえた。

（何……？）

胸中で首を傾(かし)げたところに、火傷(やけど)しそうなほど熱く猛(たけ)ったものが太ももに挟まる。その猛々(たけだけ)しい肉棒に、ヴィオレッタは息を呑む。

（これって……）

それは、つい先程までエリクのトラウザーズのなかに収まっていたものだろう。

つまり、男性の局部である。

そう思い至った瞬間、ヴィオレッタは恥ずかしさで頬を紅潮させた。これまで男性の局部を見たこともなければ、触れたこともない。それはいつも下着のなかにあるのが当たり前で、間違えてもドロワーズをぐりぐりと押し上げてくるものではない。

（んっ、これ、熱い……ドレス越しより、ずっとすごいわ。それに、硬い……身体の一部がこんなになるなんて、痛くないのかしら）

聞いた話では、とてもグロテスクな見た目をしているという男性の象徴。それが今、太ももの柔肉に挟まってビクビクと動いている。逞(たくま)しく太い幹が力強くクロッチ部分を押し上げ、しっとり濡れて隠れていたはずの襞(ひだ)を力強く押し広げていた。

襞(ひだ)の深い部分に血管の浮き出た肉棒の側面が当たる。

「あぁ……くっ、気持ちいい」

吐息混じりに呟(つぶや)くエリクの声音は、色気を含み、なんとも艶(つや)っぽい。

その声を聞いた瞬間、下肢(かし)がじわりと潤(うる)むのを感じて、ヴィオレッタは咄嗟(とっさ)に足を閉じた。彼女の太ももと秘所に圧迫された硬く熱い男根が、びくんと大きく跳ねる。

「くっ、ヴィオレッタっ」

「あっ」

自ら挟みこんでしまい、肉棒の形をまざまざと感じる。すでにぬるぬるに体液に塗(まみ)れた剛直が、ゆるゆると前後に動きはじめた。

「ひっ、あぁっ、エリク様っ」

猛々(たけだけ)しい熱杭(ねっくい)が、股の間で何度も往復する。ドロワーズ越しにぷっくりと膨らんだ花芽を擦(こす)られ、秘部がどろりと愛液をこぼし、ぐちゅりと一際大きな水音が響いた。

エリクの両手が彼女の尻肉を掴み、激しく揉(も)みしだく。

「あっ……はぁ……あっ、エリク……様……っ」

ヴィオレッタは快楽に身体を震わせて、無意識に下肢(かし)をくねらせた。

その行為がエリクの欲望を刺激したらしい。くっと低く笑ったかと思うと、彼が激しく腰を打ち付ける。ぐちゅん、と卑猥な水音が大きくなり、二人の荒い呼吸と一緒に礼拝堂に響く。

エリクに尻肉を掴まれ荒々しい剛直を股の間に穿たれているうちに、ヴィオレッタは子宮の奥が切なく疼いてどうしようもなくなってきた。熱で浮かされたようにぼんやりとする意識のなかで、その疼きから解放されようと貪欲に下肢を揺する。

つい先程、逃げようとした快楽を今度は自ら欲し、猛った雄に己の秘所を押し付けた。

「ヴィオレッタッ、あぁ……可愛い、自分から……僕のものに擦り付けてくるなんて……っ」

快楽の熱でぼんやりと火照る頭では、彼が何を言っているのか正確に捉えられない。ただ、喜んでくれていることはわかり、嬉しくなって彼の胸により密着する。

すると、シュミーズの下でピンと尖っていた胸の先端が彼の胸板に押し潰され、彼女は大きく身体を跳ねさせた。

「エリク様っ……もう……おかしくなっ……ちゃ……あぁっ」

「嬉しい……ヴィオレッタッ！　きみも感じてくれてるなんて……んっ、可愛い……っ」

肢体がふわりと抱き上げられ、次の瞬間、ヴィオレッタはうつ伏せになる。

尻を突き出す卑猥な格好をしているのだと理解する前に、離れていた怒張が太ももの間に再び宛がわれた。雄の欲望は硬く反り返り、赤く膨らんだ花芽をドロワーズ越しに強く押し潰す。

「ひっ……ああ……っ！」

激しい快楽の渦に呑みこまれて、背中がしなる。礼拝堂の天井に描かれた清らかな女神の絵を瞳に映して、彼女は小さく達した。

ふるふると痙攣する背中から、エリクはドレスを挟んで左右の胸を包みこむ。背後から覆い被さった彼は、胸の形を確かめるように全体を撫で回したあと、硬くなった突起を親指と人差し指できゅっと摘まんだ。

「あぁ……！」

布を隔てた刺激に、ヴィオレッタはまた蜜を溢れさせる。

全身のどこもかしこも敏感になり、一瞬、このままではいけないと我に返りかけた。だが、これまでの比ではない力強さで熱杭が太ももの隙間を穿ち、荒波のように彼女の理性をさらっていく。

エリクが硬くそそり立つ肉棒を打ち付けるたび、襞やすっかり膨らんだ花芽が激しく擦られて、ヴィオレッタを快楽の波が襲う。まるで、奥深くまで一つになったかのような一体感のある快楽に全身を蕩けさせた彼女は、ただただエリクに身を委ねた。

†

エリクはうつ伏せのヴィオレッタに覆い被さり、彼女の白く滑らかな太ももの隙間に猛った雄を突き立てた。

本能のままに腰を打ち付けると、ぱちゅんと卑猥な水音が響き、それがさらに興奮を煽る。

彼女の瑞々しい肌は心地よくて、とてもよい香りがする。

このまますべてを食べてしまいたい。秘所に怒張を擦り付けるだけでも一つになったかのように愛しくて、齎される快楽で意識が飛びそうなのに、実際に深い部分へ己自身を挿入したら、どれほど満たされるだろう。

「あぁっ……ヴィオレッタッ、もう……っ」

勢いよく白濁を弾けさせ、エリクは荒い呼吸を整える。うつ伏せの姿勢から抱き上げて胸に抱きこむと、彼女の腕がだらんと力なく床に落ちた。

「……ヴィオレッタ？」

ひらかれたままのドアから夜闇の残滓を残す灰色の陽光が差しこんでいるのに気付き、愕然とする。

「まさか……夜明けなのか……？」

ここに来たのは、日付が変わった時刻だったはずだ。

毎週、同じ時間に鎮守師のメッセに会いに来ているのだから間違いない。部屋にこもりきりでは健康に差し障りがあるというので、エリクのほうからメッセのもとを訪れているのだ。

（……そうだ。メッセ殿から少し待つように言われて……そこに、彼女が）

昨夜のことを思い出したエリクは、サッと青くなった。

腕のなかでぐったりしているヴィオレッタのドレスは暴漢に襲われたかのように乱れ、彼の不浄な体液で汚れてひどい匂いを放っている。

それは、繰り返し想像しては恐怖に震えた、【悪魔憑き】による発作で女性を不幸にした状態そのものだ。

　彼は罪を犯した己ではなく、ぐったりと動かないヴィオレッタの姿に恐怖する。彼女の顔色は白く、とても生きている人間のようには思えない。

「ヴィオレッタ？　ヴィオレッタ!?」

　肩を抱いて顔を覗きこむ。軽く持ち上げると、かくんと首が後ろに逸れた。

（息を……していない……？）

　愕然としたのも束の間、ヴィオレッタを抱き上げて礼拝堂の奥に続く部屋に向かう。

　そこに、鎮守師であり医師でもあるメッセが常駐しているはずだ。

　一つ目の小部屋に飛びこむと、メッセが本から顔を上げた。長い足を組んで読書を楽しんでいたらしい彼は、エリクを見るとにっこりと笑みを浮かべる。

「おはようございます、エリク様」

「ヴィオレッタが動かないんだ、すぐに診てくれ」

「ええ、勿論です」

　椅子から立ち上がった彼は、持っていた本を裏返し、ひらいた状態で椅子に置いた。

　エリクはその場にしゃがむと、メッセが診察しやすいようにヴィオレッタの姿勢を変える。その際、乱れたドレスを整えた。

　一方、いつの間にかエリクは全裸になっている。

　そのことに違和感を覚えた。全裸の老人が若い女性を抱えて飛びこんできたのだから、これほど滑稽なことはないだろうに、メッセは淡々と医者としてやるべきことをこなしている。何より、奥の自室ではなく礼拝堂から続く一つ目の部屋にいた彼は、まるでエリクがやってくるのを待っていたかのようだ。

「……メッセ殿はずっとここに？」

「ええ、発作が治まるのを待っていましたから」

その言葉を聞いて頭にカッと血が上り、エリクはメッセの手首を掴む。

彼がエリクを止められないことは知っていた。けれど、無理やりにでも止めようとしてくれていたら、ヴィオレッタは犠牲にならずに済んだのではないかと思わずにはいられない。

メッセは驚いたように目を瞬いたあと、なぜか、くすりと笑う。

「そのように感情を露骨に出されるのは、久しぶりですね」

「……こんなことになって、平常心でいられると思うのかい？　僕はこんなふうに誰かを傷付けたくなかった。そうするくらいなら、一人で生涯を終えたほうがマシだ！」

だが激高しながらも、エリクはわかっている。

メッセにはどうすることもできない。すべて自分が【悪魔憑き】の発作に屈したから起きてしまったのだ。鎮守師がいなければ、発作時に感情すら支配されるのは経験済みであり、昨夜のように理性が残っていたのは全部メッセの日頃からの管理の賜だ。彼は全力で鎮守師としての役割を全うしている。

（僕の意思が弱かったんだ……だから、彼女を不幸にしてしまった）

メッセの手首を離して、ヴィオレッタの細い体躯を抱きしめる。そのとき、カツンと、彼女のドレスからこぼれ落ちた何かが床を打った。

見覚えのあるピルケースだ。震える手で拾い上げて、躊躇いながらそっとひらく。

「これは……？」

「それは、予め奥様にお渡ししておいた『解毒剤』です。【悪魔憑き】の発作を強引に止めた際に出る毒を、中和してくれるものですね」

エリクは息を呑む。

「じゃあ、ヴィオレッタは強引に僕を拒絶することができた……？」

それは偏に、【悪魔憑き】の発作は誰にも止められない。

【悪魔憑き】から溢れる毒が原因である。だから、てっきりヴィオレッタは仕方なく、エリクに身を委ねるしかなかったのだと思っていたが……

「ええ。ですが、お使いにならなかったようですね」

ころん、とピルケースのなかで一粒の薬が転がる。

——私は、エリク様の妻です。誰にも止めさせはしません。

強い決意のこもった眼差しで、明確な意思を口にしたヴィオレッタの姿を思い出す。

彼女は最初からエリクを受け入れてくれていたのだ。あまりにも健気で、こんな自分でも愛されるのではないかと思ってしまう。彼女の清らかな身を快楽の道具のように使っておきながら。

ヴィオレッタは貴族だ。エリクが塔から出るなと言われたことを今でも守っているように、彼女もまた、夫となる相手に尽くすようにと育てられたのを守ったのではないだろうか。

そうでなければ、自分のような年上で【悪魔憑き】の男に、身体を許すはずがない。

（……そうだ。ヴィオレッタはあくまで妻としての役割を果たそうとしているだけ。それが貴族だから。僕が愛されているわけがない）

自分のような男が夫でさぞ幻滅したことだろう。

悲愴を露わに黙りこむエリクをそのままに、メッセは淡々とヴィオレッタの首筋を触診し、目と顔の色を診ていった。

「お疲れになったのでしょう。とてもよく眠っておられますね」

「……眠って？　でも、息をしていないじゃないか」

メッセは何度か目を瞬くと苦笑を浮かべて、ヴィオレッタの胸の辺りを示す。よく見ると小さく上下している。

「随分と気が動転しておられたようですね」

気付かなかった。しかし、こんな小さな呼吸で大丈夫なのだろうか。苦しくて満足に呼吸ができていないのではないか。

そう言うと、メッセは「これが普通です」とキッパリ言う。つまり、ヴィオレッタは無事なのだ。

「でも、顔色も悪い。こんなに白いのは、僕が怖い目にあわせたからだ」

「貴族の女性は日に焼けることを恥と捉え、徹底して避けます。この肌色は元々ですね」

（……そう、なのか）

エリクの肌色の基準はジョージだ。彼の趣味は狩猟で、今でも休日は必ずその趣味を謳歌するというし、元々肌の色が濃いのだろう。

あまりに閉鎖的な環境で生きてきたがゆえに、世間一般の普通がエリクにはわからない。

「血色ならば、エリク様のほうがよろしくないですよ。もっと食事をしっかり取ってくださいね」

「……メッセ殿。では、ヴィオレッタは……」

「眠っておられるだけです。奥様が目覚めてからも気を付けて診るようにいたしますから、ご安心ください」

「……あぁ、そうか……よかった」

エリクはやっと、安堵の息を吐く。途端に目眩を覚えるほどの睡魔に襲われた。

発作のあとはいつもそうだ。深い眠りに引きずりこまれる。

メッセが奥からマントを持ってきてヴィオレッタの身体に掛けると、エリクに向かって言う。

「エリク様、あなたもかなり体力を消耗しています。すぐにでも横になられたほうが——」

そこで言葉を途切れさせた。朦朧とした意識でなんとか座っているエリクの顔を覗きこむように、しゃがむ。

睡魔のせいだろうか。いつも優しく弧を描いている目のなかの青色を帯びた黒い瞳が、エリクには爛々と輝いているように見えた。

「奥様を愛しておられるのですね」

「……愛。……これが」

「心から奥様を愛しく思い、そして、肌を合わせた」

「………しかし、正式な夫婦の契りは……」

「正式でなくとも、肌を合わせたことに変わりないでしょう？　あなたは奥様の運命の相手なのですよ」

意識を保っていられない。

エリクはぎゅっと腕のなかのヴィオレッタを抱きしめ、彼女に重なるようにして意識を飛ばした。

†

「――運命の相手、か」

泥のように睡眠を貪りはじめたエリクを見下ろして、メッセはそっと息を吐いた。自身が羽織っていた薄手の長衣をそっと彼に掛けてやる。

メッセはヴィオレッタと半ば強引に【契約】を交わした。そして双方望む条件のもと現在に至る。

だが、エリクは直接その【契約】に関与していないにもかかわらず、死という大きな不幸を背負うことになる。

それを、呪いを受けた状態と呼ぶ。

(うまくいけばいいが……時間もないからな)

エリクの首筋の脈を測りながら、メッセは考える。

呪いというのは、一つの依り代に一つしか存在できない。もし二つ以上の呪いが一つの依り代に集まれば、お互いに反発し合い、一番強い一つが残るのが理なのだ。

現在、エリクのなかには二つの呪いが混在している。

一つはヴィオレッタがメッセと交わした【契約】による呪い。

もう一つは、【悪魔憑き】である。

そもそも【悪魔憑き】は、先代の創世神が齎した血筋による呪いだ。まだこの国が創建されて間もない頃、平穏を得るという免罪符のもと、神の使者である天使に人々が手を掛けたのが発端だという。創世神は怒り、大罪人たちに犯した罪をすべて償うことを求めた。

(だが、到底一代では償いきれず、子々孫々、大罪を背負うことになる)

先代の創世神は残酷だった。罪人の家系が途絶えないよう貴族という地位と富を与え、隔世遺伝によって【悪魔憑き】という呪いを発現させたのである。この世に【悪魔憑き】が生まれるたびに、人々は少しずつ罪を贖っているというが、この贖罪の終わりは見えない。

それでも、何代にも亘って受け継がれてきた呪いは、現在ではかなり薄まっている。

(順調にいけば俺がかけた【契約】が優先されて、エリクの【悪魔憑き】は消える)

そうなれば、それでよい。

問題は、エリクの呪いが消えなかった場合である。

それはすなわち、メッセの力が及ばない、別の脅威があることになるのだ。

――元より、エリクの【悪魔憑き】は異様だった。

苦痛と恐怖と快楽を同時に経験し、心身共に疲弊しながら五十年以上も塔で過ごすなど、普通の人間の精神力では無理だ。彼がここまで長寿というのは些か違和感がある。

「まるで何かに守られているようだ。もし、エリクが【悪魔憑き】ではなく……」

呟きかけて、メッセは自嘲した。

翠と【契約】をしたのも、【悪魔憑き】を運命の相手として宛がったのも、すべては人に交ざってどこかに潜んでいる大いなる災いを見つけ出すため――

それが、メッセがここにいる理由であり役割なのだ。

（今はまだわからない。ヴィオレッタとの【契約】による呪いが、エリクの身体にどう現れるか。それを確認しなければ）

思いのほか安らかな表情で眠る二人を見ながら立ち上がると、部屋の奥から救急箱を持ってくる。ヴィオレッタの行動は読めていたものの、まさかエリクが手の甲を噛んでまで理性を保とうとするとは思わなかった。

「……いい男に嫁いできたな、翠」

――正直に言えば、エリクがヴィオレッタの運命の相手になることはないと考えてはいた。

運命の相手とは、最初から決まっているものではない。どの者とも運命の相手になる可能性は必ずあって、皆無でもなければ絶対という確信もないのだ。

メッセはこれまでも【契約】してきた転生者に【悪魔憑き】を宛がってきたが、ヴィオレッタほど望み薄な結婚はなかった。

（翠と交わした【契約】を後悔してたんだよな。条件をつけすぎたせいで、あやうくヴィオレッタを独身のままにするところだった）

だがエリクとの縁は無事に成就し、運命の相手として繋がったらしい。

――このまま幸せになってくれればいいのに。

無責任にそう考えつつ、メッセは胸の奥でざわめく不快な感覚を払拭しようと首を横に振った。

## 第3章　朝を迎えて

意識を取り戻したヴィオレッタは、一瞬、どこにいるのかわからずに混乱した。

柔らかなベッドに、温かみのある木製の天井。ふわりと鼻腔を擽るのは、清潔なシーツから香る石鹸だ。ひらいた窓から部屋に滑りこんでくる穏やかな風は甘い花の香りを纏っていて、優しい心地になる。

（……仕事、行かなきゃ）

ぼうっとそんなことを考えながら、彼女はゆっくりと半身を起こす。

しかしそれが、遠い昔の前世の習慣だと思い至るのはすぐだった。

自分がヴィオレッタとしてこの世に生まれ変わり、憧れだった結婚をしたのはつい最近のことだ。

けれど、夫となったエリクには会えなくて――

そして昨夜のことを思い出す。顔を真っ赤にして、同時に、両手で顔を覆った。

（うそ。そんなはずないわ。だって、だって、エリク様があんなに素敵な方のはずがないもの！）

きっと、自分の願望が見せた夢なのだ。

そうでなければ、エリクがあのように心優しいうえに男性的な魅力に溢れる人物のはずがない。

ヴィオレッタは愛し愛される家庭を理想としている。両親も祖父母も愛し合い、とても優しい家庭を築いていたのだ。それは前世でも今世でも同じで、世界は違っても素敵な夫婦関係を築けるという事実は、より彼女の結婚願望に火をつけた。つまり、前世からずっと望んでいるのは「愛し愛される結婚」であって、冷えきった夫婦関係を維持するだけのそれではない。

とはいえ、ヴィオレッタは誰に嫁いでも夫を全力で愛する自信があり、貴族の繋がりのための結婚だろうが尽くす心積りでいた。

それほど強い願望——野望を胸に秘めた彼女は、相手にまで理想を押し付けていたのだろう。昨夜見た夢がその証拠だ。

（見た目なんて気にしないと言っていたのに、心の奥ではイケメンがいいって思ってたのね）

夢のなかのエリクは年齢相応の見た目ではあったが、若かりし頃はさぞ美男子だっただろう端整な顔立ちだった。自分でも気付かなかった願望を知り、それを夢にまで見るなんて、とても申し訳ない。

（エリク様はずっと塔に幽閉されている方。資金は潤沢なうえに、年配で……新陳代謝が衰えているはずだわ。きっと、まん丸に太ってつるっつるの頭をした、加齢臭だって……そんなお方のはずだもの！）

想像のまん丸に太ったエリクで問題はない。あの夢はさすがにやりすぎだ。俳優顔負けの美丈夫が夫だなんて。

（もう、私ったら何を考えているのかしら）

ヴィオレッタはため息をついて立ち上がろうとした。そのとき、ズキリと秘所が痛む。

「何……え？」

身体を見下ろし、胸元に散る花びらのようなうっ血にぎょっとする。慌てて夜着の下、痛む女性の花びら部分を確認すると、表皮が少し赤くなっているようだった。疼痛というよりも、布に触れるたびにヒリヒリとした痛みを感じる。

まるで、何かに強く擦り続けられたような――

（えっ……ええっ⁉）

リアルな秘所のひりつきがヴィオレッタを冷静にさせた。

つまり、あれは夢ではなく現実だったのだ。

本当は薄々気付いていたけれど、エリクの見た目が素敵すぎ、優しく肌に触れてもらった生々しい記憶が想像していたより遥かに心地よくて、現実だと信じきれなかった。

そもそも、いつの間に部屋に戻ったのだろう。汚れたはずのドレスはどうなったのだ。

気になることが数々あるが、それよりもヴィオレッタの心は不安を覚える。

（エリク様に、私が【契約】したことを言っていないわ）

伝えなければと決めていたのに、極度の緊張と混乱で、すっかり忘れていた。

（まだ……最後まではしていないわよね？）

途中から記憶がない。本当に何もなかったと言えるのだろうか。

念入りに身体を確認する。破瓜の血は見られないし、下腹部の奥まった部分に痛みはないので、おそらく純潔を保っているはずだ。

ヴィオレッタは安堵すると同時に、重要なのはそこではないと気付いて、自分を恥じた。

天使――メッセとの【契約】では、あくまで愛し合った状態で肌を合わせることが寿命のカウントダウンの条件だったはず。

（昨夜のあれは、当てはまるのかしら）

もし昨夜のことがカウント開始の条件に当てはまるとすれば、「エリクとヴィオレッタは出会ってすぐに恋に落ちている」ことと「肌を合わせた」必要がある。

後者の「肌を合わせた」という条件に関しては、かなり警戒しなければならない。手を握る行為ですら、広義の意味では肌を合わせるに含まれる可能性がある。

【契約】をしたときは具体的だと思った条件だが、改めて考えると漠然としていた。

――きみが愛した男と相思相愛になって肌を合わせた日から二十五年後に男の死を望む。

交わした【契約】の言葉はよく覚えている。

メッセは確かにそう言っていた。そうとしか、言っていなかった。

昨夜の【サプライズ】も、何が目的だったのかわからないまま。少なくとも、ヴィオレッタが会いたがっていたから引き合わせてあげた、という親切心ではないだろう。

メッセにはメッセの目的があるようだ。

決してヴィオレッタのためだけに設けられた【契約】ではないことを肝に銘じなければならない。

（……悲しいけれど一つ目の条件はあり得ないから、まだカウントは始まっていないわよね）

ヴィオレッタはエリクに好意を抱いている。

夫となる人物を愛すると決めていたが、昨夜、エリクと二度と会えないかもしれないと考えたときの胸が裂けるような思いこそ、彼を愛している証拠ではないか。

しかし、そんな感情を相手も自分に抱いたとは到底思えなかった。

元々、ヴィオレッタは望まれていない。

しかも、エリクがこれまで部屋にこもって耐えてきたという【悪魔憑き】の発作に、彼女は居合わせてしまったのだ。

昨夜のあの行為が発作ならば、わざわざ一人で部屋にこもらなくても娼婦を雇うか愛人を囲えばよい。あえてそれをせずに一人で耐えているのは、発作を他者に見られたくないからだと推測できる。おそらく、発作を起こした姿を見られるのが屈辱的なのだろう。

これまで彼が隠してきた深い部分にヴィオレッタは土足で踏みこんでしまったのだ。

エリクが手の甲を噛んでまでヴィオレッタを逃がそうとしたのも、そう考えれば辻褄が合う。そうでなければ、望まない妻にそこまでするとは思えない。

エリク自身がヴィオレッタに触れたくなかったのだ。

そうとは気付かずに、夫と会えなくなるのが辛いと我儘を言って残った。きっと理性が戻ったエリクは、二度と顔を見たくないほど彼女を嫌悪し憎んでいるだろう。

そう思うと、目頭が熱くなってくる。優しく触れてくれた指やシャツ越しに感じたぬくもり、耳元で囁かれた低い声を思い出して、ヴィオレッタは唇を噛んだ。

けれど近づいてくる足音を聞いて、ハッと顔を上げる。溢れそうになっていた涙を拭い、胸元のうっ血を隠すために布団を胸まで引き上げた。

ドアがノックされる。

「奥様、おはようございます。フィアです」

「おはよう。どうぞ」

いつもならば笑顔で朝食の準備ができたと言うフィアが、今日に限ってなぜか頬を上気さて興奮していた。鼻息も荒い。

「フィア、何かあったの？」

「ジョージ様がいらっしゃっています。旦那様が奥様と共に朝食を召し上がりたいとおっしゃっておられるそうです」

「……旦那様が？」

「朝食のお誘いですよ。急いで支度しましょう！」

彼女は「やっと旦那様も奥様の素敵さに気が付いたんですね！　あたしのほうが早く気付いてますけどね！」と胸を張っている。

（……朝食）

昨日までのヴィオレッタならば、諸手を上げて喜んだだろう。しかし今の胸中はざわざわと不穏に揺らぎ、それどころではなかった。

朝食の誘いという体裁をとっているが、昨夜の件についての話があるに違いない。

（まさか離婚を切り出されるのかしら）

想像して青くなるが、すぐに否定する。

離婚はエリクの一存では決定できないはず。ならば、できる限り彼女を遠ざけようとするだろう。

（ここを出ていくように言われるのかしら。それとも屋敷に監禁されるとか）

あの優しいエリクを怒らせたのだと思うと、胸が張り裂けんばかりに痛む。

ヴィオレッタの顔は真っ青で、握りしめた拳は白く色が変わっていた。

「お、奥様⁉」

フィアが慌てて駆け寄ってきて、大きなチョコレート色の瞳を心配で揺らしながら顔を覗きこむ。

「やはり旦那様が恐ろしいのですね。……噂では、化け物のような方だとか。そうですよね、あたし、一人ではしゃいじゃってごめんなさい。ジョージ様にお断りしてきます！」

踵を返そうとする彼女の腕を掴んで慌てて引き留める。気遣いは有り難いけれど、ここで断るわけにはいかない。

「いいえ、平気よ。すぐに準備して向かうから、ジョージに少し待ってと伝えてくれる？」

「……わかりました。でも、ご無理はしないでくださいね」

フィアが部屋を出たのを確認してから立ち上がったヴィオレッタは、よし、と気合を入れる。くよくよ落ちこんでいても仕方がない。ヴィオレッタに会うつもりのなかったエリクからの朝食の誘いだ。昨日までの何もない日々から状況が動いたのだと思えばいい。妻として応じ、昨夜のことをしっかりと謝罪しよう。【契約】についても話さなければならないし、エリクの考えも聞いておきたい。

（エリク様とお話ができればいいのだけれど）

怒り心頭状態だとしたら、一方的に罵倒されて絶縁を切り出される可能性はある。

そうだとしても、昨夜のことはヴィオレッタの責任だ。妻として彼の決定に従わなければ。

彼女は夫との初めての食事に相応しいドレスを選びはじめた。

ジョージに連れられてエリクのもとに向かう途中、ヴィオレッタは何度か昨夜のことをどこまで聞いているのか彼に尋ねようとした。けれど、聞く勇気が出ないまま敷地の最奥に建つ塔に着く。

ここ暫くいつも傍にいてくれたフィアは、一緒ではない。

ジョージが言うには、エリクは女を視界に入れたくないのだという。その事情を察したヴィオレッタは、留守番と聞いてショックを受けたフィアを慰めて、たった一人ジョージについてきた。

心細くないと言えば嘘になるが、これればかりは仕方がない。

改めて、エリクが暮らしているという灰色の塔を見上げた。ビル六階ほどの高さだろうか。一階部分は屋敷のような造りになっており、その中心辺りから太い煙突みたいに空に突き出た筒が、エリクが暮らす塔だ。

「こちらの最上階で、旦那様がお待ちです」

ジョージが慣れた様子で屋敷のドアをひらいた。

一階と二階部分はヴィオレッタが暮らしている屋敷と大差ない。そこにはエリクの世話に必要な品々は勿論、塔に置ききれない彼自身の私物が置いてあるそうだ。

二階から塔に続くドアをくぐると、一気に閉鎖的な雰囲気になった。窓がほとんどない。

ジョージは慣れた手つきで足元に置いてある燭台に火を灯し、歩きはじめる。

螺旋階段で途中の階はなく、六階に直通しているようだ。

階段の途中で、ジョージが何度か振り返る。最初は気にしていなかったが、あまりにも頻繁に振り返るので、ヴィオレッタはその理由を尋ねた。

「どうかなさったの？」

「一気に歩いておりますので、お疲れではないかと……」

「平気よ」

「さ、さようでございますか」

微笑んで答えると、なぜか引かれる。

ヴィオレッタは密かに身体を鍛えてきた。というのも、二度目の人生でやりたいことをすべてやるためだ。願いを叶えるために資本となるのは、健康的な身体だろう。吹けば飛ぶようなか弱い令嬢では、面白い本を見つけても徹夜で読むことができない。

何よりも前世の両親が最後まで気遣ってくれていた健康を、今生では大切にしたかった。

その体力のおかげで、休憩なしで最上階に辿り着く。

息の乱れが一切ない彼女をジョージは怪訝そうに見るが、何も聞かれないのをいいことに微笑んで誤魔化すことにした。

最上階には、ぽつんと一つだけドアがある。ここがエリクの部屋だろう。ジョージがノックをする。

どうぞ、と昨夜と同じ男の声がして、ヴィオレッタは緊張で震える両手に力を込めた。

ジョージがドアをひらき、入るように促す。自然に視線が部屋のなかに吸いこまれた。

どうやって持ちこんだのかわからない巨大なベッドや本棚が壁沿いに並んでいる。そのベッドの側に置いてあるアンティークな椅子に腰をかける、白銀の髪をした老紳士がいた。美しい長髪を後ろで一つに纏めたラフなシャツと黒のトラウザーズといった姿で、ヴィオレッタを認めるなり優雅な仕草で立ち上がる。

彼からは昨夜の獰猛な雄の雰囲気は全く感じられず、優しさに満ちた熟年の紳士といった風情だ。翡翠色の瞳はヴィオレッタを歓迎するように細められ、視線はとても温かい。

「よく来たね。こちらにどうぞ」

エリクは自らテーブルの椅子を引いて、案内をしてくれた。すでに朝食が用意されており、ヴィオレッタは彼の紳士的な行動に驚きながらも、お礼を言って素直に椅子に座る。

「――では、わたくしはこれで」

ジョージが慇懃に一礼し、さっと部屋を出ていった。束の間、沈黙が下りる。

(エリク様はジョージに昨夜のことを話していないのね。だから、彼に出ていくようお命じになったのだわ)

ヴィオレッタはピンと伸ばした背筋をより伸ばす。

夫婦の今後についての話し合いが、今から始まるのだ。

†

「わたくしはこれで」

ジョージの言葉に、エリクはぎょっとした。だが表情には出さず、彼を微笑で見送る。

正面に座るヴィオレッタは表情が強張っている。

(二人きりか。落ち着こう。……うん)

突然、これまで顔さえ見に来なかった夫から食事に誘われて困惑しているのだろう。もしかしたら困惑ではなく、不快感を堪えているのかもしれない。

彼女は夫には尽くすのが当然だと思っているようだ。だからエリク自身を恨むことはないかもしれない。それでも、もし【悪魔憑き】の老人ではなく若く健康的な男に嫁げば自分は幸せになれたのだと、本心では理解しているはずだ。

そう思うと、申し訳なさと、それを上回る奇妙なざわざわとした不快感を覚える。

彼女はもう、エリクの妻だ。

自由にしてもよいと伝えて会わないつもりだったのに、偶然にも教会で居合わせた結果、彼女に無体を働いてしまった。そのことをジョージにも言えずにいるが、この老いぼれた身体はよく覚えている。

触れたときの心地良さ、彼女の柔らかい肌、甘く優しい香り。

それから、温かな視線と優しい声音。

（……誰にも渡したくないな）

ただ死ぬまで生きる、それだけの日々だった。

昨夜、ヴィオレッタに出会うまでは――

エリクは正面から真っ直ぐにヴィオレッタを見た。彼女のブルースピネルのような美しい瞳が、警戒するように見つめてくる。

束の間、彼は今朝の出来事に思いを馳せた。

――ヴィオレッタを抱きしめたまま意識を飛ばしたはずのエリクが、たった一人で目覚めたのは、教会の長椅子だった。傍にいたメッセにヴィオレッタがどこに行ったか問うと、騒ぎにならないように屋敷に返したと答える。

『さぁ、エリク様もお戻りください、ジョージ殿が気付く前に』

『僕はどのくらい眠っていたんだい？』

『一時間ほどです。先程、特別な祈りを施したので、疲れはとれていると思います。今回はたまたま条件が整ったので使えた術ですから、いつもできるわけではありませんよ』

メッセは時々、魔法使いのような言動をとる。彼の言葉が真実かどうかはわからないが、エリクの体力は戻っていた。発作のあとは惰眠を貪るばかりだったのに、今朝はむしろ調子がよい。

エリクは礼を言って、教会をあとにする。

すでに朝日が昇っており、何年かぶりに朝の眩しい陽光を浴びながら塔に戻ったのだが、なんとも清々しい心地に心身が満たされていた。

その後、部屋にやってきたジョージに『ヴィオレッタはどうしているだろうか』と問うたのだが、なぜか驚きに震えた彼が、すぐさま『奥様をお呼びいたします。朝食をご一緒になさるというのはいかがでしょうか?』と提案し、ぽかんとするエリクが返事をする前に決めてしまったのだ。

ジョージは執事として一歩引いたところがあるため、今回のように強引に動くのは珍しかった。

まあ、エリクもヴィオレッタと話したいと思っていたので、彼の提案は有り難い。

そうして、ヴィオレッタがやってきた。


エリクは正面のヴィオレッタを見つめた。珍しいブルースピネルのような色の瞳が、キラキラとして美しい。このまま見つめていたかったが、警戒の滲む視線を向けられ、不安に心が軋む。

(……まずは謝罪をしなければ)

昨夜、いきなり無体を働いてしまったこと。こんな自分に身を委ねてくれて嬉しかったこと。それから――」

「突然呼びつけてすまなかったね。身体は……痛まない？」

口からこぼれたのは、昨夜の謝罪ではなかった。

謝ったところで決して許されないとわかっているため、はっきりと拒絶されるのが怖かったのだ。

エリクの言葉を聞いたヴィオレッタは、頬を朱に染める。小さく頷きながらしっかりと「はい」と言う姿に、庇護欲を覚えると同時に、愚かな征服欲が満たされるのを感じた。彼女は昨夜のことを思い出しているのだろう。

(ヴィオレッタは今、僕のことを考えている)

そう思うと、かつてないほどの喜びを覚える。

いじめた相手の困る姿を見て喜ぶこの感情は、嗜虐的だ。自覚があるからこそ、エリクは己の滑稽な感情をひた隠しにして微笑む。

彼は愚かにも、孫ほど年の離れたヴィオレッタに恋をしてしまった。

昨夜、彼女を押し倒したとき、いや、彼女がエリクの【悪魔憑き】の発作を見ても逃げ出さず強い決意と美しい瞳を向けたとき、エリクの心は決まったのだ。

しかしそれは、あくまで彼が一方的に好意を抱いたにすぎない。

彼女は夫に尽くすだろうが、必ずしもそこに愛があるとは限らないのだ。

やはりエリクから遠ざけて、老い先短い彼が他界してから似合いの相手を見つけたほうが、彼女のためだろう。

わかっているし、ずっとそのつもりでいた。

しかし今、エリクの心は荒波をゆく小舟のごとく激しく揺れ動いている。

(……ヴィオレッタが他の男のものに)

想像しただけで腹の奥に石が溜まったような不快感を覚えた。

「エリク様、あの……朝食にお招きいただき、ありがとうございます」

ヴィオレッタが恐る恐る言う。そこで自分が沈黙していたことに気付いて、彼は慌てて苦笑を浮かべた。

「来てくれてありがとう。狭いところで申し訳ない。ここは僕の部屋で……ああ、もっと片付けておけばよかった」

突然決まったことだったので、部屋はほとんど手付かずだ。

唯一ベッド周りは簡単に片付けたけれど、机には読みかけの本が積み重ねてあるうえに、棚の箱には弟からの手紙を無造作に投げ入れてある。そのいくつかは箱から落ちて床で埃を被っていた。

ジョージが朝食の準備をする前に換気をしていたので空気は綺麗だろう。

部屋にこうして誰かを招くこと自体が初めてなので、勝手がよくわからない。

「……冷めてしまったけれど、朝食にしよう」

ヴィオレッタが困ったように唇を噛んでいるのを沈黙が辛いせいだと思ったエリクは、そう言って先に食べはじめる。

生まれて初めて、会話には話題というものが必要だと知った。これまで積極的に誰かと話してこなかったのを後悔したのもまた、初めての経験だ。

緊張しているせいか、今日の朝食はやたらと薄味に感じる。

ふとヴィオレッタを見ると、食事に手をつけていない。エリクが見つめていることに気付いた彼女が、慌てたように水を引き寄せて口に運ぶ。

「無理に食べなくても構わないよ」

「いただきます。ですが、あの、食事の前に話をさせていただいてもよろしいでしょうか」

そう言って顔を上げた彼女には、これまでの怯(おび)えとは違う決意のようなものが見られる。

昨夜、エリクに身を委(ゆだ)ねたときも、こんな決意に満ちていた。

重要な話なのだと察したエリクは、そっとフォークとナイフを置いて膝の上で手を組んだ。

おそらく彼女は昨夜のことを話すのだろう。

私はエリク様の妻です、と言ったのを取り消したいのだろうか。それともこの屋敷を出ていきたくなったのか。

そんな話、聞きたくない。

しかし、彼女の望みを叶えてやれるのだと思えば、手放したくない気持ちを抑え、微笑(ほほえ)んで見送れるかもしれない。

エリクは無理やり笑顔を作った。

「何かな？」

「……あの、私がこれまで結婚できずにいた理由についてです」

ところが予想外の話に、目を見張る。

「きみの？」

「はい。これはエリク様にも関係のある、とても大切なことなのです」

ヴィオレッタの真剣な眼差しのなかには恐怖があった。

(もしかして、部屋に来てからずっと緊張していたのはこの話をするため……？)

彼女はもうそろそろ結婚適齢期を終える。エリクはそんなもの気にしないが、どうやら彼女にも何か事情があるようだ。

(隠すこともできるのに、あえて話してくれるのか)

その誠実さに心を打たれたエリクは、これからどんなことを聞かされても愛しい気持ちは揺るがないだろうと確信する。

(やはり、僕はヴィオレッタを離してあげられない)

彼女に尊敬を深く感じることで、己のなかに芽吹いている確固たる愛しさを改めて自覚する。

諦めと同時に決意をしたエリクは、静かに息を吐き出して顔を上げた。

†

(どういうことかしら？)

エリクから呼ばれたのは話があるからだと思っていた。しかし彼は、口をひらこうとしない。

食事を終えてからゆっくりと話すつもりかもしれないが、緊張で食事が喉を通りそうもなかった。

「あの、食事の前に話をさせていただいてもよろしいでしょうか」

水を向けてみる。

「ああそうだ、先に話をしておかないとね」、そんなふうに乗ってきてくれるのを期待したのだけれど……

「何かな？」

彼は尋ね返しただけだった。

（私に出ていけと言いたいのではないの……？）

なぜ、と考えてすぐに思い至る。もしかしたら、言い出しにくいのではないだろうか。

彼はとても穏やかな人で、ヴィオレッタに同情しているのかもしれない。

エリクの視線を受けながら、静かに決意を固める。昨夜言えなかった――これまで誰にも言ったことのない【契約】について話すのだ。

「……あの、私がこれまで結婚できずにいた理由についてです」

緊張から、声が震える。真剣さを察したのか、彼が双眸を細めた。

ヴィオレッタは己の身に起きた【契約】について、すべてを話す。

たった一つ、教会に在駐する鎮守師メッセが、【契約】をした天使だということを除いて。

エリクにとって、メッセは必要な者だ。【契約】の話を聞いてヴィオレッタを嫌悪したエリクが、万が一、メッセまで追放する事態だけは避けたい。

エリクは茶化すこともなく真剣な面持ちで、ときに相槌を打ち、最後まで聞いてくれた。話が終わると、沈黙が部屋を支配する。

エリクの顔を見つめていられず、ヴィオレッタはすっかり冷めて固くなったベーコンの脂身をじっと見つめた。カタリと椅子が動く音がして、目の前に影が落ちる。顔を上げると、テーブルを回りこんできたエリクが、無表情で見下ろしていた。

背の高い彼に見下ろされて、その迫力に身体が震える。

(出ていけ、と言われるのだわ)

そう覚悟して、泣いてなるものかと拳を握りしめた。

ふいに、エリクが膝を折る。

まるで騎士のように床に片膝をつき、恭しくヴィオレッタを見つめた。男性特有の骨張った大きな手が、彼女の膝にあった左手に重なる。

年齢を重ねた手は温かい。

左手をすっぽりと手のひらで包みこまれた瞬間、咄嗟にその手を握り返す。エリクは驚いたように身体を強張らせたが、ヴィオレッタはさらに強くその手を握りしめた。

(離れたくない……ここにいたい)

胸の奥から込み上げてくる熱いものを、唇を噛んで堪える。目頭が熱くなって、胸の熱がぽろぽろと一気に溢れ出た。

「エリク様、わ、わたし、嫌です」

掠れた声で、懇願する。

みっともないことをしている、もっと軽蔑されるとわかっていても、彼の手を離せない。

「ここを出ていきたくありません。エリク様に嫌われたくない。……お願い、嫌いにならないで」

心に秘めておかなければならない本心を、我儘を、言わずにはいられない。泣きながら縋る姿は惨めでしかないのに、口から流れる自分の気持ちを止められなかった。

伯爵令嬢に相応しくない振る舞いだ。淑女はこのように感情的になってはならない。妹のソフィならば決してこんなことはしないだろう。

ヴィオレッタをそれほど大胆にさせたのは、これが最後の機会だとの思いからだ。

エリクのもとに嫁いだ望まれぬ花嫁は、「愛した男を死に至らしめる呪い」を運んでくる悪魔のような女なのだから、遠ざけられるのは確実である。

本当に、これが最後なのだ。

「ごめんなさい……私がソフィのように素敵な女性なら、エリク様を幸せにして差し上げられたかもしれないのに――」

そう口にした瞬間、力強い腕に引かれて、言葉が途切れる。

気付いたときには、その胸に飛びこむかたちでエリクの両腕に優しく抱きしめられていた。

(……え?)

ヴィオレッタは息を呑む。

「僕は最低だ。きみにそんなことまで言わせてしまうなんて」

痛みを堪えるような声音に、恐る恐る顔を上げた。泣きそうに表情を歪ませたエリクの顔が、すぐ近くにある。

「きみは素敵な女性だよ、ヴィオレッタ。僕がきみを嫌うなどありえない」

腰に回された腕に力がこもり、顔が彼の肩に強く押し付けられた。

お互いの服越しに身体が密着するこの体勢は、昨夜の営みを彷彿とさせる。

「……嫌わないのですか？　私を？」

怖々と聞くと、彼ははっきりと頷いた。

「ど、どう、して？　エリク様は最後まで結婚に反対されていたのではないのですか。妻を持ちたくないのでは……？」

「うん。でも、僕は『ヴィオレッタ』に年甲斐もなく惚れてしまったから」

「……ほ、惚れ……ええっ⁉」

都合のよい聞き間違いかもしれない。そう思いながらも、ヴィオレッタは頬を赤くする。エリクを見つめると、彼は苦笑を浮かべ、真っ直ぐに彼女を見つめ返した。

すぐ近くで視線が交わる。

「これまで色々と悩んできたものがどうでもよくなって吹っ飛ぶくらい、きみに夢中になってしまった」

はにかむエリクの目元が、ほんのりと朱に染まっている。ゆっくりと顔が近づいてきて、ヴィオレッタの額に唇が押し付けられた。続けて頬に、そして……唇に。

優しいキスは短かったけれど、彼の気持ちを理解するには充分だった。

「これまで沢山頑張ってきたんだね。辛かっただろう。きみは幸せになるべきだ」

「……エリク、様、と？」

「うん。……僕が幸せにする」

「……っ」

エリクの声は力強かった。

嬉しいはずが、涙が溢れて止まらない。

エリクの顔を見て夢ではないと実感したいのに、幼子のように泣きじゃくってしまう。

「ヴィオレッタのことがわかって嬉しかった。僕も……きみに聞いてほしいことがある。僕の【悪魔憑き】について。それから、これまで僕がどんなふうに生きてきたかを」

何度も頷く。ヴィオレッタからエリクにしがみつくと、彼は優しく抱きしめ返してくれる。

「二人のこれからについても、話し合わないとね」

幸せに心を震わせて、彼女は心からの笑みを浮かべた。


ヴィオレッタの気持ちが落ち着いた頃、二人は冷めてしまった食事を再開した。

部屋に来てからろくに視界に入れていなかった朝食は、軽く焼いた白いパンとふわふわのスクランブルエッグ、長く薄いベーコンが二枚。さらに季節のサラダと、新鮮なミルクと水、パンにつけるジャムが二種類だ。

そんな朝食を食べ終えると、食器はそのままに二人でベッドに移動する。

ここには客用のソファがなく、部屋で話をするとなれば、食事をしたテーブルで会話を続けるか、ベッドに移動するかの二択しかない。

エリクが当然のようにベッドの縁へ促したので、ヴィオレッタは緊張しながら先に座っていた彼の隣に座った。

昨夜の今でそういったことにはならないとわかっていながらも、肘が擦れる距離に並んでいると胸が激しく脈打つ。

同時にこれほど近くにいても許されることが嬉しくて、彼女は緩みそうになる顔を必死に引きしめた。

もはや、ヴィオレッタを悩ませていたものはない。涙が消えると同時に、もやもやと胸を占めていた憂いは消え去った。

心を曇らせていた苦痛は、エリクに追い出されるかもしれないという不安だけではない。これまで誰にも話せずにいた【契約】のことや、前世の記憶があること、さらには結婚したくないと我儘を言って兄妹たちとの関係に亀裂を生んだことなど、【契約】と細い線で結ばれたそれら小さな積み重ね、すべてだ。

エリクがそれらの過去を受け入れてくれたことで初めて、己が自らの秘めた過去を苦痛に思っていたことにヴィオレッタは気付いた。

前世の記憶はとても役に立つし、あってよかったと思う。しかしその一方で、それを得るために犠牲にしたものの大きさに押し潰されそうになっていたのだ。

彼女は恋を知ったばかりの少女のように高鳴る鼓動を感じながら、そっと隣のエリクを見上げる。柔和で穏やかな横顔には精悍さが伴っていた。その身体は貧相というわけではなく、むしろ長身な彼はしなやかな筋肉が逞しい。

「どうしたの？」

ふと、エリクの視線がヴィオレッタの視線を捉える。優しく細められた目に見つめられて、彼女は頬をぽっと染めた。

「あ、その、エリク様がとても……素敵で」

「僕のような老人がかい？」

苦笑する彼は、どうやらヴィオレッタの言葉を信じていないようだ。しかし、彼女がさらに頬を染めて頷くと、信じるつもりになったのか、目元を朱に染めて咳払いをした。

「……ありがとう。僕の残りの人生すべてをかけて、きみを愛すると誓うよ」

大きな手に肩を抱き寄せられて、ヴィオレッタはそっとエリクの胸にもたれる。彼はその身体を軽々と抱き上げて、膝の間に座らせた。彼の胸にすっぽりと収まる心地に胸が甘くときめく。

「ヴィオレッタ、僕の過去はあまり面白いものではないんだ。それでも……【悪魔憑き】についてだけは、知っておいてほしい」

緊張を押し隠すような、ぴりっとした声音。

夢見心地だったヴィオレッタは、自分一人だけすべてを打ち明けてすっきりしていたことに思い至って反省する。極力自然に聞こえるように、なんのことでもないふうを装い返事をした。

「私にエリク様のことを教えてください。一緒に過ごすためなら、私、なんだってしますから」

「……なんだってしてくれるの？」

エリクの驚いた声音に、はっきりと頷く。

「はい。私でお役に立てるなら——ひゃっ！」

ふいに項に柔らかいものが押し付けられて、擽ったさに変な声をあげてしまう。続いてぬるりとした感触がして、首筋を舐られているのだとわかった。全身を柔らかな震えの波が襲う。

「エリク様……？」

「なんだってなんて、言うものではない。特に、きみみたいに若く優しい女性は簡単に利用される。……こんなことをされても、これが【悪魔憑き】の治療だと言えば、きみは嫌だと言えなくなるだろう？」

「そんな……治療じゃなくても、私のことはエリク様の好きになさって構いません。わ、私も意思はありますから、思っていることは言いますけど」

首筋を甘噛みしていたエリクが、ふと動きを止めた。

「……きみは、本当に」

その声は感動で震え、愛しさを滲ませている。

次の瞬間、彼はさらに強く、ヴィオレッタの柔肌に歯を立てた。まるで肉食獣にその身を委ねるような危うさが、ヴィオレッタにぞくりと甘美な陶酔を齎す。

「……っ」

己のものだと印を残されているようだ。

ふるりと身体を震わせるのと同時に、より強く抱きしめられて首筋に額が押し付けられた。

「ありがとうヴィオレッタ。【悪魔憑き】の内容の前に……僕のことを話してもいい？」

「とても知りたいです」

エリクはくすりと笑ったあと、そっと話しはじめる。

「僕は三歳の頃に【悪魔憑き】だと言われてこの塔に幽閉されたんだ。命じたのは母だった」

「お母様に……？」

「そう。通常は、初めての発作が起こるまでは、どのような【悪魔憑き】かわからないから地下牢に入れられるそうだ。でも、母は辺鄙なこの地に僕を幽閉した。あの日から世界が一変したよ」

彼は淡々と自分について話す。

塔に幽閉されてからも、父であるアベラール公爵の命令で勉強や剣術を学んできたこと。母は毎日のようにやってきては、エリクを哀れんで泣いていたこと。しかし十二歳で初めて発作が起こって以降、父はエリクを見放し、母はエリクを仇のように扱ったこと。

「【悪魔憑き】には日常生活にさほど影響しない軽度のものから、僕のように生涯幽閉されるべきものまであるんだ。……父が僕に勉強をさせていたのは、公爵家の一員として恥ずかしくない教養が必要だと思っていたからだ。でも、僕がどんな【悪魔憑き】なのかを知ると、僕を公爵家の人間として数えなくなった」

ヴィオレッタはなんと言えばいいかわからず、力強く抱きしめてくる腕にそっと触れる。

「父と母は政略結婚で、そこに愛はなかった。父は愛人を囲っていて、その愛人との間に生まれたのが弟だ」

エリクの母は矜持の高い女だったという。愛されないとわかっていながら嫁がざるを得ず、子を産んだ。しかし、我が子が【悪魔憑き】だとわかった直後、夫の愛人が次男を産んだのだ。

正妻であること、自分の子が公爵位を継ぐこと。

その二つがあったから、彼女は矜持を保っていた。そんな彼女がエリクを辺鄙な場所にある塔に幽閉したのは、息子の【悪魔憑き】を可能な限り隠しておきたかったからだ。

十二歳で【悪魔憑き】の内容がわかると父はエリクを見捨てた。次男に爵位を継がせると決め、エリクを公爵家から除名しようとする。母の怒りと失望は凄まじく、それらすべてはエリクに向けられた。

「母は毎日この塔にやってきては、部屋の前から僕に話して聞かせた。僕の存在がどれほど忌まわしく、不幸を齎すのか。母が言うには、僕は存在するだけで女性を不幸にするらしい」

「そんな……！」

ヴィオレッタはぎょっとする。

エリクが【悪魔憑き】の発作を起こしたとしても、必ず女性を不幸にするわけではない。それに、存在するだけでだなんて言いすぎだ。まるで確定した未来のように息子に語って聞かせる彼女を想像して思う。

（お母様自身が辛い目にあったから？　だから、存在するだけで女性を不幸にするっておっしゃったの？）

夫に見放された貴族夫人の気持ちは推して知るべしだが、その不幸を息子にぶつけるなんてあってはならない。彼自身は何も悪いことなどしていないではないか。

ふいに、エリクが眉尻を下げた。

「ありがとう」

どうやら、考えが顔に出ていたらしい。慌てるヴィオレッタをくすりと笑って、彼は話を続けた。

「母の言うことも可能性として充分あることだった。僕は本能でそれがわかっていた。だから怯えたよ。発作が起こるたびに誰かを傷付けるんじゃないかって、不幸にするんじゃないかって。……そんなある日、この塔にこもってさえいれば誰も不幸にしないと気付いたんだ」

連日エリクに呪詛のような言葉を吐き続ける母親は、一度も彼の部屋に入ってこなかったという。彼女はエリクの【悪魔憑き】を恐怖し、警戒していたのだ。

そこまで恐怖される自分は生涯、塔で暮らすべきなのだろう。そうすればきっと、誰のことも苦しめずに済む。その考えは、母親がこの世を去ったあとも続き、現在に至る。

「僕が今でも公爵家に名前を連ねているのは、異母弟のおかげなんだ。父が彼に公爵位を継ぐよう命じた際に、僕を公爵家から除名しないことを条件に引き受けたらしくてね」

「そうでしたか」

エリクの異母弟は現アベラール公爵である。

彼は公爵位を得てからエリクの世話をやくようになり、適度な運動のための散歩ができるようにと敷地の拡張までしたらしい。最初は塔しかなかったのが、使用人や客用の建物、教会、エリクがいずれ結婚したときに妻が暮らす用の屋敷まで作ったそうだ。

話を聞く限り、エリクはかなりアベラール公爵に好かれている。彼はアンソニーと共に結婚をすすめた本人だが、ただ家同士の結び付きのためだけに兄を結婚させたとは思えなくなった。

「こうして話すと、僕はとても恵まれているね。異母弟は健気で、ジョージも献身的だ。実家が裕福だから、塔にこもったまま鎮守師の治療を受けることもできる。……僕はね、恵まれた環境にいるってわかっていたんだ。けれど、何もかもがどうでもよかった。生きている実感さえなくて……生きていることそのものが、苦痛だった」

「エリク様」

ヴィオレッタは彼を抱きしめたくなる。けれど、後ろから抱きこむように強く抱きしめられていて動けなかった。ただ彼の腕を強く握りしめる。

メッセはエリクのことを感情がないと言っていた。ただ死ぬときを待つだけだったエリクに、感情は不必要だったのかもしれない。

「……ヴィオレッタ」

「はい」

「僕の【悪魔憑き】の発作は、性的興奮を求めるものだ」

それは、昨夜の時点で気付いていた。ヴィオレッタは静かに頷く。

「発作は定期的に来る。けれど、近くに女性がいればその限りじゃない。女性は発作の引き金になるから、ここの使用人は皆、男性なんだよ」

「では、やはり昨夜の発作は、私のせいだったんですね」

嫌われていないとほっとしたが、エリクの発作を促したことに変わりない。項垂れると、彼が咳払いをした。

「確かに想定外だったけれど、メッセ殿のおかげで自我は残っていた。それに、定期的なものではなかったから短時間で済んだんだ。本来の発作はもっと――あ、ううん、なんでもない」

「もっと長い間、続くのですか？」

話を止めた彼の言葉を、ヴィオレッタは続ける。彼女に遠慮して言葉を濁したのは明らかだ。

「……まぁ、うん、そう。こういうことは年齢と共に衰えてくるそうなんだけど、【悪魔憑き】の発作は呪いみたいなものだから……」

「本来の発作はもっと大変なのですか？」

エリクが黙りこんだ。奥歯を噛みしめてからそっと息を吐き出し、ゆっくりと話しはじめる。

「部屋にこもって、ひたすら快楽を貪るんだ。……大体、三日ほど。ひどいときだと一週間」

「……そうなんですね。たった一人で、そんなに長い間……」

「結構きついよ。心身共に苦しいのに、衝動が止まらないんだ」

食事や睡眠も取れない、と言う。その声が、感情がこもらないように意識した淡々としたもので、それがさらにヴィオレッタの胸を締め付けた。

（あら。でも、昨夜の想定外は、それほど長くなかったのよね）

ふむふむとしっかり考えはじめる。彼女が沈黙したせいだろう、エリクの身体が緊張で強張った。

「……やっぱり、僕のような【悪魔憑き】は受け入れられないよね。いつ巻きこまれるかわかったものではないし――」

「エリク様。もしかして、定期的に起こる発作まで待つから余計に苦しいのではないですか？」

彼の腕が緩んだ隙に、勢いよく振り返る。驚きに目を見張ったエリクに見下ろされた。

「ある程度、性欲を発散したら発作が軽くなるかもしれませんよ。つまり、小出しにするのです」

「……性欲を小出しに……」

「すでに試されてましたか？」

「いや、薬で発作を止めるのは試してきたけれど、あえて促すことはしていない」

「エリク様がよろしければ試しませんか？」

たった一人で発作に耐える苦痛が和らぐのならば、ヴィオレッタはなんでもするつもりだ。エリクの瞳が柔らかく微笑んだことに気付いて、彼女はぱっと笑みを深めた。

「……協力してくれるの？」

「はい、勿論です！」

「ありがとう、ヴィオレッタ」

その瞬間、視界が反転する。

ベッドに押し倒されたのだった。

覆い被さってきたエリク越しに、見慣れない硬質な天井が広がっていた。

ヴィオレッタはここが二人しかいない密室だと思い知る。

嬉しそうに弧を描く彼の瞳に、欲望の炎が浮かんでいる。エリクは欲望を隠すつもりがないようだ。目眩を覚えるほど官能的な視線に彼女は身震いした。

「可愛い、ヴィオレッタ」

色気を含んだ低い声に、頬を熱くする。

(もしかして私、誘ってしまったの!?)

性欲を小出しにすると言ったのは、彼の心身の疲労を少しでも楽にできないかと考えて、だ。

具体的には、まずは有効性が望めるかどうかをメッセに確認する。そのあとで、どういった方向に行動していくか話し合う。かなり大まかだが、そういった計画を考えていたのだ。

しかし当然ながら、そんなことがエリクに伝わっているはずもなく、彼がヴィオレッタに誘われたと思うのは当然のことだった。それにエリクは彼女に恥をかかせないために自ら行動してくれたのではないか、とも思う。

(でも、さすがに昨夜の今朝で、事に及ぶなんてあるのかしら)

男性は一度達するとかなり疲れると聞いたことがある。ましてやエリクは六十六歳であり、今は呪いの発作も起きていないようだ。

「……ヴィオレッタ」

耳元で囁かれてぴくんと身体を震わせる。彼の声が、男性的な匂いが、シャツ越しに感じる肌のぬくもりが、ヴィオレッタの熱を高めていく。

「い、いけません。エリク様は、昨夜発作を起こしたばかりです」

「駄目なのかい？」

しゅん、とまるで拗ねた子犬を彷彿とさせる落ちこんだ声音に、彼女は慌てて両手をエリクの肩に回す。そのまま彼の頭にそっと触れて、自らの首筋に押し付けるように抱きしめる。

「駄目なのではなく、その……」

「他にも、不安があるのかな？」

エリクに受け入れられて、彼女の憂いは晴れた。

心の奥底に残っていた懺悔の気持ちはまだあるけれど、それはヴィオレッタの問題だ。

そうではなく、彼女の【契約】によって、エリクが被害者になること。自身の命を奪われる可能性については何も言っていないのが気にかかる。

こうして触れてくれるのだから、気持ちは固まっているのかもしれない。

けれど――

「てっきり、このまま夫婦の時間を過ごせると思って年甲斐もなく高揚してしまった。……早急すぎたね。怖がらせてしまったようだ」

エリクがそう言って、ヴィオレッタの上から退いた。ヴィオレッタは慌てて彼の腕に縋り付く。

「違います！　エリク様、私と、その、してしまったら……確実に寿命が……」

昨日の触れ合いが【契約】の条件に入らなければ、寿命のカウントダウンは始まっていない。

(どう言えばいいのかしら。濃厚な触れ合いは避けて、達することを重視しましょう、とか？　いいえ、それでは駄目よ)

何を言ってもエリクを拒絶する言い訳だと思われそうで、ヴィオレッタは言葉に窮する。

「ヴィオレッタ」

呼ばれて、おずおずとそちらに顔を向ける。彼は驚きや軽蔑ではなく、意地の悪い笑みをその顔に浮かべていた。

「僕を心配してくれているんだね。けれど、それは杞憂だよ」

「え……？」

「僕はね、とても楽しみなんだ」

ふふっと笑い声をあげる彼に、ヴィオレッタは目を瞬く。

エリクは愛おしい者を見るような目で見つめてくる。愛情と情欲を宿して深く輝く翡翠色の瞳が、心に強く焼きついた。

「ヴィオレッタ。僕は、きみの言う【契約】で命が奪われてしまうんだろう？」

「はい。ですが、昨日の時点でカウントが始まっていないのならば、まだ――」

「僕としては、そのカウントが始まったのが昨日でも今日でも、誇らしいことに変わりないんだ」

(……誇らしい？)

話が食い違っているかもしれない。ヴィオレッタはこのままでは会話がチグハグになると思い、慌てて自分の不安を説明する。

「【契約】の対象になったら、二十五年後にエリク様は命を失うんです。……もしかしたら、想像もつかない苦痛を齎すかもしれません」

メッセはただ命を貰うと言った。六十六歳のエリクとて例外ではないだろう。

彼と結婚することになったときは、単純に高齢の人ならば二十五年という縛りが適用されないのではないかと考えた。

けれど、そう簡単なことではないのかもしれない。

メッセと再会したことで不安が増して、ヴィオレッタは様々な可能性を考えるようになっている。エリクの場合すでに高齢であるため、天寿を全うした時点で二十五年後という縛りはなくなるのだろうか。それとも、年老いて弱った身体のまま、無理やり二十五年間も生かされるのだろうか。他にもいくつか思い浮かぶものの、そのどれもがエリクを苦しめるのに変わりはない。

彼女は言葉を途切れさせながら、考えを話す。エリクはその話を黙って聞いてくれた。

「なるほどね」

頷いた彼が、長い指でヴィオレッタの髪を梳く。

「……ヴィオレッタ。人は簡単に嘘をつく。そのときは本心だったとしても、変わることもある」

そして言葉を選ぶようにゆっくりと話しはじめた。

「それは僕たちも例外じゃない。絶対なんてこの世にはないんだよ。愛し合っていると確信できる今は穏やかな心地でいられるけれど、きみがもし僕ではない男を好きになったら、僕はきみにひどいことをしてしまうと思う」

「私が、エリク様ではない人を……？　そんなこと――」

「あり得ない、ってきみは言ってくれるだろう。信じるよ。今は心から信じている。今の僕は、きみを生涯信じられると思っている。……けれど、明日の僕は違うかもしれない。明後日の僕はどうだろう」

彼はヴィオレッタの髪を一房手に取り、そっと自身の唇に押し当てる。

「【契約】では、愛し合った運命の相手の命が奪われるんだろう？　二十五年後か、それとも僕が天寿を全うするだろう数年後か。どちらでも構わない。きっとそのとき、僕らの愛は証明される。それがとても誇らしいんだ」

「言葉は――」

ヴィオレッタは「それほどまでに信じられないのですか」、と聞こうとして止めた。

エリクが信じられないのは言葉ではなく、彼自身だと察したからだ。

彼はこれまで、自我を失うほどの発作をたった一人で耐え続けてきた。その日々は、彼女が想像できないほど心を痛めつけて、孤独と自身に対する不信感を植えつけたのだろう。彼はきっと、今でも深い闇のなかを彷徨っている。

そこにヴィオレッタが僅かな光を照らした。エリクは光に向かって歩み出したが、この光がいつ消えてしまうかと怯えているのだ。そんな彼にとって、二十五年後という未来を示す言葉はある種の「約束」と似た安心を与えているのかもしれない。

「何より、僕はその天使に感謝している。きみと出会わせてくれたことは、僕の長い生涯において最も輝かしく誇らしい出来事だ。喜んで命を差し出すよ」

エリクの静かな言葉に秘められた確固たる決意を感じ取り、ヴィオレッタは目を見張る。

彼の瞳は穏やかで、森の奥深くに隠された神秘の湖のように澄んでいた。

ヴィオレッタは自分の浅い考えが恥ずかしくなる。

同時に、エリクの想いの深さに胸を打たれた。

（……私。エリク様を、愛しているわ……）

胸の奥からせり上がってくる切ない想いを正確に理解する。

これまでもエリクを愛していると思っていた。実際に愛していた。しかし、彼に「愛している」と言われても、心のどこかで信じ切れていなかったのだ。

昨夜顔を合わせただけの、なんの取り柄もない彼女をこんな素敵な男性が愛するはずがない。

そう、決めつけていた――

「エリク様……あの、私」

「うん？」

「……愛しています……エリク様を。他の誰でもなく、あなたを」

声は震えたが、伝わったようだ。エリクは目を細めて嬉しそうに微笑(ほほえ)むと、彼女の額(ひたい)に口付ける。

「僕と心身共に夫婦になってほしい……僕の愛しいヴィオレッタ」

「……喜んで」

その後頭部を、彼は包むように支えた。彼の顔が近づいてきて吐息が肌を掠めた直後、唇が合わさる。柔らかく甘い口付けに、ヴィオレッタはすべてを委ねて目を閉じた。

触れるだけのキスを繰り返したあと、エリクが彼女の上唇を軽く噛む。舌で唇を丹念に舐め上げ、順番だというように歯列をなぞり、口内に差しこんだ。口内を余すことなく愛撫し、奥にある彼女の舌を探り当てる。

それまでの優しい触れ合いが嘘みたいに舌を激しく搦め捕られた。

「んんっ……んっ」

舌の表面や裏側、付け根まで舐められ、心地よさにうっとりする。

自らもエリクを求めていることを知ってほしくて、勇気を振り絞って舌を差し出した。

エリクの肩が僅かに跳ね、より激しく口内を貪られる。ヴィオレッタは愛する人に食べられている心地に陶酔した。肉厚な舌がさながら猛獣のように、彼女の口内を蹂躙する。

「んっ……ふっ、んん……ッ」

荒々しく舌を吸い上げられるたび、部屋に響く唾液の音が鼓膜を刺激した。

卑猥なそれがヴィオレッタの欲望に火を灯し、理性を脆く崩していく——

エリクの手が彼女の肩に触れた。彼の大きな手は、全身を確認するように、背中、腹部、臀部に移動する。激しい口付けとは違う、撫でるだけの動きがもどかしい。

そのとき、より強く舌を吸われた。

「んん……ふう！」

「っ、はぁ、ヴィオレッタッ！」

顔を離したエリクがくすりと笑うと、呼吸が整う前に再び軽いキスをする。情欲に濡れた瞳で見下ろし、自らのシャツに手をかけた。

彼の上半身は、しなやかな筋肉に覆われている。塔での幽閉生活が長く、色は白い。そのせいで、ヴィオレッタはてっきり彼が痩せ細っていると思いこんでいた。

しかし思い返せば、シャツ越しでも感じた逞しさは、鍛えられた男性のそれだ。

続いて、エリクの手がトラウザーズにかかる。

「……ごめん、きつくて」

勢いよく飛び出してきた肉棒に、ヴィオレッタは息を呑んだ。あまりにも太く雄々しいそれは、先端から透明な体液をこぼして屹立している。血管が浮き出ていて、肌の一部とは思えない浅黒い色をしていた。ふいに肉棒がずくんと一回り膨らんで、より反り返る。

「あまり見つめられると、興奮してしまうよ」

「ご、ごめんなさいっ」

頬が真っ赤になっているのを感じながら、ヴィオレッタは慌てて顔を背けた。彼女の鼓動は驚きと興奮でとても速くなっている。

（うそ。……あんなふうになっているなんて）

エリクの昂りは思っていたより、遥かに大きい。あのような怪物がトラウザーズのなかに潜んでいたなんて信じられないほどに猛々しく、圧倒的な存在感をしている。

（もしかして、これが呪いなの？）

肉棒からは昨夜の疲労が見えなかった。最後までしていないとはいえ、かなり快楽を貪り射精もしたはずなのに。エリクはまた快楽を求めて肉棒を硬くしている――

「ヴィオレッタの身体も、見ていい……？」

そう聞きながら彼がドレスに手をかけた。裾を捲られ、シュミーズとドロワーズが明るい部屋で露わになる。

ヴィオレッタはごくりと生唾を飲みこむと、自らシュミーズを脱いだ。恥ずかしいのでゆっくりだが、エリクは彼女のペースを見守ってくれる。

けれど膝立ちになってドロワーズを脱ごうとしたとき、激しい口付けですっかり潤んでいた秘所から蜜が滴っていることに気付いて、彼女は手を止めた。

（脱がないと……エリク様が望んでくださっているのだもの）

ぐっと羞恥を堪えてドロワーズを下げる。

幸いなことに目覚めたときにひりひりしていた痛みはひき、快楽と期待による疼きしか感じない。

そうして何一つ纏っていない生まれたままの姿で、エリクに向き合う。

沈黙が下りた。

じりじりと裸体を視姦されて、ヴィオレッタはもぞりと両足を擦り合わせる。辺りの気温が上がったような気がして、耐えきれずに両手で胸を隠した。

標準より大きい胸は魅力の一つになりそうなものだが、いかんせん、貴族令嬢に求められるのは見た目の美しさと社交性、それから女性らしい教養だ。

男性に求められるものが地位と甲斐性（かいしょう）であるのと同様、この世界では絶対的な常識だった。

なのに、エリクが熱い吐息をこぼす。

「あぁ、ヴィオレッタ。……とても……とても、綺麗だ」

感動したように呟（つぶや）くと、ヴィオレッタの腰を引き寄せる。あ、と思ったときには、彼女はエリクと向かい合うようにして彼の膝を跨（また）いでいた。

足を閉じられない姿勢に羞恥（しゅうち）を覚え、慌ててそこから退（ど）こうとする。けれど、腰に添えられた手がそれを許さない。

「ここ、綺麗だね」

「えっ」

エリクが見ていたのは、ちょうど彼の顔の前に晒（さら）されている豊かな乳房だ。先端が薔薇（ばら）のように紅（あか）く色付き、淫（みだ）らにつんと尖っている。抱き寄せられた拍子にちょうど眼前に突き出されたのだ。

ごくりと彼の喉（のど）が動いた。欲情を浮かべた瞳がヴィオレッタを捉え、腰の手は不埒（ふらち）に動き回る。

「あぁ、すごい。……苺（いちご）みたいに、美味（おい）しそうだ」

唇が乳房の柔らかな側面に押し付けられて、ぬるりと舌が這（は）う。腰を支えているほうとは反対の手が、持ち上げるように胸を掴んだ。

「柔らかい……」

そう呟（つぶや）くなり、その真っ赤に色づいた先端を口に含む。温かな口内に収まった胸の突起は、柔らかな舌で押し潰された。

「っ！」

初めての刺激に、ヴィオレッタは快楽で震える。

「な、なにっ……………あっ……んっ！」

凝った乳首は敏感なんて言葉では足りないほど愉悦の源となり、舌で刺激されるたびに全身が歓喜に色づく。産毛までも心地よさを感じ取り、彼女はさらに悦びを貪ろうとした。

「あっ、んっ……エリク様っ」

「可愛い、こんなに感じて。……反対側も弄っていいかな？」

言うなり放置されていた胸の先端を、人差し指と親指できゅっと摘まれる。同時に口内で弄ばれていた突起を強く吸い上げられて、彼女は弾かれるように天井を仰いだ。

「ああっ……！」

ぶわっと身体全体を快楽が包みこみ、切なく疼いていた下腹部の奥からとろりと蜜が溢れる。

（なに、あっ、こんな……おかしい……っ！　胸しか、触れられてないのに……っ）

愕然とする間にも指の腹で胸の先をぐにぐにと押し潰された。

エリクの吐息が肌を撫でる感覚が興奮を齎し、胸を吸われる刺激一つが思考を麻痺させる。

ちゅぷ、と卑猥な音を立てて彼が胸から顔を離すと、先程より赤く染まった乳首がツンと上を向いた。それを彼はしげしげと見つめる。

「可愛いヴィオレッタ。……すごいよ、女性は皆こういうふうになるのかな。それとも、きみが特別に感じやすいの……？」

そう言うなり、好奇心旺盛な少年のように、硬く凝った乳首を指先できゅっと摘まんだ。

「っ！」

ヴィオレッタは唇を噛んで、声を我慢する。

エリクの言うように、もしかしたら自分は他の女性よりも感じやすいのかもしれない。昨夜の時点で、すでに貪欲に快楽を求めていたのだ。

再び人差し指と親指の腹で強く乳首を摘まれて、彼女は背中を仰け反らせる。エリクの眼前に突き出した二つの大きな胸が、ふるっと揺れた。

ぐにぐにと先端だけを弄られて、その直接的な刺激に彼女は何度も身体を震わせる。

「もっ、エリク様……だめ、です……っ」

「どうして？　僕の膝をこんなに濡らしているのに」

はっと視線を向けると、秘所から滴る蜜がエリクのトラウザーズに染みを作っている。それも広範囲を汚していて、今なお蜜が質のよいトラウザーズに吸いこまれていくところだ。

「やっ、見ないで……っ！」

ヴィオレッタは真っ赤になって、彼の膝から退こうとした。当然エリクがそれを許すはずもなく腰を引き寄せられ、また胸の突起を口に含まれる。

「あぁっ！　……それ、駄目っ、気持ちよくなっちゃう……あっ、あぁっ！」

これまでより一際強く吸われて、彼女は背中をしならせながら達した。燻っていた熱がぶわっと全身に広がる感覚を甘受しながら、くたりとエリクの肩にしなだれかかる。ふいに彼の手のひらが背中を撫でた。

「……ごめん、ヴィオレッタ」

苦しそうな声にゆっくりと顔を上げて、ヴィオレッタは彼の顔を覗きこむ。

「エリク様？」

「ここ、触れてほしい」

そう言って手を取られて、猛ったものに導かれる。火傷しそうなほどに熱を持つ剛直に触れた瞬間、それが大きく震え、先端からぬめった液体が溢れた。とろりとした透明な体液が手を濡らす。

「あぁ……」

エリクがより熱を含んだ吐息を漏らした。

(感じてくださってるんだわ)

ごくりとヴィオレッタの喉が動く。触れられていたときに感じた快楽と似た心地に全身が震えて、秘所が疼いた。

ほんの少しだけ、強く握りしめてみる。

痛くないかしら、と心配しながら優しく丁寧に。

そんな彼女の手の上にエリクが手を重ねて熱杭をきつく握らせた。

「きゃっ」

「もっと触って。……こうして手を動かしてくれると……ッ、あぁ、すごくいい……ッ」

何度かその手ごと男根を擦ると、彼は自らの手をそっと退ける。

「ヴィオレッタ、続けて」

「……はい」

エリクの手が離れても、ヴィオレッタは熱杭をひたすらしごき続けた。こんなに強く掴んでは痛いのではないかと思うが、エリク自らが教えた強弱なのだから、これでいいのだろう。

頑張らないと。

男の吐息や熱、情欲に塗れた麝香の匂いに全身を熱くしながら、彼女は生まれて初めて男性の局部をしごく。

「ふふっ」

ふいに、エリクがおかしそうに笑った。

無意識に彼の昂りをじっと見つめていたヴィオレッタを、蕩けそうなほど笑み崩れた彼が眺めている。

「どうしたんですか……？」

何か失敗したのかもしれないと不安になって聞くと、彼はその頬を撫でた。

「一生懸命で可愛いと思って。僕も、触れていい？」

頬に添えていたものを滑らせて両肩に触れたその手が、腕や腰、臀部と、全身を優しく、ときに卑猥に撫でていく。

それはヴィオレッタを高めるというよりも、エリクが彼女の全身を知るための行為のようだった。

そうして彼女の全身を堪能したエリクは、唯一触れていなかった秘所に指を滑らせる。

「ああ……っ！」

待ち焦がれていた刺激に、ヴィオレッタの背中がしなった。

むき出しの乳房に、エリクが噛み付くように吸い付く。くちゅくちゅと音を立てて花弁を擦り、ぴんと尖った胸の突起を甘噛みした。

その瞬間、びくんと全身が震えて、ヴィオレッタは無意識に腰を動かす。彼の指に秘所を擦り付けていると気付き、羞恥で顔を真っ赤にする。

「あぁ……私、ごめんなさいっ、気持ちよくて」

「可愛い、ヴィオレッタ。こんなに感じてくれて嬉しいよ。それに、ごめんなさいと言いながらも腰を動かすのを止めないなんて……そんなに、僕に触れてほしい？」

触れてほしいに決まっている。

ヴィオレッタの肌はとっくに桃色に染まり、瞳はとろんとしているのだ。

昨夜エリクに愛撫された彼女は、もう何も知らない女ではない。もっと直接的な気持ちよさがあることを、身をもって知っていた。

エリクは嬉しそうな、だがほんの少し嗜虐的な笑みを浮かべて、秘所を撫でる指を素早く動かす。

続いて、茂みに隠れた花芽を、人差し指の腹でぐにっと押し潰した。

「ひぃ……っ！」

下腹部の深い部分でたまった熱が甘い鈍痛となって、ヴィオレッタの全身を支配する。待ちわびた愉悦にがくがくと膝が震え、エリクの身体にしがみついた。

彼は慈しむようにその背中を撫でる。そして、花芽を連続で弄り続けた。

背中を撫でる手と、秘所を情熱的に触れ続ける手は、別人のもののようだ。

花芽を執拗に押し潰し、摘まれて、ヴィオレッタは耐えきれずにエリクの膝に座りこむ。

くちゅり、と卑猥な音を立てて、手が離れた。ほっとしたのも束の間、長く硬い指が秘所に触れ、そのままぐっと秘裂の浅い部分を擦りはじめる。

「あっ……ひっ」

指を押しこまれれば難なく呑みこんでしまうほどに濡れていることはわかっていた。

ヴィオレッタは期待と興奮、それを上回る不安にふるりと震える。

「ひんっ、も、待って……っ！」

「痛かったかな？」

「違っ」

「……僕が嫌になった？」

「そ、そんなわけっ、ありま……せ……ああ……っ」

くち、と音を立てて秘裂に指が沈む。とろとろに濡れた蜜窟は、思っていた通りあっさりと指を呑みこんだ。

もし、そのまま指を奥深くまで挿入されていれば痛みで我に返れただろう。

しかしエリクは巧みに浅い部分を擦っては溢れた淫水を指に絡ませて、少しずつ奥に入ってくる。

ヴィオレッタはわかっていた。これは怒張を受け止める準備で、彼は精を放ちたいのを我慢して彼女が痛くないように解してくれているのだと。

彼は今、苦しんでいる。

苦痛に耐えるように歯を噛みしめ、雄々しく屹立した肉棒は今にも破裂しそうなほど膨らんでいた。

一方、彼女は彼の愛撫でとろとろに溶け、膝立ちさえ困難な状態になっている。

それもこれもエリクの愛撫が巧みすぎるせいだ。

「エリク様っ、もっ、おかしくなっちゃっ……エリク様も、早く気持ちよく……っ」

その言葉は、エリクの熱い唇に塞がれた。硬い手のひらが柔尻を掴んで引き寄せるように抱き上げる。男の象徴である肉棒、そのつるりとした先端が秘部に押し当てられた。

「……ヴィオレッタ、きみが煽るから我慢できなくなってしまった」

「我慢なんて、しないでください」

「っ、止めてあげないからね」

エリクが柔尻をさらに強く掴むと、ぐっと秘窟に猛った己を押し入れていく。無垢な蜜窟の僅かな隙間も埋め尽くすように、怒張が彼女の奥深くに侵入していった。

「あぁっ！」

蕩けきった蜜窟は、なんなくエリクのものを受け入れるはずだった。

しかし、熱杭の太い先端がギチギチと押し進むたび、圧迫感が齎す苦しさと痛みが増す。ヴィオレッタは悲鳴が漏れないよう、唇を噛んで堪えた。

夫、いや、エリクのものを受け入れたい。

痛みより遥かに大きな一つになりたいという気持ちが、彼女の身体と心を熱く潤ませた。

「っ、はっ、ヴィオレッタ……」

エリクの、先程よりもずっと辛そうな声音に顔を上げる。瞬間、熱い唇が押し付けられてぬるりと舌が口腔に侵入する。きつく結ばれていたヴィオレッタの口を難なくひらかせた彼の舌が、巧みに彼女の舌を搦め捕った。

「んんっ」

目眩を覚えるほど激しい口付けを強く感じ取ろうと、目を閉じる。同時に、途中で止まっていた肉棒が、蜜窟のさらに奥に押しこまれた。

「――ッ！」

驚いたヴィオレッタは、心の奥底から迸る喜びに瞳を潤ませる。

もしかしたら、自分ではエリクのものを受け入れきれないのかもしれない。そんな不安で知らないうちに心が凍りはじめていたのだ。

圧迫感も、痛みも、苦しさもある。先程よりもずっと奥まった部分をぐちぐちと押し広げられているのだから当然だ。

それでもエリクから齎されるディープキスが、一人で我慢しないでと伝えてくれている気がして、彼女の身体は弛緩し、ついに肉茎を深い部分まで受け入れた。

ゆっくりとエリクの顔が離れて、つつ、と伸びた銀糸が、ぷつりと切れる。

「はぁ、あぁ……ごめん、痛むだろう。僕がもっと、こういうことに手慣れていたら、ヴィオレッタを苦しませることもなかっただろうに」

「て、手慣れなくてもいいですっ！」

咄嗟に叫んでしまう。目を見ひらいたエリクを、彼女は拗ねたように見つめた。

「私で慣れればいいではありませんか」

「っ……ああ、そうだね。僕のすべては、ヴィオレッタ、きみのものだから……」

彼がより深い部分に腰を押し付ける。ぐち、と結合部分が粘着質な音を立てて、肉棒が奥まった部分で止まった。

「あぁ、ヴィオレッタ、すごいよ」

熱い吐息に頬を撫でられて、ヴィオレッタはぞくりと身体を震わせる。

（本当に……本当に、感じてくださっているのだわ）

彼女のなかでエリクが感じていることが、彼の吐息やびくんびくんと膣内で跳ねる昂りから伝わる。

「ヴィオレッタ……僕のヴィオレッタ」

「んんっ、エリク様。動いて、ください。大丈夫、ですから」

いつまでも我慢させたくない。初めて男性を受け入れた痛みも、違和感も、苦しみも、すべてが彼のためだと思うと愛しくて堪らなかった。

「……愛してる、ヴィオレッタ。きみは僕にとって、最初で最後の愛しい人だ」

柔尻を抱え直したエリクが、ゆるゆると腰を揺らしはじめる。最初はほんの僅かな、浅く緩慢な動きだった。しかし、すぐに速さを増し、パンパンという肌と肌がぶつかる音が部屋に響く。

ヴィオレッタはただただ身を任せた。

心から自分を望み、身体の奥深くまで貪り、もう手放せないくらい愛してほしい。

剛直がギリギリまで引き抜かれ、彼女は期待に身体を震わせた。子宮口に猛々しい熱杭が穿たれて、逃がさないというように強く抱きしめられる。

蜜壷のなかに欲望の熱が勢いよく吐き出されるのを感じて、ヴィオレッタは甘い陶酔にうっとりと目を細めた。

## 第4章　守りたいもの

エリクと肌を合わせてからというもの、ヴィオレッタは幸せいっぱいだった。

しかし、この幸せがいつまでも続くと無条件に信じるほど愚かではなかったし、見たくないものから目を背けることもしない。

そっと人目を忍んで屋敷を抜け出すのは今日で二度目だ。

闇に近い深い青色のドレスを纏った彼女が足早に向かうのは、教会である。

ヴィオレッタはこの数日、エリクの診察時間について調べていた。といってもエリクやジョージにさりげなく聞いた程度だが、今日この時間、メッセは教会にいるはずだ。もし会えなかったら、そのときはまた出直せばいい。

とにかく、メッセと話がしたかった。

【契約】について、そして、エリクが受けるだろう影響について。

教会に着くと、さっと辺りを確認してからドアを押しひらく。キィ、と音を立てて開くドアと共に月光が礼拝堂に差しこんだ。

なかは真っ暗で、蝋燭は一つも灯っていなかった。

ヴィオレッタは月光が照らす範囲で歩みを進める。闇はどこまでも続いているようで、気を抜けば闇の深い部分に取りこまれそうな、なんとも心細い心地だ。

数歩歩いたところで、バタンと音を立ててドアが閉まった。

「っ！」

ぎょっと身体を硬直させたとき、礼拝堂内の蝋燭が一斉に灯る。

その数は、以前より遥かに多い。

明らかに燭台の数と合わない理由はなんと、蝋燭がすべて空中にふわふわと浮いているからだ。燭台に置かれたものには火が灯っておらず、しんと無機質にそこにある。

「やぁ、よく来たな翠」

礼拝堂の最前列の席、そこに背中を向けて座っている男が軽く手を上げた。振り返ることもなく、気取った様子で読んでいたらしい本をぱたんと閉じる。

ヴィオレッタは彼の傍まで歩みを進めると、静かに息を吐き出した。

「私、あなたに聞きたいことがあって――」

「翠、聞きたいことがある。エリクの様子はどうだ？」

お互いに言葉が重なる。途中で止めたヴィオレッタを押し切るようにメッセが尋ねた。彼は勢いよく立ち上がると、ヴィオレッタの両肩をがしっと掴む。

突然のことに困惑して、彼女は言葉に詰まった。

「ここでイチャついてから、一週間は経っているだろう？　何か変化はあったか？」

真摯な瞳にたじろぐ。

「変化って、例えばどんなことを指しているの？」

「硬さがなくなってきたとか」

「……はい？」

「長く持たなくなったとか、すぐ寝てしまうとか、射精の回数が減ったとか」

「なんの話なの!?」

「かまとと振らなくてもいい。これは重要なことなんだ」

ヴィオレッタはここに、【契約】の詳細を聞きに来た。

逆に、愛するエリクについてこうも問い詰められると、何かあったのかと不安になる。

彼女はやや悩んだのち、自身の質問を一旦呑みこみ、メッセの問いについて考えた。

「……エリク様の、【悪魔憑き】の症状について聞きたいのね」

「そうだ。どうなんだ、まだお盛んか？　それとも……衰えが現れてきたか」

「お会いした日から今日まで、お変わりないわ」

朝食を共にとって、ベッドで致す。そのあとヴィオレッタは屋敷に戻って、エリクのために刺繍や料理をして過ごし、夜には褥を共にするために再び塔に出向き、やはり致す。

エリクの様子を具体的に思い浮かべながら一日の流れを伝えると、メッセは彼女の肩からそっと手を退けた。低く唸り、考えこむように腕を組んで黙る。

「ねぇ、何か問題があるの？」

「……変化がないということは、俺の【契約】が有効化していないんだ」

（【契約】って、前世の記憶を持ったまま転生する代わりに愛した人の命を奪うっていうあれよね）

その【契約】が有効化していないとは、どういうことか。考えたくないが、エリクには発動しなかったのだろうか。

ヴィオレッタは不安になる。

「……エリク様が運命の相手ではなかった、ということ？」

「それならいいんだけど――」

「いいわけないじゃない！」

彼女の怒鳴り声に、メッセは顔を上げた。すぐに申し訳なさそうに眉尻を下げ、軽く手を振る。

「悪い、今のは言葉が悪かった。二人の関係を疑ったわけじゃない」

彼は「なんて言えばいいかな」と呟きながら、ぽつぽつと説明を始めた。

「翠との【契約】は発動しているはずだ。だから、【悪魔憑き】は消滅する」

ヴィオレッタは息を呑む。

「では、エリク様は【悪魔憑き】ではなくなるのね？」

「本来ならば。彼の【悪魔憑き】の症状は、性的興奮を求めるものだ。その呪いが消滅しないでも弱体化すれば、彼の性欲は衰えていくはず。だが、今のところそれがない」

「どういうこと？」

意味がわからずに、彼女は眉を顰めた。

「つまり、エリクが身に宿す【呪い】は単純な【悪魔憑き】じゃないということだ」

通常、翠との【契約】が呪いとなって【悪魔憑き】という呪いを上書きするはずだ、とメッセが続ける。

「さっき翠にエリクの様子を聞いたのは、【悪魔憑き】の呪いがまだ効力を持っているかの確認だ」

「それは……確かにお変わりないけれど……あなたはエリク様がただの【悪魔憑き】じゃないって言いたいのね」

彼は厳しい表情で頷いた。

そのとき――

「――エリク・アベラールは使徒に取り憑かれている可能性がある、とメッセは言っているのさ！」

突然聞こえた第三者の声にぎょっとして、ヴィオレッタは教会の入り口を振り返った。

「こっちだよ、ヴィオレッタ」

けれど、ぬっ、と背後から顔を覗きこまれて、硬直する。

（さっきまで、誰もいなかったはず……っ！）

それは深紅の髪をした男だった。柔和に微笑んでいるにもかかわらず、瞳が虚無の塊のように無感情で、ゾッとしたヴィオレッタは呼吸を浅くする。

（誰、なに……殺される？）

何かをされたわけでもないのに、命を握られているような恐怖を覚えた。

そんな彼女の様子に、深紅の髪の男が笑みを深める。

「私の名前は、インデックス。偽名だけど。よろしくね」

「……あ」

そこで張り詰めていた空気が緩んで、ヴィオレッタは浅い呼吸を繰り返しつつ定型的な挨拶を述べた。

「ヴィオレッタです」

「ごめんね、弟は説明も取引も下手でね」

「……弟さん？」

「そう。これでもメッセは一応、この世界で恋愛担当の天使をしてるんだ。その関係で今後も私が関わることがあるかもしれないから、そのときはよろしくね」

メッセを見ると、驚きに瞳を揺らしている。ぷるぷると身体も震えていた。

「どうして兄上がここに？」

「お前が使徒の媒体らしき者を見つけたと報告してきたから、様子を見に来たんじゃないか」

インデックスがくすりと笑う。

先程は恐怖が上回って気付かなかったが、彼はとんでもない美貌を持っている。整いすぎて気持ちが悪いほどだ。例えるならば美しさを詰めこんだ彫刻みたいで、現実に存在するとは思えないくらい、すべての造形が完璧だった。

「さて、ヴィオレッタ。弟に変わって私が説明しよう！」

「あ……は、はい。お願いします」

ふふ、と笑うインデックスは、メッセとよく似たゴシックな漆黒の服を纏い、首にダイヤモンドを鏤めたネックレスをしている。

ふと、ヴィオレッタはそのネックレスに既視感を覚えた。

（あのネックレス、どこかで見覚えが……あ！）

以前、ソフィに盗まれたものとよく似ている。

同じ細工師が作ったものだろうか。ついジッと見つめてしまった彼女は、不躾な己の態度を恥じて、すぐに視線をインデックスの顔に戻した。

「荒唐無稽な話に聞こえるかもしれないけれど。今、この世界は『使徒』という悪意に満ちた者に乗っ取られようとしているんだ。ちなみに使徒という呼び方はコードネームみたいなものかな」

「……乗っ取り？」

「そう。なんかさ、私がこの世界を継いだのが不満みたいでね。長兄が堕天使になっちゃって」

はぁ、とヴィオレッタは気のない返事をする。

ファンタジーここに極まれり。現実離れした話に思考がついていかない。

「あの、この世界を継いだというのはどういう意味でしょう?」

「そのままだよ。八百年ほど前だったかな。先代の創世神亡きあと、私がその地位を継いだんだ。世界ごとに一人の創世神がいることは知ってるだろう?」

「いいえ、存じ上げません」

インデックスがやれやれと肩を竦めた。傍にやってきたメッセが早口で教えてくれる。

「次元を統括する者を、創世神や絶対神、天帝などと呼ぶんだ。兄上はこの世界の神座についておられるお方なんだよ。創世神というのは一つの世界に一柱と決まっていて、かつて翠として暮らしていた世界にも別の創世神がいるんだ」

ヴィオレッタは曖昧に頷いた。メッセの言葉は理解できるものの、突然目の前に現れた男が創世神だと言われても実感が伴わない。正直に言えば、メッセが天使であるのすら信じ切れてはいなかった。

「まぁ、その一番偉い神様の位に私が就いたんだよ。私は兄弟天使のなかでも特別に優秀だから当然なんだけど、長兄からしたら納得できなかったみたいでね。……人の世界で言えば、王位に就けなかった第一王子みたいな感覚なのかな」

インデックスがうんうんと自分の言葉に頷く。

「その堕天使になった長兄がまぁ、うーん……人の身体を奪ってさらに強い力を得ようとしてる？」

「あの、なぜ疑問形なんですか」

「ざっくり言いすぎたかなって。まぁでもそんな感じ」

「……そんな感じ……」

かなりふわふわしている。説明に疲れたのか、それともヴィオレッタには話したくないのか。

「聞いていて思ったんですけど、どうして堕天使の方が、人の身体を乗っ取るとさらに強くなるのですか？」

普通に考えると、人より堕天使のほうが強そうだ。

「堕天使になった長兄を使徒と呼んでいるんだけどね。彼はとても強いんだ。メッセでは全く歯が立たないほどにね。そんな使徒が唯一警戒しているのが、この私さ。私は今や創世神として、この世を統べる者となったのだから」

インデックスが大袈裟な仕草で髪を掻き上げてみせた。

「だが、神というものも万能ではなくてね。この世には絶対的な理が存在する。例えば、人と【契約】する際は必ず等価交換でなければならない、といったようなことだ。これが厄介なんだよ」

「厄介、ですか？」

聞き返すと、彼は悲しげに微笑む。

「私は人に介入してはならないのだよ。初代創世神ならばともかく、人の世を作るために神座を引き継いだ者だからね。人は害せないようになっているのさ」

だから使徒はインデックスが手出しできないよう、人の身体を手に入れようとしているらしい。

「人は、魂と肉体の二つから成り立っている。使徒は人に憑依することでその身体を自由自在に操れるのだが、誰でもいいわけじゃない。憑依後、心身が馴染むまでに相応の時間がかかるし、適合する肉体でなければ自由に操れないんだ。だから使徒はここ数百年、自分に合う媒体を探し続けている。……使徒が人の身体に憑依すると、人は必ず不調になる。その不調が【悪魔憑き】の症状とよく似てるんだ」

それを聞いて、ヴィオレッタははっとした。インデックスが言わんとしていること、メッセが考えていることを察したのだ。

「メッセはね、エリク・アベラールが使徒に憑依されているのではないか、と言いたいのさ」

インデックスがメッセを振り返る。

「こんな感じかな？　メッセの考えは」

「はい、さすが兄上です。使徒はおそらく、エリクの身体が適合したのでしょう。きっと、近い未来、エリク・アベラールは完全に使徒に乗っ取られるはずです」

「おや、なぜそう思うんだい？　根拠を聞かせてくれるかな」

「【悪魔憑き】であっても、使徒の憑依であっても、人が負う心身の負担は凄まじい。普通の人間に耐えられるはずもなく、短命になります。それなのにエリク・アベラールは、御年六十六。この世界での平均寿命も近い。……これは、使徒が媒体を殺さないよう保護していると考えられます」

「うんうん、なるほど」

彼は腕を組んで頷いた。優雅な動きで椅子に座ると、やはり優雅に笑う。

「名推理だね、さすが私の弟だ」

「使徒がエリクの身体を乗っ取った瞬間がチャンスですね。エリクごと屠ってしまいましょう」

（……え？）

なんとなく聞いていたヴィオレッタはぎょっとした。

「エリク様を、屠る？」

メッセが申し訳なさそうな表情をしながらも頷く。

「この世界を守るためには仕方がない。エリクを屠ったあとに翠が苦労しないよう手配しよう」

「待って、何がなんだかわからないままなの。……いいえ、わかったとしても嫌よ。エリク様を殺すなんて、絶対に駄目！」

途端に彼の顔から表情が消えて、やけに淡々と話しはじめた。

「結婚して夫を愛し幸せになる、それが翠の元々の望みだろう？　エリクじゃなくてもいいはずだ。これで使徒の件は方が付くだろうから、翠には特別に男を宛がうと約束する」

どうやら【悪魔憑き】の男との結婚は、最初から仕組まれていたらしい。

たまたま相手がエリクだったのか、それともあえてエリクを宛がわれたのかはわからないけれど、ヴィオレッタはもう、エリクに出会ってしまった。

「……誰でもいいわけじゃないわ」

「翠？」

「確かに以前はそうだった。けれど、今は違うの。今の私はエリク様じゃなければ駄目なの。エリク様を愛しているの！」

彼女の叫び声は、静寂に消えていく。メッセが軽く首を横に振った。

「見逃すことはできない。使徒を抹消しなければ、人を媒体にして血脈を操り続けるはずだ。そうなれば、いずれ世界が崩壊する」

「意味がわからない！」

天使に使徒、呪いや【契約】。

あげくに、世界が崩壊するだなんて、信じる信じない以前に、意味がわからないではないか。

「世界の危機とか、そんなものどうでもいいの。エリク様にひどいことをしないで」

ヴィオレッタはただ、【契約】の内容を詳しく聞きにきただけだ。それなのに、話がとんでもない方向に進んでいる。

メッセは彼女を振り返ることなく、インデックスに話しかけた。

「兄上、どうしましょうか」

「……ん？　何が？」

「エリク・アベラールについてです」

「どうもしないよ」

「やはり、使徒が受肉した瞬間を狙いましょうか」

「うーん……そもそも使徒、もう受肉しちゃってるし」

「……あの、インデックスさん。受肉ってどういう意味ですか？」

「憑依が完全に終わり、使徒が人の身体を自由自在に操れる状態、かな。つまり、使徒はもう人の身体を奪ってるんだよ」

インデックスがそう言って、軽く息をつく。先程までの笑みは消えて、指先で自分の前髪をくるくると玩びはじめた。その言葉を理解するなりヴィオレッタは真っ青になる。

「エリク様は……ご無事なのですか」

「エリク・アベラールなら、塔にいたよ。ここに来る前に寄ってきたけど、特に危険はない」

「……え？　あの、エリク様が使徒に乗っ取られてるかもしれない、って話ですよね」

「ううん、それはメッセの推察。しかも外れ。使徒は二日前に受肉して、王都でヤンチャ始めてる」

メッセがゆっくりとインデックスを見た。ヴィオレッタも淑女らしからぬほど大きく口をひらいて彼を見る。

（……今までの会話、なんだったの？）

インデックスが眠そうに大きな欠伸をした直後、メッセが慌てて言った。

「ですが、エリクには俺の【契約】による効果が現れていません。それはつまり、俺を上回る力を持つ者が介入していると――」

「メッセ、お前の【契約】は無事に発動して、有効化されている」

「ですが、エリクは【悪魔憑き】の呪いによって未だに性的興奮を求めています」

「それ、ただ彼が絶倫なだけ」

何度目かの、沈黙が下りる。静まり返った礼拝堂で、インデックスは淡々と言った。

「メッセがどういう【契約】をしたのか知らないけれど、今のエリクは年齢にそぐわないほど魂が生命力に溢れている。まるで最盛期そのものだね。心当たりは？」

ヴィオレッタはメッセと【契約】したときの言葉を思い出した。

――【契約】は絶対だからね。きみとそういう状況になった時点で、二十五年間の健康な生が確約される。

確かに彼はそう言っていた。インデックスは深く息をついて「覚えがあるようだね」と言う。

「つまり、エリクは【契約】の効果で最盛期に戻ってしまったんだ。見た目とか、変化のない部分もあるけれどね」

「……そんな、俺はてっきり呪いが解けていないのだと。だから、エリクが使徒に乗っ取られるものだと……ただ、絶倫なだけだったなんて」

「メッセ、お前がもっと呪いを視る力をつけていれば、状況で判断する必要がなくなる。自分の【契約】が成功したのかさえ感じ取れないお前は、まだまだ無力だ。もっと視る力を磨きなさい」

二人の話を聞いていたヴィオレッタは、力が抜けるのを感じた。ふらりと床に座りこむ。

（……当初の予定通り、【契約】について聞いておけばそれでいいのよね）

違ったとはいえ、エリクを乗っ取るとか、屠るとか、心臓に悪すぎる。

「大丈夫かい？　ヴィオレッタ。エリクときみには何もしないから、安心しておくれ。このまま二人で幸せに暮らすといい」

心からほっとした。あとはメッセに聞きたいことを聞いて、さっさと屋敷に戻ろう。

「では、兄上が【契約】された転生者の相手のなかから、使徒を見つけ出せたということですね」

「そうだよ。対価の代わりに美貌とコミュニケーション力を与えたソフィって子がいるんだけどね、その子に宛がっていた【悪魔憑き】が、使徒だったようだ」

「さすが兄上ですね！」

（……美貌とコミュニケーション力を持つ、ソフィ？）

ヴィオレッタは自分を馬鹿にしたような目で見る妹を思い出した。

†

「ヴィオレッタが……いない」

ベッドのなかで、エリクは一人呟いた。

ヴィオレッタは今夜、屋敷で眠ると言って塔に泊まることを辞退したのだ。

出会ってから一週間が経つが、その間ずっと彼女と一緒に眠っていて、一人で過ごす夜は久しぶりだった。

別段、喧嘩をしたわけではなく、気まずいこともいない。ヴィオレッタが少しばかり言いにくそうに『屋敷でやりたいことがあるのです』と申し出てきたので、エリクは鷹揚に応じたのだ。

しかし、いざ彼女不在の夜がやってくると、落ち着かない。

彼女と出会う前は一人の夜が当たり前だったのに、今はただ胸の奥に隙間ができて、すぅと冷たい空気が流れ続けているような空虚さを覚える。寝返りを何度か打つが睡魔はなかなか来てくれず、エリクはため息をつきながら身体を起こした。

「……眠れないな」

再び呟いて、自分の言葉に苦笑する。

ヴィオレッタと出会う前まで、睡眠は一定ではなかった。なるべく夜に眠るようにしていたが、発作が昼夜関係なくやってくるので、眠れるときに眠る、というのが日常化していたのだ。

そんな自分が一日を規則正しく過ごすようになったのだから、結婚とは思っていたより遥かに心地がいいものだ。ヴィオレッタと過ごす日々を大切に思えば思うほど、エリクは自分のことも大切にするようになっていた。

(気分を変えて、水を飲もう)

エリクは夜着に長衣を羽織り、塔の一階に下りる。水瓶からコップに水を注いで一気に呷った。

袖で乱暴に口元を拭ったとき、聞き覚えのある足音が近づいてくる。

その人物の影が部屋に差しこみ、塔の最上階に続く階段を上りはじめた。

「おかえり、ジョージ」

「――っ、こ、これは旦那様⁉」

ぎょっとしたように振り返ったジョージが、慌てて駆け寄ってくる。

この三日間、彼は暇を取っていた。本来ならば、貴族に仕える執事が主が結婚して間もない頃に休みを取るなど考えられない。しかし、ここはエリク・アベラールの屋敷だ。

とりわけ、ジョージはエリクにとって昔馴染みであり、特別な存在である。

それゆえ、エリクはジョージが望んだとき望んだ分だけ休暇を与えていた。

ジョージは旅装束の長いマント姿で深く頭を下げる。どうやら帰宅してすぐ挨拶に来たらしい。

「ただいま戻りましてございます」

「うん。急いでいるみたいだけど、何かあった？　……狩りで、トラブルが起きたのかな」

「いいえ、そのようなことはございません」

「本当に？」

ジョージが目を見張る。その姿を見て、エリクは自嘲した。

そうだ、つい先週まで自分は何を言われても「そう」としか答えない男だった。

こうして、ジョージの表情や声音を真剣に聞き取り、彼が何か気遣っているのだろうと察して問い返す――そんなことさえ、ここ何十年も怠ってきたのだ。

「……言いたくなければいいんだ」

ジョージはエリクを見つめたまま苦笑した。

「狩りは成功しました」

「そうか、それはよかった」

「ですがその際、同業者より不可解な情報を……ぬ？　旦那様、もしや呪いにかかられましたか？」

ふいに彼が眉を顰める。まるで目を凝らすと呪いが見えるかのようにエリクの全身を眺めた。

エリクはにやけそうになる顔を咳払いで誤魔化して、片手で口元を覆う。

「まぁ、うん。……ヴィオレッタとの愛の証というか」

「呪いが、愛の証……？」

「話せば長くなるのだけれど、この呪いは大切なものなんだ。心なしか、ヴィオレッタから呪いを貰ってから体の調子もよくてね」

「それは、【悪魔憑き】が消滅したからでございましょう」

「どういうことだい？」

エリクは首を傾げた。

ジョージは【悪魔憑き】について詳しい。

帰宅してすぐで疲れているだろうところ申し訳なく思いながらも、尋ねる。

ジョージいわく、エリクのなかにある【悪魔憑き】が消えているという。理由は、呪いが複数かかるとお互いに反発し合い、強い力を持つ呪いのみが残るから、らしい。

そう聞いても、にわかには信じられなかった。

「【悪魔憑き】は不治の病じゃないのかい？　完治することはないと聞いていたけれど」

「その通りです。現存する人間には、【悪魔憑き】の呪い以上に強力な呪詛を生み出せる者はおりませんので」

（そういえばヴィオレッタは、【契約】相手は天使だと言っていたな）

人では不可能なことでも、天使ならば可能なのかもしれない。では、【悪魔憑き】からやっと逃れられたということか。ジョージが言うのだからきっと間違いはないだろう。

（……けれど、もしまだ僕が【悪魔憑き】だったら……）

治ったと思いこんで外を歩いた瞬間に、発作が起きれば終わりだ。他者を不幸にするという恐怖が現実になる。

（発作……？）

エリクは今朝ヴィオレッタを押し倒したことを思い出して、顔を顰めた。

「……ジョージ。残念だけど、僕はまだ【悪魔憑き】だ」

「お苦しいのですか？」

「今朝方、ヴィオレッタが欲しくて堪らなかったところなんだよ」

ヴィオレッタはエリクが求めればいつも応じてくれる。それが嬉しくてつい甘えてしまうのもあるが、性的欲求は突き動かされるような衝動からきていた。もしエリクがもっと若ければそういうこともあるかもしれないが、あいにく、もうそんな年ではない。

項垂れながら言うと、ジョージは考えるように顎に手を当てた。

「それは奥様を愛されているゆえの生理現象ではございませんか？」

「まさか。それだと、僕はこの年で性欲のあり余っている絶倫老人になってしまう」

冗談めかして言ってから、エリクは皺の深い己の手の甲を見つめてため息をつく。しかしジョージは納得できないようで、何かを考えこんだ。

ジョージの言葉は正しいのかもしれない、という思いもある。しかし、彼の言葉を信じたあと、実はまだ【悪魔憑き】だったなどと判明した日には、もう耐えられない。これは、ある種の自己防衛だ。ぬか喜びをしたくないという、卑怯な考え。

「ところで、奥様はお部屋でございますか」

ジョージが階段を見ながら言った。話が変わったことにほっとしながら、エリクは首を横に振る。

「いや、敷地内の屋敷に戻っている」

「そうでしたか」

「心配しなくても、喧嘩したわけじゃないよ」

「旦那様、奥様に会いに行かれてはいかがでしょう」

「ん？」

「奥様が齎した呪い……失礼いたしました、奥様からの『愛の証』となれば、奥様は【悪魔憑き】のこともご存知かもしれません。確認に行かれてはいかがでしょうか」

きっとヴィオレッタは自分がどのような【契約】をしたのか、詳細に説明できない。

それは初めて彼女を部屋に呼んだ日に、天使との【契約】について話した様子から推察できる。

「そこまでしなくても構わないよ。それに、急ぎでは――」

そこで、言葉が途切れた。無表情に戻っているジョージを見て、気付く。

彼はエリクがヴィオレッタに会いに行くための理由を作ってくれたのだ。

ここ数日の主人の変化を知っているジョージからすれば、エリクが眠れないから水を飲みに下りてきたのだと推測するのは容易(たやす)い。

しかも、最近エリクが愛してやまないヴィオレッタが今日に限って屋敷に戻っていると聞き、眠れない理由に想像がついたのだろう。

「……そうだね、確かめてくるよ」

これは、ジョージの気遣いを無駄にしないためだ。

そんなふうに言い訳をしながらも、エリクは理解している。ほんの一晩も、自分はヴィオレッタと離れるのが耐えられないのだ、と。

(ヴィオレッタには見せられない姿だ。……女々(めめ)しいな、僕は)

しかし、会いに行くと決めてしまえば先程までの虚無感は消え去り、早くヴィオレッタをこの腕に抱きしめたいという気持ちが大きくなる。

ジョージに着替えを手伝ってもらい、エリクはヴィオレッタがいるはずの屋敷に向かった。


それは、ヴィオレッタが暮らす屋敷に向かう途中だった。

彼女の声と、男の声が聞こえてきたのだ。声は遠く内容までは聞き取れないが、口論していることはわかる。エリクはジョージと顔を見合わせると、表情を引きしめた。

「旦那様」

ジョージが自身の帯(お)びていた短剣を差し出す。

一瞬、ジョージの父親に剣術指南を受けた幼い日々が脳裏を過(よぎ)る。エリクは剣士に向いていたようでメキメキと力をつけ、ジョージに教えることもあった。

(……剣を扱えたのは昔の話だ。けれど)

塔にこもるようになってからは、最低限の運動しかしていない。それも、メッセやジョージに促されてやっと行う程度のものだ。身体はとっくになまり、剣を振り回す体力はないだろう。

一瞬迷った末に、エリクはジョージから短剣を受け取る。

丸腰よりはいいと考えてのことだったが、鞘から取り出して軽く振ると、思ったよりも動かせた。

「よくお似合いです」

「懐か――」

懐かしいな、と言おうとして振り返る。ジョージが自前の銃に銃弾を装填していた。受け取った短剣が途端に心許なく思えてくるが、丸腰よりはいいので鞘ごとベルトに差しこむ。

音を立てず、なるべく気配を消しながら――これも剣術指南の際に教わったことだ――エリクは声のほうに近づいていく。

やはりヴィオレッタだ。闇に溶けるような深い色のドレスを纏った彼女は、今にも泣きそうな表情をしている。彼女は一人で夜道を足早に歩いていた。

エリクはヴィオレッタが悲しんでいることに胸を痛め、彼女を追い詰めた相手を懲らしめてやりたい衝動に駆られる。すぐにでも駆け寄って抱きしめ、何があったのか話を聞きたい。

「待てって言ってるだろう！　今から王都に向かうなんて無茶だ！」

ヴィオレッタを追いかけてきたのは、メッセだった。彼はヴィオレッタの腕を掴んで、強引に引き留める。その顔には普段の余裕のある笑みとは違う、人間味を感じさせる苦々しい表情が浮かんでいた。

「使徒は俺たちに任せろ。翠はここにいればいい、エリクと幸せになるんだろう⁉」

「なるわ。けれど、ソフィを放っておけない」

「危険なんだ。翠に何かできるとも思えない」

二人の会話を聞いていたエリクは、そっと目を伏せる。

ほんの一瞬でも、メッセのような若い男のほうが似合っているのではないかと考えて落ちこんだ自分を恥じた。口の端を吊り上げて笑うと、微笑を浮かべ直し、二人に向かって歩き出す。

「ヴィオレッタ」

「……エリク様？」

ヴィオレッタがこぼれんばかりに目を見張る。メッセが咄嗟（とっさ）に腕を放した瞬間、彼女が駆け寄ってきて、エリクに飛びついた。

「ごめんなさい、エリク様。私、今すぐ王都に向かいます」

「うん、わかった」

頷（うなず）いたエリクの静かな態度に、彼女が焦（あせ）った様子になる。見ていて申し訳なくなるほど、その狼狽（ろうばい）ぶりは凄（すさ）まじい。

「あ、あ、あの、違うのです」

「違う？」

「メッセさんとは、逢い引きとかそういうわけではなく、王都に行きたいのも決して実家に帰りたいという意味ではないのです」

「うん、わかってる。落ち着こうか？」

エリクはくすりと笑って、愛しい妻を抱きしめた。細い身体は強く抱きしめれば壊れてしまいそうなのに、意外に体力があることをエリクは知っている。

彼女がとても真面目な性分で、エリクのことを大切に思ってくれていることも理解していた。

「今日、屋敷で寝泊まりするって言ったのは、僕に心配をかけたくなかったからだね」

優しく聞こえるように努めて穏やかな口調で言う。ヴィオレッタは小さく震えて、瞳を潤ませた。

「メッセに用があったのかな。僕には聞かれたくない話……僕が不安になるとヴィオレッタが考えている……例えばそう、【契約】についての話とか、かな？」

彼女の目が大きく見ひらかれる。

驚きでいっぱいの様子が可愛くて、エリクはますますその身体を強く抱きしめた。

†

エリクを見上げたヴィオレッタは、きゅっと唇を噛む。

好きにするといい、と言うインデックスをその場に残して教会を飛び出した彼女を、メッセが追いかけてきたのだ。それを見られたのだから、誤解されていると思った。

しかし、エリクはどこまでもヴィオレッタを信じている。

身体が震えるほど嬉しくて、これまでの恋愛に縁のなかった人生はすべて彼と出会うためにあったのだとさえ感じた。

「妹が……ソフィが、危険なんです」

「うん」

「使徒っていう、堕天使がこの世界を乗っ取ろうとしていて、妹の恋人の身体がその堕天使の媒体に選ばれたんです」

ヴィオレッタは自分でも何を言っているのかわからなかった。

（エリク様に信じていただくには、どうすればいいのかしら）

到底信じられない話だ。彼女は現実主義者ではないし、天使と【契約】したことまであったが、堕天使が世界を乗っ取ろうとしているなど、非現実的にも程がある。

「ジョージ、解決方法はあると思うかい？」

「目標によるかと愚考いたします。……奥様。何があったのか、すべてお話いただけますでしょうか？」

予想に反し、いつもは柔和なエリクの厳しい声と、迷いなく答えるジョージに、ヴィオレッタは驚いた。

「え、ええ。話すわ。……メッセさん、いいでしょう？」

「……構いませんよ」

メッセの口調が丁寧なものに戻っていることに気付いたが、あえてそのことには触れない。

彼女はメッセが【契約】を交わした天使であることも含めて、教会で見聞きしたことすべてを話した。

二人共神妙な顔で聞いてくれるのは嬉しいが、不思議でならない。

最後まで話を聞いたエリクがそう呟くと、つとメッセを見た。

「それは妙だね」

「メッセ殿が屋敷に来て十年近く経つはずだ。僕がその媒体だと思っていたのに、長い間あなたの兄には報告していなかったのかい？」

「していましたよ。そもそも、僕がエリク様付きとしてここに滞在する許可も、みど……ヴィオレッタ様を嫁がせる算段も、すべて兄上の許可を得てのことですから」

拗ねた表情で答えたメッセに、彼はため息をつく。

「……それなのに『好きにするといい』か。なんだか、手のひらの上でいいように転がされていると感じるのは気のせいかな。ああ、そうだ。ジョージがさっき言っていた、不可解な情報というのは、もしかしてこれのことかい？」

「はい。王都で、貴族が次々に【悪魔憑き】と化している……そのような話を聞きましたが、今の話から推察するに、【悪魔憑き】ではなく堕天使に使役されているのではと推測いたします」

「使役か。……貴族だけが使役されているってことは、始祖の血脈関係だろうね」

「おそらくそうでしょう。先祖の大罪を罰した創世神自ら生み出した天使ならば、堕天使となってもなお、その血脈の者を使役することが可能でしょうから」

淡々と進む会話に、ヴィオレッタは目を見張る。

二人は彼女の言葉を信じないどころか、解決策を模索しているのだ。しかも、やたらと詳しい。

――なんだか、手のひらの上でいいように転がされていると感じるのは気のせいかな。

そんなエリクの言葉が脳裏を過る。

何か違和感を覚えたものの、それがどこから来るものなのかはわからない。

しかし、次のエリクの言葉でヴィオレッタはそれらの考えを頭の端っこに追いやった。

「そんな王都に、貴族である僕やヴィオレッタが行ったら操られてしまうかな」

「いいえ。すでに天使と【契約】を交わしている奥様とその呪いにかかっておられる旦那様は、使徒に使役されることはございません」

ジョージが首を横に振る。

先程から訝るように見ていたメッセが警戒心を露わにして、彼を睨み付けた。

「その通りだ。血脈を介する呪いの効果は薄く、俺の【契約】のほうが圧倒的に強い。だが、始祖の血脈のことや創世神のことまで、どうして知っているんだ?」

「我々の間では常識です」

「我々……？」

「狩猟仲間のことです」

メッセが眉を顰める。ヴィオレッタは、苦笑するエリク、そしてジョージを見た。

エリクはなぜジョージが【悪魔憑き】に詳しいのか知っているようだ。エリクが理解して許可しているのならば、ジョージを警戒する必要はない。

「狩猟って、ジョージは一体何を狩っているの？」

興味本位で首を傾げながら聞いたヴィオレッタに、ジョージは頷いた。

「悪魔です。趣味と実益を兼ねまして悪魔狩りをしております」


その後、馬車に乗ったのはヴィオレッタ、エリク、ジョージ、そしてなぜかメッセだった。

ヴィオレッタは王都に向かう馬車のなかで、向かい側に座るジョージの様子を窺う。ランプのない馬車内で、彼の淡い金髪はぽうっと暗闇に浮かんでいるように見える。

五十絡みで無表情、何事もそつなくこなす万能な執事。甥を料理長として働かせているものの、そこに身内贔屓はなく、むしろ他の使用人より遥かに厳しく接しているという。

執事という主からの信頼が厚い職に就いているだけあって、とにかくできる男なのだ。

エリクにも、ジョージとは長い付き合いだと聞いていた。

（……まさか、ジョージが【悪魔祓い】だったなんて）

屋敷でジョージ本人から【悪魔祓い】だと聞いたとき、メッセだけでなくヴィオレッタも驚いた。

数日前、突然『狩猟に行くために休暇を取りたい』と言い出したジョージと、それをあっさり許可したエリクを不思議に思っていたが、狩猟が【悪魔祓い】の仕事を示していたのならば納得できる。

ヴィオレッタは起きた多くのことを思い返して、そっと膝の上で拳を握りしめた。

メッセの言うように彼女は無力だろう。それでも、一人で王都に行くつもりだった。妹を救いたいという願いに、エリクたちを巻きこむつもりなどなかったのだ。

それなのに、彼らは当然のように共に来てくれている。

一人ではないことが心強く嬉しい一方で、巻きこんでしまったことに申し訳なさを感じた。

「何かおっしゃりたいことでも？」

ふいにジョージが言う。ドキリとするヴィオレッタだが、彼の言葉はメッセに向けたもののようだ。メッセはつと視線を鋭くすると冷ややかな声で返した。

「なぜ、鎮守師の俺に【悪魔祓い】だと教えてくださらなかったんですか？」

喧嘩腰の言葉に、ヴィオレッタはぎょっとする。天使であることを隠していたのはメッセのほうではないのか——そう咎めようとして、口を噤む。

あまりにもメッセの表情が苦しそうで、何か事情があるのではと察したからだ。

「ジョージ殿もエリク様を診ておられたのでしょう？　どうりで、長生きしているわけだ」

「それが、【悪魔祓い】の役目ですから」

(診る……？)

ヴィオレッタが目を瞬くと、隣からエリクが小声で教えてくれる。

「ジョージは執事として以外に【悪魔祓い】として僕を支えてくれているんだ」

「【悪魔祓い】とは、悪魔を祓う仕事だと思っていました」

「うん、基本はそう。けれど、彼の実家は【悪魔憑き】の研究もしていたらしい」

彼は要点を纏めて説明した。

【悪魔祓い】とは人に取り憑いた悪魔を祓う者であって、【悪魔憑き】を治す者ではない。【悪魔憑き】とは、呪いであり不治の病と同等の扱いのものだからだ。その違いを知らない人々は、【悪魔憑き】を治せない【悪魔祓い】をペテン師と呼ぶ。ここ数百年は悪魔が人に取り憑くことも減っているらしく、【悪魔祓い】にとって生きづらい時代になっているそうである。

「ジョージの家系は本業を別に持つ傍らで【悪魔祓い】を続けてきた。同時に、症状が酷似している【悪魔憑き】で困っている人々も救えないかと、ずっと研究していてね。特に、心身の疲労による短命について解決しようとしたんだ」

その詳しい内容は言えないけれど、と申し訳なさそうにエリクが言う。

彼の話を理解するなり、ヴィオレッタは大きく目を見ひらいた。

「では、エリク様はもしかしたら短命だったかもしれないということですか？」

メッセとインデックスがそんな話していたのを思い出す。あのときはよくわからずに聞き流してしまったが、とても重要なことだったのだ。

「そうだね。以前は短命で構わないと思っていたけれど、今はジョージにとても感謝している。この年まで生きたからこそ、ヴィオレッタに出会えたんだ」

「そうだったのですね」

ヴィオレッタは感嘆した。

転生した世界に当たり前にあった【悪魔憑き】を貴族は皆敬遠し、その言葉を口に出すことさえ忌み嫌っている。しかし、それでも懸命に生きる者がいて、彼らを治そうとする人たちがいるのだ。貴族令嬢として屋敷で暮らし続けていたらそんな当たり前のことさえ気付かないまま、ヴィオレッタは生涯を終えていただろう。

そのとき、膝のうえで固く握りこんでいた拳に、ぬくもりが触れた。はっとして視線を下げると、エリクの大きな手が彼女の手を包みこんでいる。

「……僕はきっと【悪魔憑き】が治ったと知っても、敷地から出る勇気はなかった。最悪の事態ばかり想像して、誰かを傷付けることを恐れていたと思う。変わらない日常は安心だからね」

「エリク様……？」

何が言いたいのだろうか。訝りながら見上げると、彼は優しく目を細めてヴィオレッタを見つめていた。

「ヴィオレッタがきっかけをくれた。僕は望んで今、ここにいるんだ」

「……っ！」

エリクがさらに笑みを深める。

「ヴィオレッタは優しいから、僕たちを巻きこんでしまったと思っているかもしれない。けれど、それは違う。僕は自分の意思でここにいる。敷地の外に出るきっかけをくれたヴィオレッタに感謝している。それを、知っていてほしい」

ヴィオレッタは握りこんでいた拳を緩めて、彼の手に指を絡めた。両手でその手をぎゅっと掴んで、溢れそうになる涙を堪える。

「……優しいのは、エリク様です。エリク様は、優しすぎます」

「そんなことはないと思うけれど。……でも、そんなふうに思ってくれるなら嬉しいよ」

エリクが姿勢を変えて、空いている手でヴィオレッタを抱き寄せた。とくん、とくん、という彼の心音を聞いて、力んでいた身体から力が抜けていく。

ソフィの話を聞いてから、ヴィオレッタは知らず知らずのうちに緊張していたようだ。

「少しお眠り。王都には日の出頃に着くだろう。着いたら起こすよ」

「ありがとうございます」

きっと眠れないわ、と思う。

けれど、エリクの温かな腕のなかで彼の心臓の音を聞いているうちに、うとうとしはじめる。

(エリク様。……エリク様、エリク様。愛しています)

ソフィの件が無事に終わったら、エリクと沢山のことを経験しよう。

共に笑い、喜び、悲しみ、そして色々な景色を見て、感動して——

眠りに落ちる寸前まで、ヴィオレッタはこれからの幸せな日々を思い描いていた。


ヴィオレッタが起きたとき、すでに馬車は王都を走っていた。窓の外に見えるのは、活気ある大通りだ。

一瞬、自分がなぜ馬車に乗っていて、平和な王都を眺めているのかわからなかった。

「おはよう、ヴィオレッタ」

エリクの声にぼうっと振り返ると、厳しい面持ちのジョージとメッセが無表情で座っているのが見えて、一瞬で昨夜のことを思い出す。

「あっ、私、寝てしまって……」

「大丈夫、ヴィオレッタの可愛い寝顔は僕しか見ていないから」

くすくすと笑うエリクの言葉に頬を染める。こんな状況で寝るなど、なんて奴だと思われたかもしれない。

「あの、ごめんなさい」

ジョージとメッセをそれぞれ見ると、彼らは厳しい表情のまま首を横に振った。

「とんでもないことです、身体を休めることはとても重要でございます」

そう答えたジョージは、つと厳しい視線を窓の外に向ける。

水路にかかった橋を渡る際、向こう側に王城が見えた。その瞬間、視線がさらに鋭くなる。

「とても、嫌な気配がします」

馬車は貴族居住地区に入り、辺りの光景が一変した。

平民居住地区のゆったりした雰囲気とは正反対の、しんと不気味な静寂に満ちている。

この時間、使用人たちはとっくに起きて働いているはずだ。それなのに人の姿が一つもなく、煙突から煙もあがっていない。

その異変に馬車の御者も気付いたようで、本当にこのまま進むのかと聞いてくる。

ジョージと御者が話し合い、ここから先はジョージが馬車の御者を務めることになった。心付けのはずんだ料金を受け取った御者は、深々と頭を下げて平民居住区に引き返す。

カラン、と車輪が音を立てて、レンガの敷かれた馬車道を進む。

馬車は徐々にスピードを速めた。すれ違う馬車はなく、広々とした馬車道を行くのはヴィオレッタたちのものだけ。歩行者もおらず、ヴィオレッタは嫌な焦(あせ)りを覚えた。

ふいに、メッセが舌打ちをする。

「メッセさん?」

「……使徒が呼んでいます」

そして不機嫌そうに呟(つぶや)いた。それなのに彼の顔は蒼白(そうはく)で、哀れになるほど震えている。

「使徒と会話ができるの?」

「元々兄弟ですからね。不本意ながらテレパシーのようなものを使えるんです。とはいえ、俺からは使徒に話しかけることができませんけど」

「そうなの?」

「悔しい話ですが、使徒のほうが俺より色んな面で優れているんです。天使だった頃は、それなりに尊敬もしていたのに……」

メッセがギリッと歯を食いしばった。

「使徒はなんと言っているのかな?」

エリクの質問に、彼はやはり蒼白(そうはく)な顔で答える。

「『王城で、ソフィという娘を預かっている』と、そう言っています。すぐに来いと。使徒は媒体を得たことでソフィの内側に隠されている兄上の気配に気付いたのかもしれません」

「ならば、直接王城に向かおう」

予定では一度、貴族居住区にあるオーリク伯爵家に立ち寄るはずだった。

もし、ソフィが無事に逃げているとすれば、実家で震えているかもしれないと考えていたのだ。

「ジョージ、聞こえたかい？　予定変更だ」

「かしこまりました」

ジョージがさらに馬車を速める。

「止めたほうがいいです。使徒はとても強い。殺されに行くようなものです」

「義理の妹を迎えに行くだけだよ。争いたいわけじゃない」

メッセはさらに何かを言おうとしたが、口を噤む。そして視線を窓の外に向け独り言のように言った。

「せっかくあなたを殺さなくて済んだのに。……死なないでくださいよ、人間は脆いんですからね」

馬車が王城の馬車停めに止まると、王城から一人の男が真っ直ぐに歩み寄ってきた。

なんと、兄のアンソニーだ。

ぱっと表情を緩めるヴィオレッタだが、様子がおかしいことに気付いて息を呑む。

アンソニーは無表情だった。ジョージのそれとは違う、感情が完全に抜け落ちた人形のようだ。

歩き方も、ロボットみたいにぎこちない。

「お迎えに上がりました。こちらです」

彼は使用人のように、ヴィオレッタたちを王城の応接室に案内する。

貴族が使うのに相応しい豪華絢爛な応接室には先客がいた。細身の女が一人ソファに座って俯いている。女が「お姉様?」と呟いたことでヴィオレッタはやっと彼女がソフィだと気付く。

「ソフィ!」

彼女のもとに駆け寄って、少しやつれた妹の全身を見た。

「怪我はない? 痛むところは?」

「本当に、お姉様?」

ソフィは大きな瞳からぼろぼろと涙をこぼすと、ヴィオレッタの身体に縋り付く。

「お姉様、助けて」

「大丈夫よ。あなたを助けに来たの」

「違うのっ!」

彼女はより強くヴィオレッタにしがみついた。壮絶で厳しい表情をしている。そこに、社交界の花と呼ばれた、ふわふわと可愛らしい面影はない。

「あの人を……ジークフリート様を、助けて……」

ジークフリートという名前は覚えている。ヴィオレッタがエリクのもとへ嫁ぐことになった際、ソフィが教えてくれた交際相手だ。

彼女にはこれまでにも、何人かの恋人がいたことをヴィオレッタは知っている。当然清い交際だが、どの男とも長くは続かなかった。ちやほやされたいがために交際している節があったので、ヴィオレッタは本気で誰かを愛することがないまま妹は結婚するのではないかと思っていた。

しかし、彼女は心から愛する人を見つけたようだ。

そのことに姉として喜びながらも、ソフィの気持ちを考えると胸が痛む。返事をできずにいると、彼女は徐々に目を吊り上げた。

「……あなた、私の姉でしょう？　これほど頼んでいるのだから、なんとかしてよ！」

「ソフィ」

「どうしてジークフリート様なの⁉　媒体とか意味がわからないわ！　身体が必要なのなら、お姉様の身体を使えばいいいじゃない！」

そう言ってヴィオレッタの手首を掴み、アンソニーに突き出す。はからずも兄妹が揃ったが、決して喜ばしい場面ではない。

「ジークフリート様に会わせて。お姉様をあげるから、彼を返して！」

自分が傷付いていることにヴィオレッタは愕然(がくぜん)とした。

ソフィに嫌われていることはわかっていたし、彼女を迎えに来たのはヴィオレッタの独断だ。素直についてくるとも、感謝されるとも、思っていない。

最初からわかっていたのに、姉を引き換えに恋人を取り戻そうとするソフィに胸が裂けるように痛む。

ぎゅっとドレスの胸元を掴んだ。傷付いて初めて、ソフィと昔のように仲良くなれるかもしれないと期待していたことに気付き、さらに苦しくなる。

(馬鹿ね、もう姉妹関係なんて破綻していたのに)

小さい頃、ヴィオレッタの後ろをついて歩いていたソフィ。

淑女教育が始まった際、彼女のほうがヴィオレッタを気にかけて世話をやいていた時期もあった。

しかし妹は、次第にヴィオレッタを嫌い、自分が優位に立つための比較対象に使いはじめたのだ。

そして今、彼女はヴィオレッタそのものを不要とした。恋人の身代わりとして、突き出すくらいに。

よほど、恋人を愛しているのだろう。その気持ちは痛いほど理解できるし、実際、ヴィオレッタもインデックスとメッセがエリクを屠ると言ったときに『世界の危機とか、そんなものどうでもいい』と叫んでいる。

犠牲にするものが違うだけで、自分と愛する人だけがよければいい、という考えは同じだ。

ヴィオレッタは懸命に恋人を求めるソフィに自分自身を投影させて、そっと視線を下げた。

「ちょっと聞いてるの!? そのお兄様の身体もあげるわよっ、ジークフリート様に会わせて!」

叫ぶソフィの声が聞こえていないのか、アンソニーが踵を返す。部屋を出ていこうとするところにソフィが掴みかかった。アンソニーはあっさりと妹を突き飛ばす。

ソフィは絨毯から離れた固い床に臀部をしたたかぶつけた。虚しくドアが閉まる。

静寂が下りてやっと、ヴィオレッタは我に返った。

「あっ、ソフィ。怪我はない？」

慌てて駆け寄る。力なく項垂れる妹の姿に胸が締め付けられた。

「……何よ、ごくつぶしの癖に。私を助けにきてやったって、自慢したいんでしょう？　あいにく私が望んでいるのは、ジークフリート様よ。お姉様じゃないわ」

ソフィが呟く。ヴィオレッタを身代わりに突き出そうとした威勢は、萎んでいる。ヴィオレッタは妹を胸に抱きしめたくなったが、手を伸ばそうとして止めた。

あくまでそれは自分がやりたいことであって、ソフィはそのようなことを求めておらず、嫌悪されるだけだ。

ソフィはプライドが高い。彼女は最初からヴィオレッタに助けられるのを望んでいなかったのだ。

(私、ソフィを連れ出して……それで、どうしたかったのかしら)

心配だった。無事を確認したかった。

けれどこうしてソフィが無事だとわかり、彼女が求めているものがヴィオレッタではなく恋人だと知った今、連れ出すことに意味などないような気がする。

自嘲したヴィオレッタは立ち上がった。ソフィの無事を確認できただけで充分だ。

(……幸せに暮らしたい。私も、ソフィも。特別でなくていいの。ただ、大切な人と毎日を過ごしたいだけ……)

ぎゅっと拳を握りしめる。

(そうよ。世界が危機なのだから、ソフィ個人を救い出したところで根本的解決にはならないわ)

兄たち貴族は、使徒にその命を握られている。少なくとも先ほど見たアンソニーは、思考のない傀儡のようだった。

ヴィオレッタは胸の奥でざわめく不安を堪えて、エリクを見る。

見守ってくれている彼は、彼女の行動が根本的な解決にならないと察していたのだろうか。知っていて、好きなようにさせてくれたのだろうか。

(私はいつも本当に、自分のことばかりだわ)

それが悪いとは思わないけれど、行動しては後悔する。

(いえ、後悔だって立派な感情だわ。死んだら、後悔もできないもの!)

自分にそう言い聞かせて、ヴィオレッタは自分の頬をパシッと叩いた。ソフィが驚いているのを視界の端に捉えながら、顔を上げる。

「ねぇ、メッセさん。このままソフィを連れ帰ったとして、その後、この国はどうなるの?」

私たち、ではなく、あえて国と強調する。

メッセは質問の意図がわからないというように首を傾げた。

「国、ですか。……多分ですが、数年以内には悪魔の巣窟になると思いますよ」

さらりと恐ろしいことを言われて、ヴィオレッタは目を瞬く。ソフィもぎょっとしていたが、エリクとジョージに驚いた様子はなかった。

ヴィオレッタは少し考えたあと、恐る恐るメッセに問う。

「それって、具体的に言うとどういうこと?」

「人の国ではなくなるということです。使徒が使役できるのは、あくまでこの国の貴族だけ、ほどほどに力をつけたら、次は悪魔を召喚して下僕にすると思いますよ。他国に進出するための戦力です。悪魔は人の生き血やら生気やらを主食にしますから、人は家畜として一定量は飼育されると思いますが、ほとんどは――」

「待って！　世界を乗っ取るって、戦争みたいな意味なの？　インデックスさんの座を奪うってことではなくて」

途端に、メッセが呆れたような顔をした。

「そんなことできるはずないでしょう。あなた、変身ヒーローになりたいって夢を努力で叶えられるんですか？　絶対的な力をいくら欲しても得られない。使徒もそれをわかっているんです」

「どうしてそんなことをするのかしら」

「さぁ。この世界を愛していた分、憎いのかもしれません。使徒は自分がこの世界を統べる創世神の座を譲り受けると思っていましたから、かつてはこの世界に尽くしていました。愛情を注ぎ、我が子のように愛でて……」

「それは……心中を思うと心苦しいけれど、だからといって戦争を起こしてまで世界を乗っ取るなんておかしいわ」

「堕天すると、思考が変わってしまうんですよ」

苦々しく笑うメッセの瞳は、ここではない遠くを見ている。姿が変わる前の使徒を思い出しているのかもしれない。

（……使徒はメッセさんやインデックスさんと兄弟なのよね）

ヴィオレッタは視線をソフィに向けた。関係性は変わっても、彼女と過ごした思い出は変わらない。アンソニーとの思い出も温かいまま胸にしまってある。

（どうしてインデックスさんは、私がここに来るのを止めなかったのかしら。ソフィの愛した人が使徒の媒体になったことや、姉妹で【契約】した転生者だったことも偶然がすぎる気が……）

強くなる違和感を覚えながら、メッセに尋ねた。

「インデックスさんは、そんな好き勝手する使徒をもっと早い段階で止められなかったの？」

「使徒が人に憑依するのは、気配を隠すためでもあるんです。人の体内に入ってしまえば、俺たちには使徒の気配がわからない。だから、憑依されている可能性がある人間にこっそり【契約】した転生者を近づかせて、使徒かどうかを探っていたんです」

かなり回りくどい上に面倒なことだが、メッセたちはそれを数百年も続けてきたという。

「だが、結局見つけられずに受肉させてしまいました。このまま世界人口の十分の一以上が壊されれば、兄上も創世神として元凶である使徒を処罰できるんですが、そのことは使徒も知っています。兄上が介入できないギリギリを狙い続けてくるでしょうね」

淡々と説明してくれるメッセから、ヴィオレッタは顔を背けた。

（……私、本当に何もかも遅いわ）

今頃になって、彼が受肉する前の使徒を必死に探していた理由を知る。

早めに使徒を見つけられたらインデックスが対応できるし、媒体を得た直後ならばメッセの力でも使徒を消滅できたのだ。

　しかし、受肉して数日が過ぎた今では、メッセの力では使徒に敵わず、インデックスも手が出せない。あとはこの世界がじわじわ崩壊していくだけとなる。

「ソフィと【契約】したのは、インデックスさんよね？」

「そうですが」

　メッセは不愉快そうに眉を顰めた。

「まさか兄上を責めているんですか？」

「責めてるわけじゃないわ。疑問に感じただけよ。ソフィがジークフリートという男と知り合ってそれなりに経つはずだわ。それなのに、インデックスさんはどうして使徒に気付かなかったの？」

「兄上は数多の人間と【契約】していますし、取りこぼしがあったのかもしれません。使徒もうまく隠れていたんでしょう」

　話を聞きながら、ヴィオレッタは胸中で首を傾げる。

（本当にそうかしら）

　数百年もの間、使徒を見つけるために努力してきたのではないのか。それなのに、創世神であるインデックスが使徒を見落としていたというのは、おかしな話だ。

（でも、私は天使とか神様とか、そういうのをよく知らないものね）

　彼らも万能ではないのだろう。何も知らないヴィオレッタが、世界を守ろうとしているインデックスを疑うのはお門違いかもしれない。

「ヴィオレッタ」

「エリク様……？」

そのとき、驚くほど真剣な声で呼ばれて、ヴィオレッタは顔をそちらに向けた。

エリクが微笑んでいる。愛しい者を見る優しい瞳で見つめ、そっと手を差し出す。彼女は引かれるようにそちらへ歩み寄って、その胸に飛びこんだ。

「エリク様、あの、私」

「ヴィオレッタ。きみは、ソフィを連れてここから出るんだ。先に、屋敷に戻ってて」

「ですが、それだと世界が――」

「大丈夫。ここは僕に任せて」

それは、ヴィオレッタには信じられない言葉だった。

勿論、エリクが彼女に被害が及ばないように逃がそうとしてくれているのは理解している。

けれど――

「ヴィオレッタ。僕はもうこんな年だ。いつ寿命が来てもおかしくない」

「いきなり何をおっしゃるのですか？」

不安がひやりと胸に影を落とす。

「僕のところに嫁いできてくれてありがとう。きみが最初に話してくれたように、僕は【契約】という呪いを受けても、二十五年という縛りを受けないらしい。それまでに天寿を全うすることになるからだ。これは、ここに来る前にインデックス様から直接お伺いしたことだから、間違いない」

「え？　それは、いつ……？」

「王都に向かうことを決めて、皆が準備に向かったあとかな」

「そうだったのですか。ですが、なぜそれを今、お話しくださるのですか？」

その問いには答えずに、エリクが笑みを深めた。慈愛に満ちた穏やかな笑みは、儚くすら見える。

とても嫌な予感がしてヴィオレッタは小さく震えた。

エリクは何をするつもりだろう。なぜインデックスと会い、何を話したのだろう。

「こういう危険なことは、老い先の短い僕に任せてほしい。……ヴィオレッタが生きる世界や未来を壊させたりしないから」

†

昨日。皆が王都に向かうための準備に行ったあと、エリクは一人で教会に向かっていた。

彼にとって、人生とはただ苦痛を堪えるだけのものだった。

身体を乗っ取られ、飢餓状態で幾日も部屋にこもる日々。慰めは、弟からの手紙と差し入れの本。

従順な執事として傍にいてくれる、かつての剣の師の息子。

それらがあったから、生きようと思えた。

しかし、何十年が過ぎ、彼らの存在はもはや煩わしいものになってしまう。

なぜこのまま死なせてくれないのか。なぜ苦痛を負ってまで生きなければならないのか。

死の訪れを待つ日々が、当たり前となる。

そんなある日、弟であるアベラール公爵から結婚するようにと手紙が来た。

当然断ったが、家同士の繋がりのためだから拒否権はないと返される。受け入れるしかない状況だ。正直なところ、結婚などどうでもよいものだったし。

どうせもうすぐ寿命だろう。望んでいた死がすぐそこまで来ているはずだ。

けれど、嫁いでくるという伯爵令嬢はまだ若い。自分の苦痛にだけは巻きこんではならない、被害者にしてはならないと、エリクは自身から妻を遠ざける。

相手もそれを望んでいると思って。

エリクは【悪魔憑き】で、彼に会いに来る酔狂な者は弟とジョージくらいだったから。

しかし、やってきた年若い妻はエリクの想像とは異なっていた。

最悪な出会いにもかかわらず、彼女はエリクを受け入れてくれたのだ。

発作で襲ってしまったあの日、エリクの人生は一変した。ヴィオレッタとの出会いは彼女が思っている以上に特別なのだ。

闇で覆われていた世界が明るく照らされ、突如、輝きはじめたのだから。

(ヴィオレッタと過ごした一週間は、僕にとって掛け替えのない日々だ。こんなところで終わらせはしない)

ヴィオレッタは妹が心配なあまり王都に向かうようだが、相手は堕天使。それも、神話に出てくるこの世界の創世神、その跡継ぎ候補だった元天使だという。

そんな者と対立しようものならば、命を落としかねない。

エリクは教会の前で深呼吸をした。静寂が重く身体に伸し掛かってくる。もし、まだインデックスというこの世界を統べる神がいるのならば、尋ねたいことがあった。

このまま無策で王都に行くのは危険すぎるため、何か助言を貰えないかと考えたのだ。

はたして、インデックスは一人で教会にいた。

舞台俳優のように堂々とした男が、教会の壇上で机に凭れている。深紅の髪をした美しい男だ。人ならざる者であるのがその美貌ですぐにわかる。それほど神々しく、同時に作り物めいた容姿だった。

「来たか」

透明感のある声で男が言う。エリクはインデックスとは距離を取って足を止める。

「あなたがインデックス様ですか」

「そうだよ、この世界を統べる創世神さ！」

インデックスが不敵に笑う。彼にはエリクがここに来ることがわかっていたのだろう。

そんなエリクの胸中を読んだように、インデックスが続ける。

「当然、わかるとも！　ジョージ・ハッターはヒトの最高位の【悪魔祓い】だ。彼の主たるきみも、使徒の危険性は充分理解しているんじゃないかと思ってね。愛する新妻の未来のために、私に助力を求めに来たのだろう？」

淀みなく言うインデックスの言葉はすべて当たっていた。

エリクは強張る身体にぐっと力を入れて、インデックスを見る。この男の前にいると、なぜか地面に伏せたくなるような奇妙な感覚がした。自ら傅いて、彼のためになんでもしてあげたいと思ってしまう。

これは、彼の神としての力だろうか。

インデックスは面白そうにエリクを見た。

「私はこの世界のトップだ。すべての者は私に仕え、私の慈悲を望むのだよ。ヴィオレッタのような、記憶のある転生者は別だけれど」

教会のなかは暗く辺りは闇に沈んだように静まり返っているのに、なぜかインデックスの姿だけは明瞭で、その表情もよく見える。

エリクはまだ、インデックスに本人か確かめただけだ。それなのに、話がどんどん進んでいる。

ふと、インデックスが壇上の机に手をついてため息をついた。それさえ絵になる美しさだ。

「さて、話を続けるけれど。残念ながら、私は人の身体を得た使徒に手を出せない。この世を統べる存在である創世神の跡を継いだために、多くの制約に縛られているのだよ。力あるゆえの手枷みたいなものさ」

私は、を強調したインデックスの意向を汲み取り、エリクは目を見張る。

つまり、彼ではない誰かならば、使徒を止められるのだ。それが一体誰なのかわからないが、エリクは慎重に言葉を選んだ。

「僕は何をすればいいのでしょうか」

その言葉を聞いて、インデックスは面白そうに目を眇める。

その瞳が興味深げにキラリと輝いたのを、エリクは見逃さなかった。

「これは可能性の一つだけどね。もしかしたらきみときみの執事ならば、使徒を倒せるかもしれない」

もったいぶった口調でインデックスが言う。

用意された言葉だとすぐにわかった。そしてそのことを、インデックスは隠しもしていない。

どうやら彼は最初から、エリクとジョージを使徒との戦いに巻きこむつもりだったようだ。

(でも、どうして)

ヴィオレッタの話やジョージから得た知識を合わせると、使徒をここまで野放しにしなければ、対処のしようがあったように思える。エリクはインデックスを知らないが、目の前の存在が人知を超えた圧倒的な者であることは伝わっていた。手のひらがじんわりと汗ばみ、呼吸さえ苦しくなるほどに。

(それとも、使徒はさらにすごい力を持っているのか……?)

インデックスの思惑がわかりかねて、どう答えたものかと悩む。

即答で「やります」と言うには危険すぎた。

そもそもここには使徒と戦う方法を聞きに来たのではなく、無事にヴィオレッタを連れ帰るための手段について伺いをたてにきたのだ。

黙りこんだエリクに、インデックスがニッと口の端を吊り上げた。

「弟があやふやな【契約】をしたせいで、迷惑をかけたようだね」

「は……？」

「ほら、メッセがヴィオレッタと【契約】をしたせいで、きみは二十五年後に死ぬことになったじゃないか。あいつはいつも広義の意味で契約を結ぶんだ。どんな状態でも【契約】が成立するように」

だから身体を繋げなくても【契約】は成り立っている。インデックスはそう言ってから、ふぅと息をつく。まるで飽きたといわんばかりに、前髪を指先にくるくると巻き付けはじめた。

「まぁ、あくまで広義なのは発動条件だけだから。対価に関しては、深読みする必要はないよ」

「対価……僕が、二十五年後に死ぬというもののことでしょうか」

「そう、それ。あれって、そのままの意味だからね」

――きみが愛した男と相思相愛になって肌を合わせた日から二十五年後に男の死を望む。

ヴィオレッタは、そうメッセと契約したという。

そのことについて彼女はとても後悔していたし、ずっと結婚を拒んでいたのもそれが理由だと言っていた。

「変に期待させても悪いから説明しておくよ」

「期待、ですか？」

「別に、今の年齢からさらに二十五年寿命が足されるわけじゃない。まぁ、常識的に考えて【契約】の対価で寿命が伸びるなどあり得ないよね。それから、きみは最盛期のように元気だろうけれど、決して若返ったのでも健康体になったのでもないから。きみはこのまま天寿を全うして死ぬ」

エリクはインデックスの言葉を脳裏で反芻する。

ヴィオレッタと出会って世界が輝きはじめ、毎日が楽しくなった。だから、いつの間にか勘違いをしていたのだ。

高齢のエリクでも、ヴィオレッタと共に歩めるのだと。この日々が続くのだと。

これまでエリクが生きてきた歳月はけっして変わらない。

六十六年。そのすべてが無駄だったとは言わないが、塔にこもって過ごした日々は確かにあって、それは戻らないのだ。

(そんなこと、わかっていた……わかっていたんだ)

インデックスがエリクをじっと見た。

吸いこまれそうなほど強い視線から目を離せないでいると、彼は軽く顔を顰めた。

「ふむ。私が見たところ、きみの天寿全うまではあと半年ほどだね。思っていたより早いな」

「……半年？」

「生命力が最盛期の状態だから自覚はないだろうけれど、寿命が近づけば一気に弱るはずだ」

「本当に僕は、あと半年の命なんですか？」

「うん」

あっさりと頷かれて、エリクは地面が崩れるような目眩を覚える。

寿命。それが尽きると言われても、おかしな年ではない。むしろ酷使してきたエリクの身体と心は、よくもったほうだ。インデックスは現実という冷水を浴びせ、夢から醒めさせたにすぎない。

「……さて、その半年をどう使うかはきみ次第だ」

カツ、と靴音を響かせて、インデックスが壇上から下りた。その背後でほの暗いステンドグラスが奇妙に輝き、彼は創世神というよりも悪魔のように見える。

「このままではこの世界は崩壊する。悪魔に使役されるということは、自我を乗っ取られることにも等しい。その苦しみ、きみならわかるだろう？」

インデックスは子守唄のように優しい声音で、冷酷な宣言をした。

エリクは部屋で一人苦しむ自分自身、その絶望をまざまざと思い出して、シャツごとぎゅっと胸を掴む。

「今は天使の力で守られているヴィオレッタやその妹たちも、いずれ使徒の力が強まれば、身体を乗っ取られる。悪魔たちの欲求を満たすために使われるだろう」

ヴィオレッタの苦しむ姿を想像して、ギリッと歯を噛みしめた。

「……あなたは一体何を企んでいるんです」

「私はただ、この世界の行く末を見守るだけさ」

そう言いながら、インデックスはおかしそうに笑った。

くすくすと、微笑ましいものを見たときのように。

「決めるのはきみだ。もし、実行するなら知恵を授けても構わないよ」

エリクはインデックスとのやり取りを思い出しながら、胸に縋り付くヴィオレッタを見つめた。

「……あと半年。それが僕の寿命だ」

ヴィオレッタがこぼれんばかりに目を見張る。

（ああ、愛しいな）

強く抱きこんだ彼女はされるままだ。エリクの求めを拒否しない。いつだってこうして受け入れてくれる。

エリクは彼女の頭に頬を擦り寄せた。

「この一週間、とても幸せだった」

六十六年の歳月のなかで、最も輝いた日々をくれたヴィオレッタ。

「きみには幸せになってほしい」

「……いいのですか？　私、ずっとずっと、幸せになっちゃいますよ？」

「ああ」

他の男といる彼女を想像するだけで苦しくて腹立たしさが湧き上がってくるし、悲しくて泣きたい。心を支配せんばかりの乱暴な激情が、感情を乗っ取ろうとする。

けれどそれ以上に、ヴィオレッタが辛い目にあうのは耐え難かった。

†

ヴィオレッタはエリクを見上げて、彼の言葉を脳裏で反芻した。

『この一週間、とても幸せだった。きみには幸せになってほしい』

もし彼女が深窓の令嬢ならば、このまま涙ながらに別れたかもしれない。

危険が伴う場面では特に、女は出しゃばらず男に従うものだからだ。

だが、彼女は生粋の伯爵令嬢でありながらも、貴族社会に染まりきれていない。現実を見てきたOLが令嬢を演じているようなもの。

彼の返事を聞き逃すまいと気合を入れてから、そっと問う。

「……いいのですか？　私、ずっとずっと、幸せになっちゃいますよ？」

「ああ」

当然のようにエリクは頷いた。

その表情が辛そうに歪んでいることを、本人は気付いていているのだろうか。

「わかりました。では、私もエリク様と行きます」

「……は？」

目を見張る彼に、ヴィオレッタは視線をはっきりと向ける。

「私も行きますと申し上げました」

「それは危険だ」

「危険なのはエリク様も同じです」

「僕はあと半年ほどの寿命なんだよ」

「尚更です！　一週間よりも、半年一緒のほうがよいに決まっています！」

「危険なんだ」

「それはもう聞きました！」

元よりエリクは高齢で、共にいる時間が短いのは承知していた。

辛くても悲しくても、それは変えられない。だからこそ、今できる限りの幸せを得るために、ヴィオレッタは危険に身を置く。苦労もいとわない。

彼女は茫然としているエリクを尻目にメッセへ歩み寄った。

「使徒の居場所はわかるの？」

「え、ええ、まぁ……本当に行くんですか？　そっちのソフィなら使徒も持て余していたらしいですから、連れ帰るだけなら無傷で済みますよ」

「随分と使徒について詳しいのね」

「例のテレパシーのようなものから、勝手に伝わってくるんですよ。ずっと音信不通だったくせにこんなときばかり一方的に感情を押し付けられて、迷惑です」

メッセの愚痴混じりの話を聞きながら考える。

インデックスは何を求めているのだろう。エリクが使途と対峙しようとしているのも、余命を理由にインデックスが焚き付けたせいらしい。

（わからないわ。会ったこともない使徒の行動理由は推測できるのに、インデックスさんのことは全く――）

ふとヴィオレッタは、エリクの影のように控えているジョージを見た。

「……メッセさん。もしかして使徒って、【悪魔祓い】でも倒せるの？」

「どうでしょうね。多少効果はあるはずですが、消滅させるほどの力はないと思いますよ」

次にソフィを見る。そして、再びジョージを見て、メッセを見て、エリクを見た。

(……やっぱりインデックスさんがすべて仕組んだのだわ。単純なことだったのね)

ヴィオレッタは目を伏せて苦笑を浮かべる。

バラバラになっていたピースが、カチリとはまった。


メッセに使徒がいる場所までの案内を頼むと、渋い顔をされた。どうやら不満らしい。

「メッセさんは、やっぱりお兄さんと対立するのが嫌なのね」

ソフィに対する自分自身の気持ちと重ねながら言うと、彼は心底うんざりした表情になる。

「兄というのは使徒のことですか？　冗談でもやめてください。謀反を起こそうとして堕天した者ですよ、粒子の一粒まで消滅してしかるべき存在です。……案内は、できなくもないのですが」

彼はざっと室内を見回した。何もない空間に目を凝らす。

「つい今、結界が張られたんですよ」

ヴィオレッタもつられて空間を見つめるけれど、何も見えない。

結界。つまり、見えない壁のようなものだろうか。そんな想像をしながら聞く。

「では、私たちはここから出られないの？」

「結界といっても、閉じこめられたわけではありません。力を無効化させるもので……今、俺は天使の力を一切使えない状態なんです。しかし、この結界は無駄に強力ですね。これでは堕天使である使徒も力が使えないはずなのに、どうして……？」

そう呟くメッセに、エリクが言った。

「ああ、それならインデックス様から聞いているよ。僕とジョージが乗りこむタイミングで、結界を張ってくれるって」

「えっ、俺聞いてませんけど！」

「まぁ、極秘任務のようなものだったから」

彼は肩を竦める。

「神というのは、僕たちが思っている以上に人へ介入できないみたいなんだ」

そう言うと、インデックスから聞いたという創世神について話した。

インデックスは神座についた瞬間からあらゆる誓約を守らなければならなくなり、容易に人やその他の生き物に介入できなくなったという。

例えば、メッセに対してもそうだ。兄として弟を可愛がりたいのはやまやまだけれど、神座についたからには特別視は許されない。

世界を統べる創世神というものは、万能な存在ゆえに、鎖に雁字搦めにされるが如く数多の制約に縛られる。力があってもそれを自由に振るうことは叶わないというのだ。

ヴィオレッタは法律のようなものだと思った。天使にも、神にも、守らなければならない絶対的な理がある。だから、やたらと回りくどい方法を取らなければ使徒を見つけることすらできないのだ。

不満そうなメッセに、エリクが続けた。

「インデックス様はおそらく、使徒を生きたまま捕まえたいんだと思う」

「まさか！　使徒は謀反を起こして堕天使になった大罪人、兄上は使徒を見つけ次第消滅させる義務がある！　……兄上は正当な方です、罪人に容赦などしません！」

メッセはすぐに否定したが、ヴィオレッタもエリクと同意見だった。カチリとはまったパズルのピースとは、まさにこのことである。

インデックスの目的はおそらく、使徒を生きて捕らえることに違いない。

だが自らは介入できないため、他者を利用している――そう考えれば、これまでの行動に辻褄が合う。

「それとも、ただ死ぬだけでは贖罪が足りないということですか？　生き地獄を味わわせる必要がある、と……？」

どうやらメッセはどこまでも使徒を嫌っているようだ。

インデックスがメッセに協力を仰がなかった理由はおそらくここにあるのだろう。

ヴィオレッタはメッセに頼みこみ、嫌がる彼を先頭に応接室を出た。

最後に使徒の気配を感じたという場所に案内してもらうためだ。ふらふらとソフィが蒼白な顔でついてくるけれど、誰も何も言わなかった。

ヴィオレッタも危険だから来るなと止めることも、手を差し伸べることも、しない。

廊下に出ると、所々に貴族らしき人々が倒れている。使役され、兵士のように見張りとして使われていたのだろう。結界が張られたことで、使徒の使役が一時的に解けたらしい。

「……兄上、こんな大きな力を使うなんて」

不安そうなメッセの声音に、ヴィオレッタは目を伏せる。

彼の案内で使徒のもとに向かっているが、到着したらどう対処すればよいのだろう。

(エリク様はインデックスさんと何をなさるのかしら)

今のところエリクが慌てる様子はない。予定通りらしかった。

(エリク様はこのあと使徒と戦うのよね)

戦う、という言葉に戦慄する。

「ねぇ、今の使徒は結界の効力で、堕天使の力が使えないのでしょう?」

咄嗟にメッセへ尋ねると、彼は頷いた。ほっとするものの、不安が拭えない。

止めてほしいと頼めば、エリクは受け入れてくれるだろうか。

ヴィオレッタに止められるだろうか。

(そもそも、エリク様はどうして……ああ、余命半年……だから)

彼女はエリクの寿命を知らなかった。半年の命だと聞いたときは今別れるより少しでも長くいたいと思ったけれど、こうして改めて考えると辛い。

（……どうしようもないことはあるもの。それならば、受け入れて精一杯生きるしか――）

「ヴィオレッタ」

エリクに呼ばれて振り返ると、柔らかな瞳が見下ろしていた。

「なんでしょう、エリク様」

「帰ったら、結婚式を挙げよう」

突然の言葉に、ヴィオレッタは目をまん丸にする。

緊張でピリッと張り詰めた空気のなか、何を言うのだろうか。

（……聞き間違いかしら）

嫁ぐ際に式はしないと決めたはずだ。それに、ついさっきエリクは彼女を手放そうとしたばかりである。

少し考えたあとで、ヴィオレッタは意地悪く言う。

「私を手放すのが惜しくなりましたか？　やっぱり妻でいてほしいのでしょう？」

「そうだよ。やはり僕にはヴィオレッタを手放すなどできない。他の男になど、やらない」

あまりにもキッパリとした言葉に、頬が熱くなる。

「そ、そうですか。は、はい……それならば、帰ったら結婚式をしましょう」

「新婚旅行にも行きたいな」

（……ああ、好き）

やはり、エリクが好きだ。他の誰でもなく、エリクと共に少しでも長く過ごしたい――

ふいに、エリクにきつく肩を押された。

(え……？)

何が起きたかわからずに、ヴィオレッタはされるがまま彼の背中に庇われる。キィンと金属同士のぶつかる音が響き、全身に恐怖が走った。

以前、王城でひらかれた剣術の模擬試合で聞いた音と似ている。これは、剣同士がぶつかる音だ。

突然のことで動けずにいた彼女の腕を、メッセが慌てたように引いた。銃を構えているジョージよりさらに後ろまで引っ張られ、ソフィと共に庇われる。

誰かが襲撃してきたのだ。

「……ジークフリート様っ！」

ソフィの叫び声で、もしやと考えていた襲撃犯の正体を知る。

ヴィオレッタはエリクが対峙している相手を観察した。小柄な男で、年は二十代半ばほど。髪はなく、つるりとした頭皮が見えている。

堕天使であり、世界を奪おうとしている使徒。

そう呼ぶには、あまりにも彼は人らしい見た目と動きをしていた。

ただ一箇所、眼球の色が異なる。本来白目であるはずの部分が黒く、瞳の色は上半分が白、下半分が赤かった。

「いきなり結界が張られて、即行動に移ったんでしょうね」

メッセが呟く。

「この奇襲はなんのためなの？」

「あなたを狙ったようですから、念のために人質でも取っておきたかったのでは？　使徒は剣の腕に覚えがあるので、ゴリ押しでいけると思ったんでしょう」

インデックスが到着する前に可能な限りの保身を図りたいのだろう、とのことだ。

「兄上は近くにいるみたいですし、すぐに到着します」

「……人の身体に入ってる限り、インデックスさんは使徒に手を出せないのではないの？」

「そうですよ。でも、それだけだと不安なんでしょう。……兄上の力は絶対者のそれですから」

ヴィオレッタは頷いて、エリクと使徒を見た。

使徒から奇襲を掛けてきたにもかかわらず、エリクが押している。

使徒は素早く剣を繰り出すが、エリクはそれらすべてを防ぎ、重い一撃を食らわせていた。その一撃を受け止めるのがやっとの使徒は少しずつ後退し、繰り出す剣も遅くなっていく。

「はーい、そこまで。二人共止まるんだっ！」

そのとき、この場に似つかわしくないふわふわとした声がした。

エリクと使途が同時に止まり、お互いに距離をとる。二人の間にぱっと現れたのはインデックスだ。

「エリク。私は確かに決闘でけりをつけようと言ったけれど、まだ条件も提示してないんだ。性急すぎるよ」

「そちらのジークフリート殿から斬りかかってきたんです」

「おや、そうだったの。まさかきみからくるとは……私に会いたかったのかな？」

ジークフリートの身体をした使徒は、ただインデックスを睨み付ける。構わずにインデックスが続けた。

「ここで【契約】を持ちかけて、エリクと剣で勝負させる。その予定だったんだけど、どう見ても腕はエリクのほうが上だね。……所詮、使徒の剣の腕は、強化された天使の身体あってのものでしかなかった、ということか」

使徒の瞳がギラギラと怒りを浮かべている。

「これだと結果は見えている。エリクが圧勝だね」

（あら？）

二人のやり取りを眺めていたヴィオレッタは、インデックスがあのネックレスをしていないことに気付いた。

（こんなときに、どうしてあのネックレスが気になるのかしら？）

そう考えて、ある可能性に思い至る。

もし、あれがソフィによって盗まれたヴィオレッタの私物だったら？

（お母様のご先祖様が高名な【悪魔祓い】に作らせた魔除けの御守りで……悪魔を封印する力があるって……）

ドクン、と心臓が大きく音を立てた。

ソフィにネックレスを盗まれたとき、ヴィオレッタは彼女を問い詰めた。妹は最後まで知らぬ存ぜぬを通し、結局喧嘩になってしまったのだ。

(もしかして、ソフィの意思ではなかったの?)

インデックスがソフィを操って盗ませた、という可能性はないだろうか。創世神は人に介入できないというが、【契約】を交わした転生者ならば——

その推測は大きく外れていない気がする。

(もしそうだったら、インデックスさんはあのネックレスを持ってるはずだわ)

インデックスを軽く睨むと、彼がだらりと下げている手のなかに煌めくものが見えた。ネックレスだ。

使徒が悪魔のように邪悪に笑う。彼は剣をエリクではなく、インデックスに向けた。

次の瞬間、インデックスに斬りかかる。

メッセが悲鳴をあげて手を伸ばす。

インデックスは動かない。エリクも動かないし、驚く様子もない。

こういうシナリオなのだ、とヴィオレッタは察した。

これまで見聞きした情報すべてが、一つに繋がる——

すべてを理解した瞬間、ヴィオレッタは床を蹴って走り出す。

本能的なものだった。

今動かなければならない。

次の瞬間、ジョージが発砲した。空気を震わせる重い銃声のすぐあとに、ジークフリートの身体が床に頽れる。彼の身体からゆらゆらと黒い靄のようなものが出たかと思うと、インデックスが翳したネックレスに吸いこまれていった。

そして――突撃したヴィオレッタはインデックスの手からネックレスを奪う。

それらすべてが、ほんの数秒で起きた。

しん、と静寂が下りる。

「ジークフリート様！」

ソフィが床に倒れこんだジークフリートに駆け寄って、泣きはじめた。ピクリとも動かないジークフリートは、誰が見てもただの人に戻っている。

次に口をひらいたのは、インデックスだ。

「……ん？　んん？　え、ヴィオレッタ？　どうしたんだい？」

「これは私のものなので返してもらいました」

「ちょ、待って。それは危険なんだ。今の見てたかい？　そこには使徒が入っている。封印もまだ完全ではないし、早く私に……」

平静を装っているようだが、彼が焦っているのは一目瞭然だった。

ヴィオレッタはしっかりとネックレスを握りしめて、胸を張る。

「このネックレスは母の形見です。ですが、私と【契約】をしてくださるなら差し上げてもいいですよ！」

再び下りた静寂を真っ先に破ったのは、メッセだ。

「やめろ！　無意味なことはするな、翠！」

彼には余裕がないらしい。口調を取りつくろうこともできていない。もしかしたら、インデックスに逆らう者がいるなど想像だにしていなかったのかもしれなかった。

「兄上、俺が翠ごとアイテムを壊します。だから結界を解いてください。……翠、止めるなら今しかないぞ。兄上は誓約でお前を殺せないが、俺にはできる」

エリクがメッセを警戒しながら、ゆっくりとヴィオレッタのほうに歩み寄ってきた。

二人が睨み合う傍で、ヴィオレッタもインデックスを睨み付ける。インデックスは顎に手を当てて長考したのち、ため息をついた。

「わかった。その【契約】とやらを聞こうじゃないか」

「兄上!?」

メッセがぎょっとしてインデックスを振り返る。

「今なら、使徒を消滅できるんですよ！」

「いや、その必要はない」

インデックスはメッセに向けて軽く手を振ると、ため息をついた。

「念のために言っておくが、【契約】とは何か、わかっているかな？　いわゆる等価交換だ。私が可能な範囲できみに与えられるもの、その対価をきみから貰うというものだ」

「はい」

「きみはすでにメッセと【契約】を交わしている。しかし、私と【契約】をした時点で、呪いと同様の理屈で上書きされる。それでもいいのか」

「エリク様の【悪魔憑き】はどうなるのですか」

「あれは消え去ったから、戻ってこない。ただ、メッセとの【契約】で発生した最盛期の生命力も消える」

「わかりました」

失うものといえば、ヴィオレッタが持っている前世の記憶くらいということだろう。

今生はすべて前世の記憶と共にあったので、前世の記憶がなくなった自分がどうなるかはわからないけれど。

インデックスは軽く笑うと、頷いた。

「それで？　この私を脅してまで叶えたい願いはなんだ？　エリク・アベラールのことだろう？」

「とても単純な願いです。私の残りの寿命、その半分をエリク様に分けてください」

残りの人生、ヴィオレッタがどれだけ生きられるのか知らない。

けれど、一週間より半年、半年よりも一年。一年よりも――少しでも長く、共に過ごしたい。

エリクは怒るだろうか。

こんなことを願うなんて、人の命を弄ぶ行為だ。

ヴィオレッタのなかの正しい気持ちが、いけないことだと叫んでいる。

それでも――

ヴィオレッタは真っ直ぐにインデックスを見て、もう一度繰り返した。

「お願いします、インデックスさん。私の寿命を半分、エリク様に分けてください」

## 第5章　そして——

インデックスは窓の向こうに広がる王都の街並みを眺めると、視線を己の手のひらに向けた。手のなかで輝くダイヤモンドのネックレスを見て、口元を歪める。

彼を知る者が見ればぎょっとするほど、その笑みは慈愛に満ちていた。

（やっとだ。やっと、誰よりもこの世界を憂い、誰よりも尊く、誰よりも真面目だった兄上が帰ってきた）

この日のために、弟を欺いてまで、長い年月をかけた緻密な計算のもとに動いてきた。

そうしてついに、運命の今日を迎えたのだ。

最後の最後で不測の事態に陥ったが、結果として、想定を遥かに上回る幸運だったといえる。

ヴィオレッタが【契約】を求めてこなければ、兄のことは罪人を捕縛したという建前でしか手元におけなかった。生涯幽閉することになっても、生きてさえいてくれればいい、と。

しかし、【契約】を行うとなれば、兄の立場が大きく変わる。インデックスが対価と引き換えにヴィオレッタから譲り受けることになるため、あくまで私物という扱いになるのだ。

（かなりの歳月がかかったが、これで面倒な誓約に触れずに兄上を治療できる）

堕天使を天使に戻すには、何百年と年月がかかるだろう。それでも、気長に治療していくつもりでいる。

「兄上！」

メッセがぱっと部屋に現れた。

インデックスはヴィオレッタと【契約】を行う約束を取りつけるなり、部屋に――王都の端に用意してある家に戻っている。

メッセが少し遅れて戻ってきたということは、彼らと何か話し合いでもしてきたのだろうか。

彼はいつも通りゆったりと応えた。

「どうしたんだ、慌てて。お前の気に入っている人間たちが無事でよかったじゃないか」

メッセは法に厳しく従順だ。だが、ちょっとしたことで人間に同情し、心を砕く。インデックスのように、人間という括りではなく、個人を見ているのである。

メッセは一瞬言葉を失ったようだが、すぐに我に返り口をひらいた。

「その使徒をどうするつもりですか!?　それに、【契約】のことも……なぜ受けたんです？　三ヶ月の猶予が欲しいとおっしゃってましたが、その間に無効にするんですか？」

「ああ、そのことか。【契約】は受けると約束しただろう？　ちゃんと実行するさ。猶予期間は、どのような内容ならば公平か調査するためだ」

【契約】は等価交換でなければならない。今回はインデックスが兄を求めすぎたがゆえに、ヴィオレッタの提示した条件では吊り合わなかった。

神や天使の【契約】に不正は許されないため、どちらかが損をしないよう見極めて取引をする必要がある。そのための期間だ。

「調査期間ですか。確かに、罪人を封じたネックレスの対価として『命の移行』を望むなんて、贅沢すぎますからね」

「……お前は本当に兄上を嫌っているね。合理的すぎるというべきか」

小声で呟いた声は、メッセには届かなかったようだ。

実際はメッセの考えとは逆で、ヴィオレッタの望む命の移行だけでは足りない。インデックスは使徒を堕天使から天使に戻し、いずれ自分の補佐にしたいと考えている。

つまり、ヴィオレッタから譲り受けるのは創世神の座——神、天帝、などと呼ばれる至高の存在たるインデックスの、未来の腹心なのだから。

(……彼女にとって最も価値のあるものはなんだろうな)

このままでは対価が見合わなくて払えない。それは困る。

(『命の移行』は叶えるとして。ヴィオレッタとエリクの寿命を延ばすか？　いや、それだと足りないな。人間の寿命やエリクの年齢的にも限界がある……ふむ。来世に持ち越すように計らうか)

例えば、幼馴染として。二人の記憶は、今生のヴィオレッタのようにそれぞれ引き継がせよう。

しかし、来世では見た目が変わってしまっているから、お互いに気付かないかもしれない。

(そうだな、出会った瞬間にお互いを認知できる、というものにすればどうだ)

二人は来世もこの世界に転生することになっているため、インデックスの力ならばそのくらい可能だ。

(……まぁ、この件は直接ヴィオレッタに相談しよう。ふむ、これほど一人の人間と関わるのは初めてだな)

そっとため息をついて、メッセに問う。

「私が去ったあと、どうなった？」

「エリク様……いえ、エリクたちは急いで王都を去りました。貴族らが目覚めたときの混乱に巻きこまれたくないとかで」

「あぁ、人の世は理不尽だからね」

ヴィオレッタたちはある意味で世界を救った英雄みたいなものだが、貴族らは決して信じないだろう。混乱する人々に真実を教えて手助けするより、そうそうに立ち去ったほうが身のためだ。

「ソフィは恋人を引きずるように部屋から出ていきました、その後は知りません。貴族らは順次目覚めるようです。彼らに仕えていた使用人たちは地下に幽閉されているのを確認しておりますので、今回の件で大きな犠牲はないかと」

「そう」

「兄上。……ヴィオレッタはあと何年生きられるのでしょうか」

メッセの声音が、かすかに緊張を帯びたものになる。ヴィオレッタを心配しているのだろうか。

なぜその心配を堕天した兄に向けられないのだろうと悲しく思いながら、インデックスは答える。

「彼女、かなりバランスのいい食事をしているね。運動も欠かさないし体力もある。メンタル面もタフだし、目立った疾患もない。ぱっと見ただけだけれど、八十歳は余裕で超えてたな」

「……え」

ヴィオレッタの年齢を引いても、残り六十年。

その半分を譲れば、エリクの余命は三十年追加されることになる。

（ああ、でも老いた身体ではきついだろうな。せっかくだ、二人共最盛期を維持できるようにしてやろう）

インデックスが考えたすべてのことを行えば、無事に等価交換が成立するはずだ。もしヴィオレッタが反対すれば、そのときは別の案を考えればいい。

彼女にとってとびきりの幸せを与えてやる。

インデックスは手のひらのネックレスを強く握りこむと、窓から街並みを見下ろし、やはり優しく微笑(ほほえ)んだのだった。

†

「きゃっ！」

ドサッ、とベッドに落とすように下ろされたヴィオレッタは、小さく悲鳴をあげた。

エリク・アベラールの屋敷に戻ってきたのは、ついさっきだ。

インデックスに持ちかけた【契約】が暫定(ざんてい)で決まってすぐ、貴族らの混乱に巻きこまれる前に王都を発ったのである。

本来休む間もない馬車の旅はきついものだが、行きの馬車のなかで眠っていたことや体力面に自信があることもあり、ヴィオレッタにとってそれほど負担ではなかった。

しかし、エリクの機嫌があからさまに悪く、馬車のなかの雰囲気は最悪だった。

帰りは、エリクとジョージ、そしてヴィオレッタの三人だったが、誰も何も話さなかったのだ。

やっとのこと屋敷に着いても、エリクは言葉少なくジョージに雑務を命じたのみである。

そして、ヴィオレッタの腕を強引に引っぱって、塔の最上階にある自室に向かった。

途中で逃げると思ったのか、それとも歩くのが遅くて苛立ったのか、彼女を抱き上げて——部屋に着くなり、ドサッとベッドに落とす。

彼がヴィオレッタをこのように乱暴に扱うのは初めてのことだ。

ベッドはふかふかで落とされても痛むことはないし、落とされたといってもそれほど高さはない。

しかしエリクの表情が強張っていることもあって、ヴィオレッタは心底恐怖を覚えた。

「あの、エリク様」

ごめんなさい、と謝罪をしようとして言葉を呑みこむ。

すでに、王城でも、馬車に乗るときも、彼女は謝罪をしていた。しかしエリクは一度も返事をしてくれないのだ。謝罪で済む問題ではないからなのかもしれない。

『私の寿命を半分、エリク様に分けてください』

あの【契約】をインデックスに持ちかけて以降、エリクから笑みが消えた。彼女の身勝手な行動が彼を怒らせたのだ。

あれほど【契約】によって人の命が短くなることを恐れていたくせに、ヴィオレッタは自分の望みのためにエリクの寿命を弄ぼうとしている。事の重大さを考えれば、怒らせたと思うことさえおこがましい。もしかしたら、嫌われた――いや、軽蔑されたのかもしれなかった。

ヴィオレッタはぎゅっと拳を握りしめて、顔を上げる。静かな怒気を滲ませた瞳で見下ろしてくるエリクを、真っ直ぐに見つめ返した。

「エリク様」

やはり彼は何も言わない。

もうヴィオレッタと話したくない、という彼なりの表現なのだろうか。そうだとしたら、ヴィオレッタはその望みをそのまま受け止めなければならない。

彼の寿命を勝手に定めた罪深い存在として――

「ごめんなさい、エリ……いいえ、旦那様。私、出ていきます」

家同士の繋がりのための結婚だ。離婚はできないけれど、エリクの目に入らないようにひっそりと身を隠すことはできる。

少しでも一緒にいたいという望みで勝手に【契約】をしたけれど、彼がこの世のどこかで生きていてくれればいい。

もう彼は【悪魔憑き】ではないのだし、自由に外の世界を見て回れるのだ。

（……あのとき、エリク様はこんなお気持ちだったのかしら）

王城で、エリクはヴィオレッタを逃がそうとした。自分とジョージだけが使徒と対峙するという危険を選んだのである。

その自己犠牲の精神に、当然ヴィオレッタは激怒したのだが——結局、自分の望みにはエリクを巻きこんだ。

彼女はベッドの上で深々と頭を下げる。返事がないので、そっと顔を上げてベッドから下りようとした。このまま姿を消したほうがいい。

「ヴィオレッタ」

けれど、厳しい声音で名前を呼ばれ、肩を掴まれてベッドに戻された。

その力は強く肩に僅かな痛みを感じたものの、名前を呼んでもらえた喜びが勝る。

「……馬車のなかで考えていたことがあるんだ」

やや黙したのち言ったエリクに、ヴィオレッタは静かに身体を強張らせた。

(私と距離をとる方法について、考えておられたのだわ)

そうに違いない。

聞きたくなくて、ぎゅっと目を瞑る。

「僕はきみにとてもひどいことをしてしまった」

(え……?)

ハッと目を見ひらいた彼女が見たのは、自嘲するエリクの姿だ。その表情は強張っていて、視線が合うと逸らされる。

しかし、すぐに再び視線を合わせ、彼は突然身を屈めた。床に膝をついて、シーツを握りしめていたヴィオレッタの手を取る。

「ヴィオレッタ」

「……はい」

「きみだけが幸せならばいいと思っていた。だからあのとき、きみを屋敷に帰そうとしたんだ」

王城で、エリクは彼女を手放そうとした。そのときのことを思い出しながら、ヴィオレッタは彼を見つめる。

「ヴィオレッタの幸せを望む気持ちに偽りはない。けれど、あとは自由にしてくれ、なんて都合がよすぎたね。……いや、無責任にも程があった。僕は、僕の手でヴィオレッタを幸せにしたいと望んでいるのに……」

「私も、エリク様の幸せを望んでいます。できれば、その……共に幸せでありたいと……」

「……ヴィオレッタ、ありがとう」

エリクはそっとヴィオレッタの手の甲に頬を擦り寄せた。

「きみを手放すしか選べなかった弱い僕と共にあろうとしてくれた。……正直に言うと、きみがインデックス様に【契約】を持ちかけたとき、腹が立ったんだ。僕はヴィオレッタを守ろうとしているのに自分から危険なことをするし、【契約】で寿命を縮めてしまうし」

「……それは……」

「そのことを馬車のなかで考えていた。ずっと、ずっと。……それでようやく気付けた。僕が守りたくて使徒と対峙しようと決めたときも、きみをこんなふうに傷付けたんじゃないかと。いや、きみは僕と共にあろうとしてくれたのに、僕は……僕の命を賭してでもきみを生かそうとした」

後悔を滲ませた声音で続ける。

改めて王城での出来事を見つめ返し、気付いたそうだ。あのときヴィオレッタは命を半分エリクに分けると言ったが、エリクがヴィオレッタに言ったことは自分の命を引き換えにしようとしたのと同義なのだと。

やはり最初から、エリクは王城で使徒と直接対峙することになっていたらしい。相手の強さが計り知れないため、最悪、エリクがその身を犠牲にしてでもインデックスが使徒を封じるための時間を作るつもりだったのだという。

蓋を開けてみれば、エリクのほうが圧倒的に強かったのだが。

「……自分の身に置き換えて考えて、初めて残酷なことをしてしまったと気付いたんだ。そんなふうに生かされても、ヴィオレッタは喜ばないだろうに」

苦しげに呻くエリクの頬に、ヴィオレッタは慌てて手を添える。

「エリク様、苦しめてごめんなさい」

エリク・アベラールという者は、どこまでも優しいのだとわかっていたはずなのに。

ヴィオレッタは、自分が彼の怒りを買って追放されるのではないかと怯えていたことを恥じた。

彼女自身、自分の寿命が残りどのくらいあるかなどわからない。

もしかしたら、二人で過ごせる時間は一年や二年程度かもしれないのだ。

それでも――

「私、エリク様といたいんです。一人で生きていく時間を削ることで二人の時間が増えるのならば、喜んで命を差し出します。……お願いします、傍に、いて――」

言葉が途切れた。

おもむろに延びてきたエリクの腕に抱きしめられて、その胸に強く押し付けられたのだ。

彼の匂いに包まれて、ヴィオレッタは反射的にその背中に手を回す。離れたくなくて、ぎゅっと強く力を入れた。

「約束したように、準備が整い次第、結婚式をしよう」

「っ、は、はい！」

「可愛い、僕のヴィオレッタ」

首筋に唇が触れて、耳朶を甘噛みされる。

ぴくんと身体を震わせたヴィオレッタは、慌てて身体をよじってエリクから離れようとした。

「待ってください」

「嫌なの？」

「ちが……あ、あの、身体を清めてまいります」

すると、彼が顔を離す。表情に笑みが戻っていてほっとするけれど、その笑みが悪戯を思いついた子どものようなものだと気付いた瞬間、ヴィオレッタは嫌な予感を覚える。

「いいね、一緒に入ろう」

「……え？」

「心配しなくても離れないよ。身体の隅々まで洗ってあげる」

二人で入るというから、どんな卑猥なことをされるのだろうと内心怯えていたヴィオレッタだったが、エリクはとても紳士的に接してくれた。身体を洗う際も優しく丁寧にお互いを洗い合ったし、局部は自分で洗いたいと言うと、快く同意してくれる。そうして、温泉を引いているという広々とした埋めこみ式の風呂を、彼女はこれでもかというほど堪能した。

この世界で湯を用意するのは大変な手間だ。しかも風呂に溜めるとどんどん冷めていくため、よほど裕福な家でなければ、湯に浸かることはしない。風呂を持っていない貴族も多いなか、エリクが暮らす敷地内には温泉があるというのだから、ヴィオレッタが興奮するのは当然だ。

温泉は身体によいはずと、アベラール公爵が用意したのだとか。

ヴィオレッタは転生してから初めて見る広い風呂にはしゃいだ。

そうして、無自覚にエリクにお預けをさせていたのだと気付いたときには、遅い。

美しい大理石の床にはめこまれた広い風呂、その浴槽に彼女は身体を小さくして座る。

後ろから抱きしめるエリクは、先程からヴィオレッタの腰や太もも、二の腕などの際どい部分に触れては、項や肩にキスを落としていた。その触れ方は優しくて、項に感じる彼の吐息の熱や伝わってくる心臓の速さにそぐわない。そのことが、ヴィオレッタを落ち着かなくさせた。

「あ……っ！」

つつ、とエリクの指が太ももを撫でる。内股のほうに移動し、花弁を掠めて手が離れていく。胸の突起と花芽を避けた触れ方に、ヴィオレッタは無意識に快楽を求めて身体をよじった。

牙を隠した獣に追い詰められていくような、そんな焦りが、彼女の身体を熱くさせる。

ヴィオレッタは日に日にエリクを愛しく思うようになっていた。彼の知らない顔を知れば知るほど、惹かれていくのだ。

「エリク様」

「うん？」

「……怒ってますか？」

「僕はすぐにでも一つになりたいのに、きみがお風呂に夢中だったことは怒ってないよ」

淡々とした声音に、ヴィオレッタはしゅんと俯く。

「私が夢中になるのはエリク様だけです」

「うん、知ってる」

ちゅう、と首筋を強く吸われて、ぴくんと身体が震えた。エリクの柔らかな舌が肌を這い、唇が耳朶を柔らかくはむ。

「あぁっ！」

ただそれだけなのに、身体が火照るのが信じられない。項にキスをされて愛撫されたときも、身体が自分のものではないかのように熱くなった。

快楽の熱が塊となって、腹の底に溜まっていくのがわかる。

蕩けた秘所が蜜を滴らせて貪欲に快楽を求めているのを感じ取った彼女は、懸命に理性で欲望を抑えた。しかし、本能をすべて隠すことはできずに無意識に気持ちのいいことを求めてしまう。

（……エリク様の、硬い……っ）

　腰の辺りに、エリクの昂りが押し当てられた。ヴィオレッタはすでに、この肉棒がどれほどの快楽を齎してくれるか知っている。

　エリクが耳元でくすりと笑う。

「そんなに押し付けて、僕を誘っているのかい？」

「あ……ごめんなさい！」

「どうして謝るの？　ヴィオレッタは何もいけないことをしていないのに」

　おかしそうに笑う彼に、ヴィオレッタは首を横に振る。

「だって、エリク様に……沢山我慢してもらってるのに、私は我慢もできないなんてよくないと思います。我慢しますから、好きなだけ触ってくださ、ひゃあ！」

　両方の胸の突起を同時に摘まれて、彼女は大きく背中をしならせた。突起からぶわっと全身に広がった快楽が下腹部を切なく疼かせて、さらに蜜が滴る。

「我慢なんてしなくていいんだ。……ヴィオレッタとこれで繋がる時間はそう長くないだろうし」

　エリクはヴィオレッタを抱き上げると、昂りをその太ももの間に挟んだ。血管の浮き出た硬いごりごりとした感触が秘所の花びらごと花芽を擦り、より大きな快楽の波が彼女を襲う。じんじんとした心地よさを得るたびに肌がさらなる熱を帯び、ほんのりと淡いピンクに色づいていった。

「あぁ……っ！」

大きな笠の部分で花芽をぐにぐにと押し潰されて、ヴィオレッタは嬌声をあげながら小さく果てる。

「今後、僕が最盛期の状態じゃなくなったら、こうしてヴィオレッタのなかに入ることも叶わないかもしれない。だから……忘れないように、じっくり味わって」

エリクが彼女を湯舟から上がらせて、大理石の床に両手をつくように言う。言われるまま四つん這いになると、露わになった秘所に彼の筋張った指がくちゅりと音を立てて挿入される。

「あ……っ」

その心地よさに、ヴィオレッタはまた小さく達した。

嬉しそうに笑う声が聞こえて、羞恥で頬が熱くなる。それでも彼女は姿勢を崩さなかった。エリ
クが求めてくれているのだから応えたい。何より、自分も彼から齎される刺激を求めていた。

「すごく溢れてきたね。……美味しそう」

にゅるり、と柔らかいものが押し当てられて、ヴィオレッタはぎょっとする。

エリクが器用に舌で花弁を弄っているのだと察して足を閉じようとしたものの、ずくんと腰を痺
れさせる強烈な快楽がその力を奪っていく。意図せずさらに足を大きくひらいてしまった。彼は秘
所を丹念に舐めながら、右手で花芽を弄り、左手で胸の突起を摘まむ。

「もっ、そんな、いっぱいっ」

求めていた快楽を一気に与えられて、急速に腹の奥から大きな享楽の波がせりあがってくる。

しかし、快楽が弾ける寸前で、彼はそっとヴィオレッタから離れた。持て余した熱が行き場を失って、寂しくエリクを振り返る。

彼はヴィオレッタを獣のように見下ろしていた。野性的な雰囲気を纏い、へそまで反り上がった昂りを片手で軽くしごいている。顔は恍惚と愉悦に歪んでいた。その瞳から溢れんばかりの情欲と嗜虐的な興奮を感じる。

（お優しいエリク様がこんな表情をなさるなんて）

無防備な姿を晒しているヴィオレッタは、そんな彼に恐怖を覚える——はず、だった。

なのになぜか、意地の悪そうなその表情を見ていると、身体の奥底に奇妙な熱が集まるのを感じる。この熱が大きくなって弾ければとてつもない快楽が待っていると、本能で知っていた。

「挿入れるよ」

「っ、はい……っ」

僅かな恐怖とそれを上回る期待に胸を高鳴らせながら、エリクが挿入しやすいように尻を突き出す。筋張った手が、尻の丸みを確かめるように優しく撫でた。

「ん、いいこだ」

くちゅり、と秘裂に怒張が宛がわれ、蜜壁を擦りながらゆっくりと進入してくる。

大きすぎる肉棒が奥に入ってくる瞬間は身体が強張るのと同時に、エリクを最も近くで感じられる喜びで胸がいっぱいになるのだ。

「あぁ、全部挿入った……ヴィオレッタ、すごく気持ちいい」

そう言うと、彼は角度を変えて腰を動かしはじめた。ゆっくりと、焦らすように。

これまでにないスローな腰使いは、ヴィオレッタの気持ちのいい場所を探り当てるゲームのように、色々な場所を擦っていく。彼女は熱い吐息をこぼしながら身体を震わせる。

エリクにもっと心地よくなってほしくて、突き出した尻が下がらぬように懸命に腰を押し付けた。

「可愛い、ヴィオレッタ……大切な、僕の――」

エリクがこれまでにないほどじっくりとヴィオレッタを観察しながら腰を揺らす。焦れったいほど緩慢な動きのなかで、確実に高まる快楽を彼女は堪能した。

急速にせりあがってくる愉悦とは異なる、腹の深い部分から全身を包みこむ快感をじっくりと味わう。そこでふと、腹の深い部分に熱となってこもっていた何かが全身に行き渡るのを感じた。

肌が色付き、呼吸が荒くなって、無意識に身体をよじる。

「あぁ、エリク様、身体がおかしい……変に、なっちゃ……」

エリクは一瞬だけ動きを止めたあと、両腕で彼女を抱き起こした。向かい合う姿勢になり、強引に唇を奪われる。あっという間に差しこまれた舌がヴィオレッタのすべてを奪わんとするかのように、激しく口内を蹂躙しはじめて――同時に、浅い部分まで引き抜かれていた肉棒が、ぐちゅんと水音を響かせて最奥を穿つ。

快楽が弾けた。

意識が溶けて肉体から解放され、空に舞い上がったかのように錯覚する。

「あ、あぁ――っ」

自身の声とは思えない、獣のような声が漏れた。エリクの肉棒が蜜壺を押し上げる感覚が、また未知の愉悦を齎す。

「ヴィオレッタ、うっ、あぁ……っ！」

低く色っぽい唸り声が聞こえ、灼熱の白濁が身体の奥に放たれる。

ヴィオレッタは快楽に震えながらそれらを感じ、ぐったりと彼の胸に凭れたのだった。

## 最終章

ヴィオレッタは緊張で身体を強張らせていた。

控室には彼女のほかにはフィアしかいない。フィアは鼻歌を歌いながらこのあと行われる結婚式の最終確認をしている。

純白に青の差し色が入ったウエディングドレスに身を包んだヴィオレッタは一人、鏡の前の椅子に座っていた。鏡に映る彼女は長い髪を頭上で美しく結い上げており、見たことのない淡い桃色の玉がいくつもついた髪飾りをつけている。うっすら施した化粧は彼女をより清楚に見せるのと同時に、野に咲く白百合のように凛とした気高さを演出していた。

ヴィオレッタは落ち着かない気分で、そわそわとドアを見やる。

もうすぐエリクが来る予定だが、緊張で胸が弾けそうだ。

「ねぇ、フィア。私、おかしくないかしら」

「あら奥様。心配なさらなくても奥様はとてもお美しいですし、ドレスもお似合いです。髪型もばっちりですよ！」

フィアは何を聞いても褒めてくれるため、最近のヴィオレッタは純粋に彼女の言葉を信じられなくなっている。だからといってエリクに聞いても大抵同じ返事なので、やはりここは公平に物事を見てくれるジョージに聞くべきだろう。

（けれど、ジョージたちは忙しいから……）

ヴィオレッタたちは今、王都にいた。結婚式を大々的に王都でひらくことになったのである。

その当日——あと小一時間もすれば式が始まるため、執事のジョージは多忙を極めているのだ。

元々は知り合いだけを呼んでひっそりと行う予定だったのだが……

エリクが結婚式をひらくと知ったアベラール公爵が、ぜひ大々的にしたいと言った。そして、使徒の一件で王都が混乱下にあるにもかかわらず、公爵家のありとあらゆる力を使って豪華絢爛な式を手配したのである。

その準備期間、約一年。

早いもので、例の使徒の一件から一年近くが過ぎた——

直後こそ王都の貴族たちは激しい混乱状態だったらしいが、だいぶ落ち着いてきたようだ。原因不明のまま何が起きたのかすら把握していなかったが、わざわざ教えてやろうとは思わない。

（緊張するわ……それに、挙式が終わったら、正式にインデックスさんとの【契約】の内容を決め

るのよね）

今夜、インデックスが訪ねてくることになっている。

ヴィオレッタと【契約】の内容を話し合い、正式に取り引きするためだ。

彼女の出したものは加味されるようだが、他にどのような条件を出されるかわからない。

どういう仕組みか知らないものの、調査期間中はエリクの天寿は保留になっているらしい。メッセと交わした【契約】の効力が持続され、エリクの身体はこの一年最盛期を保っていた。

その間、ヴィオレッタはエリクと沢山の時間を過ごした。

旅行に行ったり、街で買い物をしたり。あれもこれもと、悔いのないように。

もし、インデックスとの【契約】が、望み通りヴィオレッタの余命を半分移動することに決定しても、それがあと何年かはわからない。

二年か、三年か。

ヴィオレッタはエリクに出会って、そしてメッセやインデックスと関わって、大切な人と過ごす時間がどれほど貴重なのかを学んだ。

何気なく窓の外を見て、美しい緑の木々に微笑む。またエリクと共に同じ季節を迎えられる幸せを実感した。ふと、フィアが笑顔で振り返る。

「もうすぐですね、奥様！　あぁ、奥様今日は特別にお美しいです……素敵です！」

「ありがとう、フィア」

「それにしても、公爵様がこんなに素敵な結婚式を用意してくださるなんて驚きました。あっ、驚いたといえば、旦那様が伯爵になられたこともびっくりです」

今回の結婚を機に、エリクはアベラール公爵から伯爵位を譲り受けた。現アベラール公爵はいくつも爵位を持っており、今回譲渡された伯爵位および領地は、いずれエリクに渡す予定のものだったという。管理することになった領地は王都から離れた辺境地で、深い森と少し大きな街がある。

少し前まで【悪魔憑き(あくまつき)】の男が閉じこもっていた敷地を含む辺り一帯が、エリクの所有物になるのだ。つまり、元々暮らしていた領地を、領主として管理することになったのである。

すでに引き継ぎを終え、爵位譲渡の手続きも終えていた。

「それもこれも、旦那様が有能だからできたことですもんね！　さすが奥様の旦那様です……ん？」

ふいにドアをノックする音がする。やってきたのは、変わらず漆黒(しっこく)の服を纏(まと)ったメッセだ。フィアが途端に目を吊り上げた。

「おめでたい日に、その服はどうなんですか！」

「俺は鎮守師(ちんじゅし)なので。……というか、【悪魔憑き(あくまつき)】が治ったと証明するのに骨をおったんですから、文句言われる筋合いはありません」

メッセはフィアを軽くあしらって、ヴィオレッタのほうに歩み寄る。その目を大きく見ひらいたあと、満足そうに微笑(ほほえ)んだ。

「幸せそうで何よりです」

「メッセさん、色々とありがとうございます。エリク様の【悪魔憑き(あくまつき)】について、鎮守師(ちんじゅし)として完治を保証してくださったとか。証明に走り回っていたとも聞いています」

「それくらいします。あなたのおかげで、兄上に笑顔が戻りましたし……元々、転生者たちの幸せは俺の望むことでもありますから」

彼はやや沈黙したのち、そっと息をつく。

「あなたの妹については、よかったんですか」

「本人が決めたことですから」

ソフィは兄のアンソニーによって正式に伯爵家から除籍された。未婚でありながら、腹に子を宿してしまったせいだ。被害者として相手の男を訴えることもできたが、ソフィは最後まで子の父であるジークフリートを愛していると言い続け、決して被害者として振る舞うことはしなかった。

彼女が愛していたジークフリートは使徒の憑依(ひょうい)が解けたあと調子を戻していったらしいが、妊娠したソフィを売女(ばいた)呼ばわりした貴族令息を殴ったことで、侯爵家から除籍され王都を追放処分となったのである。未婚の貴族令嬢を孕(はら)ませた時点で厳罰は当然だったが、格上の貴族相手に暴力沙汰を起こしたことでより厳しい処分が下されたという。

ソフィはジークフリートの王都追放を受けて、彼についていくと決めたと聞いている。

最後に見たソフィを思い出そうとして、ヴィオレッタは軽く首を振った。

覚えていないのだ。

王都の騒動のあと、アンソニーからの手紙でソフィを除籍したと聞くまで彼女の近況を知ろうとしなかったのである。

「あの子はきっと苦労するわ」

「でしょうね。けれど、まぁ、そう不幸でもないと思いますよ」

メッセが軽い口調で言う。慰められているのだと気付いたヴィオレッタは苦笑した。

ヴィオレッタがヴィオレッタの道を歩むように、ソフィも自分の道を選んだのだ。

もし今後助けを求めにくるようなことがあれば手を貸したいと思うけれど——なんとなく、ソフィは自分を頼ろうとはしない気がした。

(私は自分のことをやらないと)

ほかの人に心を砕く余裕はないのだ。今に意識を引き戻して真っ直ぐにメッセを見つめる。

「それで、今夜の【契約】については、いつ頃にどこに行けばいいのかしら。それを伝えに来てくれたのでしょう？」

「そのことなんですが——」

そのとき、軽いノックの音がして、ヴィオレッタは心がふわりと軽くなるのを感じた。

このノックの仕方はエリクだ。

予想通り、やってきたのは、白と薄青のタキシードに身を包んだエリクだった。すらりと長身の彼はタキシードがとても似合っていて、彼女はぽかんと見惚れてしまう。

(やっぱり、素敵な人……)

こほん、と咳払いが聞こえてはっと我に返る。

なぜかエリクもぼうっとしていたようで、何度も瞬きをしていた。咳払いをしたフィアがそんな二人を見て、ぺこりと頭を下げる。

「少々、打ち合わせの確認をしてまいります。すぐに戻りますので」

そう言うと、来たばかりのメッセをぐいぐいと引っ張って部屋を出ていった。

不満そうなメッセの顔が印象に残ったが、フィアが気を利かせてくれたことはすぐにわかったので、ヴィオレッタは気遣いを甘受することにする。

「ヴィオレッタ！」

ドアが閉まるなり、駆け寄ってきたエリクに抱擁(ほうよう)された。力強い腕に抱きしめられた彼女は髪形が崩れないようにそっと彼の胸に身を寄せる。鼻腔を擽(くすぐ)る彼の香りに胸がきゅんとして、化粧を落としたら全力でその胸に顔を埋めようと決めた。

「綺麗だ、ヴィオレッタ。いつもよりさらに綺麗で可愛い。……どうしよう、誰にも見せたくなくなってしまう。ヴェールは被るのかい？」

「はい。ここに」

手放しで褒めるエリクに、このあと被る予定のヴェールを見せる。

彼は露骨にほっとした様子で、そっと身体を離した。そわそわとしていたが、ふいに咳払(せきばら)いをする。そしてそっと、ヴィオレッタの手を取った。

「エリク様……？」

「全力で幸せにする」

ヴィオレッタは息を呑む。

——きみには幸せになってほしい。

脳裏を過ったのは、かつてエリクから言われた言葉だ。

胸をぽっと温かくしながら頷くと、エリクの手に自分の反対の手を重ねる。

ずっと望んでいた、愛する人との結婚。

前世では出会いもなく、現世では愛する人との結婚が困難な状況に身を置くことになった。

それでも、ヴィオレッタはエリクと出会った。

お互いに大切に想える人と愛し合う、結婚はその始まりにすぎないのだと知ったのは、エリクと出会えたからだ——

彼女は貪欲になったのだろう。

結婚だけでは満足できず、この先もずっと、エリクと共にありたいと願っている。

「私も、エリク様を幸せにします。……最後の、そのときまで」

「うん。最後のそのときまで一緒だ」

お互いに微笑んで、二人はどちらからともなく抱きしめ合った。

# 番外編　幸せな日々

「わぁ、素敵なお部屋！」

ヴィオレッタは部屋に入るなり歓喜の声をあげた。

つい先程、結婚式から続く披露宴が終わり、アベラール公爵が手配してくれた王都のホテルに着いたのだ。

「さすが、王都ホテルだわ」

建築様式や設備、人員配置、売上によって王都のホテルのランクは毎年更新されるのだが、ここ王都ホテルは先々代国王の頃から半世紀以上、上級ランクを獲得している超一流のホテルだった。

「とてもいい部屋だね」

彼女に続いて部屋に入ったエリクも、驚嘆する。

ザッと見回すだけでもふかふかのソファが二組に、木目の美しいテーブルと椅子が四脚。壁際にテーブルと同調のローテーブル、一人掛けの椅子が二脚ある。窓側には、読書によさそうな少し固めのソファと緑の葉を茂(しげ)らせた観用植物が置いてあって、ゆったりとくつろげる空間になっていた。

壁にはうるさくない程度に絵画やタペストリーが飾ってあり、部屋の品格を上げている。

「お気に召していただけたようで何よりでございます」

ここまで案内してくれたホテルマンが胸に手を当てて頭を下げた。彼はさらに奥に続く部屋を案内してくれる。最初の部屋だけで広いのに、まだ部屋があるなんて、どれだけ贅沢なのだろうか。いくらアベラール公爵のご厚意とはいえ申し訳なくなってきたヴィオレッタだったが、隣に続く寝室を見た瞬間、再び興奮した。

天蓋付きの、特大ダブルベッドがある。天蓋から上品に垂れ下がる幕とベッドカバーは金糸で精緻な刺繍が施された赤地の布を使っており、一目で一流の職人が時間を掛けて作ったとわかる。

足元にはくるぶしまで毛足のある絨毯が敷いてあった。

「サラッサラだわ！」

絨毯に触れてみた彼女はホテルマンも一緒だということに思い至り、慌てて立ち上がって取り澄ます。今の彼女はエリク・アベラールの妻であると同時に、アベラール公爵の義理の姉ということになる。貴族らしい振る舞いをしなければならない。

ホテルマンは笑みを崩さないまま「こちらの部屋ですが」と低姿勢で案内を続けた。

何も見なかったことにしてくれているわ、とヴィオレッタはその反応にも満足する。

一通り説明をしたホテルマンが退室し、フィアが夫婦の分の紅茶を淹れて下がった。

本来ならば、ここからは夫婦の濃密な時間が始まるはずだ。

しかし、まだヴィオレッタたちにはやらなければならないことがある。

インデックスと正式な【契約】を交わすのだ。

「ここ四階なのに、どうやって湯を引いてるんだろう？　温泉を引いてることは確かなんだけど」

先にメインルームで紅茶を飲んでいたヴィオレッタに、寝室から出てきたエリクが言った。

ベッドの近くにあるドアは、バスルームだったのだ。その湯船にはたっぷりと温泉が引いてあって、四六時中、入浴できるようになっている。

前世ではよくある、寝室とバスルームがドア一つで繋がるという間取りは、この世界では初めて見る。湯を沸かすのはかなりの労働になるため、常に風呂に湯を満たしているならば温泉を引いているのだろうが、ここは四階なのでそう簡単ではないはずだ。

「素敵なお部屋ですね」

「うん。贅沢の極みだね」

二人で旅行に出掛けた際、何度かホテルに泊まったことがある。安全面を考慮してそれなりに質のよい宿場を選んでいたので、世間一般のホテルがどんなふうなのかは理解していた。

（こんな贅沢な部屋を借りられるなんて、さすが公爵家ね）

エリクのためならば苦労と金を惜しまないアベラール公爵は、一ヶ月間王都に滞在してはどうかと聞いてきた。エリクとその弟であるアベラール公爵はよい年だし、共に過ごしたいのだろう。

しかし、エリクは彼の申し出を丁重に断り、一週間で帰宅すると伝えたのだ。

元々、三日程度の滞在予定だったことを考えれば、譲歩したとも言える。

伯爵位を得たからには領地の管理もしなければならないから、と述べたエリクにアベラール公爵は子どものように拗ねた顔をした。

その姿を思い出して、ヴィオレッタは微笑む。

（もう二度とここに泊まることはないと思うから、存分に楽しみたいけれど）

けれど、すぐ視線を落とした。このあとのインデックスとの【契約】の件でずっと落ち着かない。

（エリク様の命がかかっているのだから、頑張らないと）

こっそり気合を入れていると、テーブルの向かい側に腰を下ろしたエリクが尋ねてくる。

「ヴィオレッタ、やっぱり一ヶ月滞在したかったのかい？」

「え？」

「寂しそうな顔をしているけど。今からでもアベラール公爵に、一ヶ月泊まりたいと伝えようか」

「い、いいえ！　一週間で充分です。なんだか、落ち着きませんし」

ヴィオレッタが慌てて手を振ると、彼がくすりと笑った。

「僕もだよ。一ヶ月も過ごしたら有り難みが薄れてしまいそうだし、領地にも戻りたいからね。気に入ったものがあったら僕かジョージに言うといい、屋敷に取り入れよう」

「エリク様はご自宅に取り入れたいものがございましたか？」

「きみ以外に僕の望むものはないよ」

さらりと紡がれる甘い言葉に、ヴィオレッタは未だに慣れず頬をポッと赤くする。

私もです、と口をひらこうとしたとき――

「久しぶりだね、諸君」

凛と響く美声が聞こえて、彼女は身体を強張らせた。エリクが素早く立ち上がってヴィオレッタのすぐ隣にやってくる。大きな手で彼女の肩を抱き、大丈夫だと行動で示してくれた。

彼の顔はいつもの微笑に警戒を浮かべている。

今夜、インデックスと【契約】を結ぶことは彼も承知していた。当然、緊張しているのだろう。

つい先程、ヴィオレッタに「一ヶ月滞在したかったのか」と尋ねたのも、あえて見当違いな質問をして緊張を紛らわせてくれたのだ。

エリクはいつも、さりげない優しさで包みこんでくれる。肩から伝わる手のひらのぬくもりを感じていると、緊張で硬くなっていた気持ちが解れていく気がした。

ヴィオレッタは静かに息を吐き出して、ぐっと顔を上げる。

声がしたほうを振り返ったが、インデックスの姿がない。

(えっ?)

驚いた次の瞬間。

「私の姿を見られた喜びで、言葉が出ないのかな?」

先程までエリクが座っていた椅子——ヴィオレッタのすぐ正面に当たる場所に、インデックスが座っていた。金糸の入った純白のローブを纏っており、神様というよりも司祭といった雰囲気である。長い深紅の髪を肩から胸に垂らし、ふんわりとリボンで結んでいた。

彼はエリクがまだ手をつけていなかった紅茶に口をつける。

「ふむ。よい茶葉を使っているな」

フッ、と鼻で笑ってカップを置くと、ヴィオレッタを真っ直ぐ見据えた。

「こうして顔を合わせるのは、使徒を封印した日以来か。ああ、雑談は必要ないな。本題に入ろう。今日の【契約】に合わせて、いくつか条件を考えてきたんだ」

(私の提示した条件は、受け入れられなかったということ？)

ヴィオレッタはサッと顔を青くする。そんな彼女の様子に気付いているだろうに、インデックスは淡々と話を進めた。

「こちらから提示する条件はこれだ」

そう言うと、空中に浮かぶボールを掴むかのように右手をスッと上げる。空中に淡い光の線が走り、まるで蛍光ペンで書いたかのような文字が浮かんだ。

一つ、ヴィオレッタの寿命残量六十年の半分を、エリクに譲渡する。

一つ、二人の天寿が共に全(まっと)うされるまで老いによる心身の不調は被(こうむ)らないこととする。

一つ、来世で再会する運命を授(さず)け、出会った瞬間にお互いを認識できるよう計らうこととする
(来世の生き方を保証及び強制するものではない)。

ヴィオレッタはそれら三つを何度も読みこんでから、インデックスをまじまじと見つめた。

「このなかから、選んでもよいということですか？」

「まさか。きみは私に【契約】を持ちかけてきた。私にとって使徒がどれほど重要な存在か理解しているものと思っていたけれど、違うのかな？」

インデックスが想像もできない長い歳月をかけて使徒を捕らえようとしていたのは知っている。

その理由が、堕天使(だてんし)を屠(ほふ)るためではなく、愛する兄を救うためだということも想像がついていた。

インデックスに大切な人を渡す代わりに、エリクと共に過ごしたい。どちらも大切な者を求める行為であるので等価交換が成立する可能性があると、ヴィオレッタは考えていたのだ。

「何か誤解をしているようだけど。等価交換は、この世の理(ことわり)が基準なのさ。そこに、想いの強さなど関係ない。つまり、きみにとってエリクがどれだけ大切であっても、世の理(ことわり)はエリクの生死やヴィオレッタの寿命の変化など、さほど重要視していないのだよ」

インデックスが「それらの重要度を調べるのに少々時間がかかったのさ」と肩を竦(すく)める。

「つまり、今回の【契約】は不成立ということですか？」

ヴィオレッタは疑問に思う。では目の前に提示された選択肢は一体なんだろう。

「不成立にさせないように、細部まで調べたんだよ」

インデックスは淡々と説明した。【契約】として使徒の封じられたネックレスを譲渡された場合、使徒は罪人ではなくなるという。

話を聞き終えたヴィオレッタは、ごくりと生唾を飲む。

「つまり、私がお願いした【契約】条件では、インデックスさんが受け取りすぎるんですね」

「そういうわけだ。神として【契約】介入可能な範囲を調査し、吊り合いを考えた結果、この三つすべてと引き換えならば【契約】が成り立つ。ちなみに、きみがメッセとの【契約】で引き継いだ前世の記憶もそのままにしておくよ」

(選択肢ではなくて、全部だったの⁉)

一つ目の提示条件にある、自分の余命が六十年ということにも驚いた。

ヴィオレッタはそっとエリクを見る。【契約】できそうな雰囲気が嬉しい半面、彼の命を軽視されたようでもやもやする。しかしエリクは嬉しそうに目を細めていた。

「ヴィオレッタ」

彼はヴィオレッタに微笑みかける。

「きみは嫌ではない？　今世だけでなくて、来世でも僕と出会ってしまうんだ」

「嫌ではありません。私は独占欲が強いので、むしろ願ったり叶ったりです！」

彼は驚いた顔をして、すぐに頬を緩めた。フッとインデックスが軽やかな笑い声をあげる。

「まぁ来世はあくまで『出会った瞬間に、前世で夫婦だった記憶が蘇る』程度のものだ。前世のすべてを明確に覚えているわけではないし、出会ったあとどんな関係を築くかは二人次第になる」

「私はこの三つ、とてもいいと思います。異論もありません。エリク様はいかがですか？」

エリクはしっかりと頷いた。

「では決定としよう」

すかさず、インデックスが誓約書のようなものを作りはじめる。

「ああ、そうだ。ヴィオレッタの寿命三十年をエリクに与えるとなれば、エリクは九十六まで生きることになる。長寿の者は一定数いるが、周囲は訝るかもしれない」

ヴィオレッタは彼の言わんとする意味を正確に理解した。

エリクと共に旅行に出掛けると、彼の快活さを見た人々が感嘆と羨望の視線を向けてくる。平均寿命に近いエリクが元気に出歩いているのだから、目を引くのも当然だが、これからの三十年はどうなるか。人々の視線が羨望から警戒に変わるところを想像してゾッとする。

「――だから、二十歳ほど見た目を若返らせようと思う。【契約】の対価にも余裕があるから、この程度の追加は可能だよ」

その言葉にヴィオレッタはきょとんとした。やや遅れて言葉の意味を理解し、小首を傾げる。

いきなり若返ったことに、周囲が驚くのではないだろうか。

(確かに二十歳も若返れば……外を歩きやすくなると思うけれど)

そう尋ねると、インデックスはおかしそうに笑った。

「男はね、年若い愛妻を得ると自らも若返るものなのさ。エリクを知る者たちが訝るようならば、幸せオーラで誤魔化せばいい」

かなり強引なことを言われている気がする。

ヴィオレッタはどうするか尋ねるためにエリクを振り返って――その場で硬直した。彼の瞳が期待で輝いていたのだ。

「エリク様？」

「受けよう」

「若返りをですか？ 周囲の者たちが訝るかもしれません」

「幸せオーラで誤魔化そう」

無茶だとは思うけれど、エリク本人が望むのならばヴィオレッタも賛成である。それに、二人の男性が大丈夫だというのだから、彼女の考えが間違っているのかもしれない。

ふいに、インデックスが何かを思案するように手を止めて呟く。

「もしや、これはすべて流れによるものなのか」

「流れとはなんですか？」

独り言だったのだろうけれどつい尋ねてしまう。インデックスは誤魔化すことなく答えてくれた。

「先代創世神より、神すら巻きこむ絶対的な世の流れがあると聞いたことがある。神に掟があるように、私にも不可侵な領域があるのさ」

「その流れが、この【契約】なのですか……？」

「【契約】か、それとも兄が堕天使となったことも含めてか。まぁ、ただの想像だけどね」

話を切り上げて、彼は再び誓約書を作りはじめる。

こうして【契約】は、提示された三つと若返りという内容で結ぶことになった。


インデックスが帰宅したあと、ヴィオレッタは風呂を済ませてベッドで寝転んでいた。

（無事に【契約】を結べてよかったわ）

命の移行も終えたというが、彼女に寿命が縮まったという感覚はない。どこか不調を来したり痛みを伴ったりするかもしれないと想像していたのに、それもないようだ。

エリクの外見については、ぱっと二十年分若返るわけではなく、徐々に変化していくという。

十五分ほどで終わるらしいので、今風呂に行っている彼が戻ってくる頃には若返りが完了しているだろう。

（今回はメッセさんのときよりも【契約】について詳細に聞いたし、エリク様も同席してくださったから安心だわ）

ずっと不安だった【契約】を結べたことで、気が抜けて一気に睡魔がやってくる。なんとかエリクが戻ってくるまで起きていたいのに、結婚式と披露宴の疲労もあって瞼が重くて堪らない。

カチャリ、とバスルームのドアがひらく音がした。重い瞼を上げてエリクを探すと、バスローブ姿の彼が近づいてくるのが見える。

「疲れたんだね」

傍までやってきたエリクが、隣の布団に潜りこみながら言う。彼は身を屈めてヴィオレッタの頬にキスをすると、長い指で髪をくるりと弄った。

（……あら？）

彼女はパチパチと目を瞬く。

「エリク様、無事に若返りを終えられたのですね。どこも具合は悪くありませんか？」

エリクは四十歳ほどの見た目に変貌していた。

インデックスいわく二十年前の姿に戻すということだったから、実際は四十代後半のはずなのだが、元々外見がとても若々しいのだろう。

そして、微笑むエリクの瞳は変わらず優しい。

（エリク様はエリク様なのだわ）

自分でも気付かないうちに、心のどこかでエリクの若返りに不安を抱いていたようだ。

歳月は人の心を変えてしまうことをヴィオレッタは知っている。

かつては仲がよかった兄や妹との関係も、大人になることで大きく変わってしまったのだ。

勿論、エリクの若返りは兄妹たちとの関係や歳月とは異なるものだとわかっているのだけれど。

「どうしたの？　ぼうっとして」

エリクが身を屈めて、唇に自分のそれを押し付けた。

疲れているのだろうか、唇がとても熱い。

「んんっ」

深くなる口付けを受け入れながら、そっと彼の首に手を回す。

徐々に深くなる優しいキスも、ふわりと香る麝香の香りも、ヴィオレッタの様子を気にかけてくれるところも、愛おしい夫のものだと思うだけで心が喜びに震える。

長いキスのあと、乱れた呼吸を整えながら見上げると、彼はヴィオレッタを見下ろしたままニヤリと口の端を吊り上げた。情欲と独占欲に満ちた男の視線を受けて、頬が熱くなる。

(なんだか今日のエリク様は、色気が溢れているわ)

バスローブ姿のせいか、それとも余裕のある涼やかな目元のせいか。あてられたように身体が熱くなり、視線を逸らさなければならないと思うのに、その姿から目が離れない。

それでもなんとか視線をずらすと、その先にあったのは彼の男らしい首とひらいた胸元だった。

ヴィオレッタはゴクリと生唾を飲む。抗い難い誘惑に、そっとエリクの腕を辿って骨張った手まで視線を滑らせた。

「ヴィオレッタ、僕に欲情してくれているのかい？」

そう聞かれた途端に、顔から火が出そうなほど熱を持つ。

欲情、と言われて驚くと同時に納得した。全身が火照ったように熱いのも、エリクから視線を逸らせないのも、彼を求めているからなのだ。

エリクが大きな手でヴィオレッタの頬を包みこみ、ちゅ、と唇に優しいキスを落とす。

「若い僕のほうがいい？」

「え？」

若返りをしたから欲情している、と思ったのだろうか。

(もしかしてエリク様は、年の差を気にしておられるのかしら)

ヴィオレッタはエリクのあらゆる面を愛しているし、それを彼に伝えている自覚がある。

しかし、周囲はそうは思わないようだということを、彼女は今日の披露宴で知った。

『まだお若いのに、あのような老人に嫁がされるなんてお可哀想な方だ。せめて年が近い者ならばよかっただろうに』

お色直しで席を外そうとした際、年若い青年貴族がさらりとそう言ったのだ。何かと理由をつけて嘲りたい者の、取るに足らない言葉だとわかっている。それでも悲しくなってエリクを振り返ったヴィオレッタは、サッと青くなった。思っていたよりもエリクは近くにいて、青年の言葉を聞いていたのだ。さすがの青年もまずいと思ったようで、そそくさと逃げるように去る。

『確かに、年の差は埋まらないからね』

あのとき、エリクは小さくそう言った。

「あの、エリク様」

——どのような姿でも、エリク様はエリク様です。

そう言おうとして躊躇う。

なんだか違うような気がする。この言葉ではヴィオレッタの気持ちは伝わらないかもしれない。

「……今のエリク様もとても素敵です。ですが、お会いしたときのお姿が恋しくもあります」

エリクは驚いたように目を見張った。

「恋しい？　年老いた僕が？」

「はい。私の愛はとても深いのですよ」

目をぱちくりさせる彼に、ヴィオレッタはくすりと笑う。

「私、楽しみです。この先共に年を取っていけば、またあの頃のエリク様に出会えるのですから」

エリクは優しく目を細めると、僅かに瞳を潤ませて彼女を強く抱きしめた。

「そうだね。きみは僕自身を見てくれる。これまでもそうだった」

「エリク様」

ヴィオレッタも彼の背中に手を回して、強く抱きしめ返す。

「今日は疲れているだろうから、ゆっくりと休ませてあげたかったのに」

耳元で囁かれた言葉の意味を理解する前に、熱い手がヴィオレッタの顎をすくう。いつもよりやや荒々しく、強引に唇を貪られる。

「んんっ」

バスローブ越しに重なっている肌が熱い――

彼の熱に呼応するように、収まりかけていた熱がずくんと身体の深い場所で疼いた。

エリクの顔が離れる。荒い呼吸をつきながらお互いの瞳を見つめ合う。

情欲に濡れたその瞳は獲物を見つけた肉食動物のようで、ヴィオレッタはふるりと全身を震わせた。秘所がしっとりと湿っているのを感じて羞恥を覚えるのに、エリクから視線が離せない。

彼はヴィオレッタに跨がると身体を起こし、バスローブを脱ぎ捨てた。現れた肢体に、ヴィオレッタは息を呑む。エリクの身体はしなやかな筋肉に覆われていた。老人特有の儚さはなく、雄々しい力強さに満ち満ちている。

きゅう、と下腹部の奥が切なく疼いた。

エリクの言ったようにヴィオレッタは今、欲情している。

「ヴィオレッタ」

エリクが熱っぽい吐息と共に名前を呼ぶ。待ちきれないというように興奮で隆起した象徴を軽くしごきながら、フッと笑った。

「無茶苦茶に抱きたい」

もう堪らなかった。ごくりと喉がなって、ヴィオレッタはエリクを見つめたまま頷く。

「――はい」

覆い被さってきたエリクにバスローブを脱がされ、大きな手で白い乳房を揉まれる。あっという間に先端がぷっくりと勃ち上がり、真っ赤に色づいたそこを彼が激しく吸い上げた。

「ひっ、んんっ！」

骨張った手が秘所に移動し、あわいの表面を撫でる。くちゅりと水っぽい音が響く。彼は軽く撫でるばかりで奥に刺激をくれない。

「エリク様、奥に……」

ついそう言ってしまい、羞恥で顔を熱くした。今触れられはじめたばかりなのに蜜を滴らせ、早急な行為を求めるなんて破廉恥にもすぎるではないか。

「ご、ごめんなさい」

「堪らないよ。全部貪りたい」

言うなり、エリクは腰を落として秘裂に昂りを押し当てた。

ぞくぞくと身体が震え、求めていたものが与えられる興奮と期待で、ヴィオレッタは胸を高鳴らせる。それなのに彼はなかなか挿入しようとせず、ぬちぬちと肉棒で秘裂を擦るばかりである。

「エリク様、焦らさないで――ああ！」

勢いよく熱杭が穿たれた。

エリクは伸し掛かるようにヴィオレッタに覆い被さって、力強く抽挿を始める。求めていたよりも激しい刺激に、ヴィオレッタはヒッと首を仰け反らせた。濁流に舞い落ち渦に呑みこまれそうな若葉が浮上を試みるかのように、彼女は快楽で飛びそうになる意識を懸命に繋ぎ止める。

「ああ……っ、エリク様っ、ひっ、ああっ」

「こんなに乱れて。可愛いよ、ヴィオレッタ」

優しい声に胸が熱くなった、その瞬間。エリクがヴィオレッタの首筋に軽く歯を立てる。

ピリッとした痛みによる恐怖と驚き、さらに内側からせり上がってくる熱が、身体を呑みこむ。

「――ッ！」

彼女は大きく全身を震わせながら声にならない声を漏らす。

ややあって、快楽の波を逃がしながら乱れた呼吸を整え終えた頃、エリクが再び抽挿を始めた。収まりはじめた熱が全身を包み、ヴィオレッタはぎょっとする。

「待って、エリク様。今、まだっ」

「うん、すぐに達してくれたのがわかった。可愛い、僕のヴィオレッタ」

「ああ……っ！」

ゆっくりだった抽挿が激しさを増していく。深い場所を穿つ彼の表情は、これまでにないほど恍惚としていた。囚われてしまったのだと、ヴィオレッタはぼんやりとした頭で思う。

（私、なんて幸福なのかしら）

エリクと共に生きることができる。

どんな姿であっても、こうして共にあることができる幸運を彼女は噛みしめた。

†

「診察が必要だと聞きましたが、何があったんです？」

焦った様子のメッセをテーブルに案内したジョージは、丁寧な所作で紅茶を淹れると頭を下げて退室した。

静寂に満ちた早朝の時間。窓から差しこむ新しい陽光が静まりかえった豪奢な王都ホテルの一室を照らす様は、まるで浄化の儀式のようだ。

エリクは今朝、ジョージに頼んでメッセが滞在している教会に使いをやってもらった。

理由は診察をしてもらうためである。

軽い不調や怪我ならば、貴族御用達の名医や王都ホテルに駐在している医者に診察依頼をすればよい。だが、エリクはあえてメッセに依頼をした。その時点で、理由は大体察せられる。

「そもそも、昨夜の【契約】はどうなったんです？　あれ、奥様はどちらに……？　俺を呼んだのは、奥様に何かあったからですか⁉」

部屋を見回してヴィオレッタがいないことに気付いたメッセが、慌てはじめる。どうやら彼は、【契約】についてインデックスから聞いていないようだ。

「ヴィオレッタは眠っているよ。朝方まで起きていたから、疲れてるんだろう」

「そんなに【契約】が長引いたんですね」

神妙に頷くメッセに、エリクは微笑む。

本当はつい先程まで組み敷いていたからなのだが、あえて誤解を正す必要はない。

「その外見も、【契約】で……？」

「ああ、わかるかい?」

彼は昨夜インデックスとヴィオレッタが交わした【契約】について、手短に説明した。

話を聞き終えたメッセは心から安堵していたが、二十年若返りをしたと聞いた時点で微妙な表情に変わる。今朝方ジョージに同じことを伝えたときと、図らずも全く同様の反応をされた。

「二十年若返りって……せっかくなら、奥様と同い年にしてもらえばよかったのでは?」

「ジョージにも言われたよ。六十七歳から二十年の若返りは、なんだか微妙だって。でも、あまり好奇の目を向けられたら、ヴィオレッタが暮らしにくいだろうからこれでいいんだ」

「確かに、若々しいでギリギリ通りそうですしね。あ、それで、どこか具合が悪いんですか?」

「以前話していた、薬のことで呼んだんだ」

ヴィオレッタには心配させたくなくて話していないのだが、エリクが【悪魔憑き】の発作を抑えるために飲み続けていた薬はかなり強力なもので、いくつか副作用がある。

その一つに、子ができにくくなるというものがあった。

これまでは、ヴィオレッタと共に暮らせれば幸せだったし、これからもそれは変わらない。

しかし伯爵位を得て周囲に世継ぎを仄めかされることが増え、それについて考えるようになった。

「以前……半年ほど前かな。あのとき、メッセ殿はこう言ったはずだ。僕の身体はインデックス様との契約前の保留期間になっているから、時間が止まっているに等しい状態だと」

「ええ、そうです。かなり特殊な状態でしたが……今日はその件でしたか」

メッセは納得したように頷くと、早速エリクの診察を始めた。メッセのそれは触診である。直接触れることで、人の体内の状態を診られるという。

「……薬は綺麗に抜けてますね」

「そうか、よかった。僕は世継ぎをヴィオレッタに与えてあげられるだろうか」

「健康面、肉体面共に問題ありません。あとは夫婦で励んでください」

エリクは力を抜いた。知らずのうちに緊張していたようだ。

「ありがとう。朝早くから呼んですまなかったね」

「いえいえ、俺も気になってたんで。……なんだか、すごい部屋に泊まってますね」

メッセは改めて部屋を見回してそう呟くと、ぬるくなってしまった紅茶に口をつける。

彼が帰ると、エリクはベッドに潜りこんだ。静かな寝息をたてて眠るヴィオレッタを見つめながら、彼女を起こさない程度に距離を縮める。仄かに伝わってくる体温に、目を細めた。

「ゆっくりとおやすみ、ヴィオレッタ」

今日一日は、部屋でゆっくりと過ごそう。そして明日以降、お互いに行きたい場所ややらねばならないことを済ませ、穏やかな気持ちで領地に帰るのだ――

†

ヴィオレッタはドレッサールームで鼻歌を歌いながら外出用のドレスに着替えていた。

いつもはフィアが手伝ってくれるけれど、今日はヴィオレッタ一人である。

エリクと二人きりで過ごしたいの、とフィアにお願いして、傍(そば)に侍(はべ)るのを遠慮してもらったのだ。その代わり、彼女には昨日から五日間の休暇を与えた。せっかく王都に滞在するのだから、羽目を外して過ごしてほしいと思っている。

ヴィオレッタは自分で纏(まと)めた髪とメイク、ドレスに変なところがないか確認した。最後に、母から譲り受けた耳飾りをつける。

これはインデックスと【契約】した際、彼の手から返されたものだ。

『すまなかったね。私は人が不快に思うことができないから、ソフィにさせたんだ』

インテックスが欲していた【使徒】を生きたまま封じるネックレスは、【悪魔封じ】という名前の特殊な道具だという。かなり力のある【悪魔祓い(エクソシスト)】が作ったもので、長い時間のなかで消失していくもののなか、奇跡的に現存していたのをヴィオレッタが受け継いだそうだ。元々数が少ないうえに、貴族には流行が去ったアクセサリーを手放す者が多い。

だから、なんとしてもインデックスはヴィオレッタが受け継いだネックレスが欲しかったのだ。

ソフィをオーリク伯爵家に転生させたのもそのためだという。

『正直に言うと、ソフィがネックレスを盗んだところで、きみは見逃すと思ったんだ』

しかし、ヴィオレッタはソフィの行動を見咎(みとが)めた。

当然の行動だとヴィオレッタは思うのだが、インデックスからすれば予想外のことだったらしい。

その際、最愛の兄を取り戻すためには決して失敗が許されないインデックスは、少し考えすぎた。

他のアクセサリーも盗ませることで、どれが本当に欲しいものか誤魔化(ごまか)そうとしたそうだ。使徒がすでになんらかの方法で仲間を得ている可能性があり、警戒するに越したことはなかったという。

「うん、いい感じだわ」

真珠と金メッキの耳飾りは、薄い青と白のコントラストが美しいドレスによく合っている。

姿見の前でくるりと全身を確認してから、ヴィオレッタはメインルームに戻った。テーブルで新聞を広げていたエリクが彼女を見て、その双眸を柔和に細める。

「よく似合っているよ」

「ありがとうございます」

彼の向かい側に座って、ヴィオレッタはすでに運ばれてきていた朝食を眺めた。焼きたての白いパンに、ふわふわのオムレツ。焦げ目が絶妙なウインナーに、薄切りベーコン、コーンスープ。新鮮な季節のサラダ。さらに、ソースが選べるヨーグルトとフルーツの盛り合わせもある。

「わぁ、美味しそうですね」

「そうだね。飲み物はどうする？」

テーブルの横に置いてあるピッチャーを示しながら、エリクが立ち上がった。

「オレンジジュースかな？」

「わ、私がいれますから、エリク様は座っていてください」

「これくらいできるよ。どうぞ、お姫様」

注ぎたてのオレンジジュースを恭しく差し出す彼から、彼女はコップを受け取る。

（エリク様は、王子様のようだわ）

ぽ、と頬を染めながらそんなことを考えていると、「光栄だね」とエリクが笑う。どうやら表情から考えていることがバレたらしい。ヴィオレッタは恥ずかしく思いながらも、つられて笑った。


外出の準備を終えると、待機しているというジョージをベルで呼ぶ。

彼はエリクとヴィオレッタ二人の表情を見るなり、脱力したように表情を緩めた。

「ジョージにも心配をかけたわね。無事に【契約】を結べたの」

詳しく話したほうがいいと思ったヴィオレッタだが、次のエリクの言葉で、自分の考えが見当違いだと気付く。

「ジョージには昨日、【契約】について伝えてあるんだ。きみはとてもよく眠っていたから」

彼女は頬を真っ赤にした。

ホテルから出るのもジョージに会うのも結婚式の日以来だから、一晩しか経っていないような感覚だが、実際には二晩経っているのだ。エリクと朝方まで激しく肌を合わせていたせいで起きられず、夕方まで眠っていたのである。そこからまた肌を合わせて、一晩ぐっすり眠り――今に至った。

「じゃあ、ジョージが安心したような顔をしたのは……」

「きみが僕に抱き潰されても、無事にこうしてここにいるからだね」

「そ、そんなふうに言わないでください！」

抱き潰された、だなんて恥ずかしい。

チラッとジョージの様子を窺うと、彼は「さすが奥様は体力があられる」としみじみ呟いている。

「夫婦仲がいいのは使用人たちには喜ばしいことなんだ。何も隠すことはないと思うけど」

「そうなのですか？」

「特にジョージは喜んでくれるよ」

もう一度ジョージを見ると、彼は大きく頷いた。陛下に向かう途中で口をひらく。

「旦那様、例のエステを手配しておきました」

「ありがとう」

きょとんとするヴィオレッタに、エリクが耳打ちした。

「僕の見た目をね、努力の賜だってことにするんだ」

「あっ」

咄嗟にジョージを振り向くと、彼は心得ているというように頷く。

「旦那様は美容と健康に気を使っておられます。王都には今回初めて来られましたし、結婚式と披露宴では長旅の疲労もございました。ゆえに、ゆっくり休憩された今の姿こそが本当の姿です」

すらすらと述べるその言葉に、ヴィオレッタもこくりと頷いた。

つまり、そういうことにした、ということだ。

「何より、旦那様は奥様と出会ったことで幸せオーラを常に出しておられますから、若く見えて当然でしょう」

「やっぱり、幸せオーラは大切なのね？」

「勿論でございます」

三人の男が幸せオーラの重要性を述べているのだから、きっと間違いない。

「だから、ヴィオレッタ。今日からは周囲に憚（はばか）ることなく、抱きしめたりキスをしたり、より仲良くしよう」

確かに前世でも、幸福度がナントカという話を聞いたことがある。

ヴィオレッタは再び大きく頷（うなず）いた。

「いってらっしゃいませ」

深々と頭を下げるジョージに見送られて、王都ホテルを出る。

護衛が四人ほどついてきているが、二人きりだという雰囲気を崩さないために離れたところから見守ってくれているらしい。

彼らはエリクが伯爵位を受け継ぐと決定した際、新たに雇用した者たちだ。護衛の他にも秘書や使用人を増員し、今やエリクの屋敷は以前より活気に満ちている。屋敷の庭はまだ寂しいままだが、インデックスと【契約】した今ならば、手入れをしてもいいかもしれない。

未来に夢を膨らませながら二人で向かったのは、平民居住区の大通りに沿ってひらかれる市場だ。所せましと並ぶ露店は、祭りのようで心がうきうきする。

ヴィオレッタは馬車でそこを通り過ぎるたびに、市場に行きたいと思っていた。しかし、貴族が行く場所ではないことも承知していたため、ついに行きたいと言い出せなかったのだ。

憧（あこが）れだけが募（つの）った市場に、まさかエリクと共に来られるなんて。

馬車では前をサッと通るだけだったが、こうして歩きながら市場を見ると、想像していたよりも遥かに活気がある。常連客を歓迎したり、客を呼びこんだりする店主。もっと安くならないかと値切る客や、子どもに強請られておやつを買う客。冷やかしては品定めをして談笑する男たち。

これまでヴィオレッタが関わったことのない人々が、それぞれの目的で同じ道を歩いていた。

「すごく賑わっているね。二人で出掛けた温泉街でも、もっと人は少なかったのに」

「さすが王都ですね」

近くの露店から「そうさ、こりゃ珍しいもんだよ」と客に応対している店主の声が、耳に飛びこんでくる。思わず振り返ると、香辛料の店だ。

露店を眺める客は皆、瞳を輝かせて、ヴィオレッタにはわからない料理の名前を呟いている。

「彼らはシェフのようだね。職人としての本能を刺激するほどの香辛料があるようだ」

「シェフ……なるほど」

これだけの規模なのだから珍しい品々も集まるし、なかには掘り出し物もあるだろう。

ヴィオレッタは一軒一軒、露店を眺めた。平らに焼いた生地にフルーツを挟んだお菓子が売っている店で、よい匂いにつられる。ドン、と前から歩いてきた男にぶつかってしまい、慌てて謝罪した。よろけた彼女の手をエリクがぎゅっと掴んで引き寄せる。

「あっ、ありがとうございます」

「うん。もっとくっついて歩こう」

指を絡めて握りしめながら、ヴィオレッタはエリクのすぐ隣を歩くことにした。

「お菓子を見ていたけれど、食べたい？」

「いえ、お腹いっぱいです」

朝食があまりにも美味しく、沢山食べてきたのだ。

「じゃあお腹が空いてきた頃か、明日以降にまた来よう」

「はい！　エリク様も見たいお店があったら、いつでも言ってくださいね」

ひたすら冷やかして回ったあと、飴細工を一つ買って、休憩のために広場のベンチに座った。

大通りには一定間隔に広場が設けてあって、市場で買ったものを食べたり、休憩したり、と様々な用途に利用されるのだ。

ふとヴィオレッタは、広場の中央に同じドレスを纏った女性たちが集まっていることに気付く。

「あれは何かしら……？」

「たぶん、何かパフォーマンスをするんじゃないかな」

「パフォーマンスですか？」

「市場には、コーラス隊や大道芸人もやってくるらしい。彼らがアピールする場は広場の中央と決まってるんだって。利用には予め市場管理所に申請する必要があるから、彼女たちは申請した時間になるのを待ってるんだと思うよ」

ヴィオレッタは目をぱちくりした。市場管理所なる組織があることすら知らなかったのだ。

「お詳しいのですね」

「ヴィオレッタと来ることにしたとき調べたんだ。下準備は必要だろう？」

広場の木々がサァと風に揺れて、陽光を輝かせる。陽光に照らされたエリクは、いつも以上に輝いていた。

「エリク様は勤勉なのですね。私も見習わないと」

「きみのほうが勤勉だと思うけど」

そっと彼の手が腰を支え、ゆっくりと顔が近づいてくる。

唇が押し付けられて、すぐに離れた。サッと顔を逸らした彼の目尻が、ほんのりと赤い。

「……少し、お手洗いに行ってくるよ。たしか広場にあったはずだから」

「は、はい。いってらっしゃいませ」

ヴィオレッタはエリクが離れていくのを、ぼうっと見送る。飴細工の棒を意味なくくるくると回して、頬の熱が去るのを待つ。

(広場って公園よね。公園でキスだなんて……でも、幸せオーラのためには必要だわ、たぶん)

あとになって恥ずかしくなり、悶々と言い訳を並べて頬の熱を冷ます。パフォーマンスの準備をしている女性たちが、微笑ましげにこちらを眺めている気がするけれど、気のせいだと思うことにした。

なんとか平常心を取り戻してきた頃、広場の中央にいた女性たちが歌いはじめる。アカペラの聖歌らしく、天高く伸びるソプラノが美しい。途中からハーモニーが加わる。歌っている女性たちは笑顔で、ヴィオレッタはうっとりと聞き入った。

(素敵。エリク様が戻ってこられたら、近くに行ってみようかしら)

そろそろ戻ってくるだろう、と軽く辺りを見回したとき、見知らぬ若者と目が合う。なぜかパチンとウインクを送られる。

（どなたかしら？）

若者は彼女のほうに向かってきた。結婚式や披露宴に出席してくれた貴族か、オーリク伯爵家所縁の者だろうか。

「ねぇ、お嬢さん。一人なら、俺と市場見て回らない？」

（もしかして、ナンパ？　そうよね、貴族がこんなところに一人でいるはずがないわ）

自分を棚上げしてそんな結論に至った頃、若者はヴィオレッタの許可も得ずに隣に座った。

広場の公園は皆のものだから、どこかに行ってとは言えない。仕方なくヴィオレッタが移動しようと立ち上がった瞬間、若者に手首を掴まれた。

「それとも、誰かと待ち合わせ中？」

「お、夫と来ているの」

「既婚者なんだ！　わぁ、すごくいいいね。俺、人のものを奪うのが大好きなんだ。なんか興奮してきちゃった～」

（なに、この人！）

顔を引きつらせる彼女に、若者はニタァと下卑た笑みを浮かべる。下心を露わにして強引に隣に座らせ、逃げられないようにガッチリと腰に手を回した。

「やめてっ」

「はぁ、いい匂い。ねぇ、このまま近くの安宿にでも行っちゃう？」

ヴィオレッタは掴まれていた手首を強引に外して、もう一度逃げようとする。しかし、より強く腰を抱えられて、身体が密着した。若者の手は大きく温かいのに、エリクのような安心感は欠片(かけら)もない。体温や感覚、匂いに至るまで、若者のすべてが気持ち悪いと感じる。

彼女はぎゅっと目を瞑(つむ)って俯(うつむ)いた。

（大丈夫よ、護衛がついてくれているもの。異変を察しているだろうから、そろそろ――）

「ゲヤァブ！」

突然、変な声と共に男の手が離れた。

護衛が駆けつけてくれたのだわ、と顔を上げると、離れたところに、今駆けつけようとしている護衛たちの姿を認める。

（あら？　じゃあ、今、助けてくださったのは……）

風に乗って、ふわりと香る愛(いと)おしい人の匂いが鼻孔を擽(くすぐ)った。ヴィオレッタは堪(たま)らず、エリクに抱きつく。

「エリク様！　助けてくださったのですね」

「ということはやっぱり、友人というわけじゃないんだね」

エリクが視線をヴィオレッタの背後にやる。つられてそちらを見ると、ベンチの後ろに勢いよくひっくり返ったらしい若者が、でんぐり返りの途中のような格好で倒れていた。

彼はガバッと起き上がると、顔を真っ赤にしてこちらを睨(にら)む。

「痛いだろうがッ、何するんだッ」

「妻が愛らしいのは承知しているけれど、近づかないでほしい。彼女の心は僕にあるんだ」

「はぁ!?　オッサンが何言って――ヒッ！」

集まってきた護衛が若者の首に腕を回し、身体を固定した。若者は何が起きたのか探ろうと視線をあちこちに向け、金魚のようにパクパクと口を開閉する。

「離れたところまで、送ってあげて」

護衛たちが「かしこまりました」と答えて、若者の首根っこを引っ張って歩き出した。

何が起きているのか判断できないまま連れ去られる若者は憐れさを誘い、ヴィオレッタは申し訳ない気持ちになってきた。

「私を貴族だと思わなかったのでしょう。出会いを求めていたなら申し訳ないことをしました」

「ヴィオレッタ、純粋に出会いを望んでいる者は人妻に興奮したりしないよ」

「……そうですね」

もっともである。

エリクがベンチに深く座ると、ヴィオレッタを膝の間に座らせた。

「あの、私は隣に座ります」

「駄目だよ、あの男が触れた部分を上書きしないと」

「上書き!?」

何をされるのかしら、と戸惑ったものの、彼は胸に抱き寄せ腰を撫でるだけだ。されるまま身を預けながら、ヴィオレッタはうっとりと聖歌に耳を傾ける。そこでふと思い至って、顔を上げた。

「エリク様、いつ戻ってこられたのですか？」

人妻の話を聞いていたとすれば、ギリギリに駆けつけたわけではないだろう。

エリクの顔を見ると、彼は気まずそうに視線を逸らした。

「あの男がヴィオレッタに話しかけてきた頃には、傍にいたんだ。最初はきみの友人が声をかけてきたのだと思って、様子を見てたんだけど……話を聞いていると違うみたいだし、たとえ友人でも距離が近すぎると思ってね」

「それで、助けてくださったんですか」

勢いで蹴りつけてしまった、と悪戯が見つかった子どものように呟く。

(あ……護衛が驚いていたのは、エリク様が若者を蹴りつけたからだったのね)

いつも落ち着いている彼が駆けつけてくる姿を想像して、ヴィオレッタはじんわりと胸を温める。

「……引いたかい？」

「何にですか？」

「僕のこと。きみの前では、余裕のある大人の男でいたいんだけど」

どこか自嘲気味に笑うエリクに、彼女は目をぱちくりとさせた。

「えっ？　あの、どうしてですか？」

「好きな子には、かっこよく思われたいじゃないか」

(確かに、私もエリク様には可愛く見られたいわ)

なるほど、と頷いたけれど、すぐに小首を傾げる。

「エリク様は余裕があってもなくてもかっこいいです」

「ヴィオレッタならそう言ってくれると思ったよ。でも、もっとかっこよく見られたいんだ」

「こ、これ以上ですか……！」

ヴィオレッタの真剣な表情を見て、エリクがおかしそうに噴き出した。

「……もしかして、揶揄いました？」

「まさか。そんなに可愛い返事を貰えるなんて思わなくて……あはは っ」

ムッとする彼女の頬を、指で優しく撫でる。

「怒らないで」

「怒ってません。何が可愛いのかわからなくて、戸惑ってるだけです」

「そういうところが全部可愛い」

エリクが額に唇を押し付けてきて、もう、と思いながらもヴィオレッタはくすりと笑ってしまう。

穏やかな空気が漂い、コーラス隊の歌が愛をテーマにしたものに変わった。

歌の名前は『永遠』。

愛おしい者と出会えた喜びと奇跡の歌である。

歌が終わると、広場にいる見物人や通りかかった人々から拍手があがる。ヴィオレッタもまた、感動で手を盛大に叩いた。


いくつか王都の観光名所を回り、ホテルに戻ってきた頃には日が沈んでいた。

護衛たちを労い、ジョージに休む旨を伝えてから、二人で部屋に入る。

沢山歩いて疲れているのに興奮が残っていて、ヴィオレッタは落ち着かない。エリクがバスルームに行っている間、メインルームの窓近くにあるソファで今日を思い返す。

(なんだか、幸せすぎて怖いわ)

つい数日前まで、エリクと過ごす日々が終わってしまうのではないかと胸を痛めていただけに、予想以上によい【契約】を結べたことが、未だに信じられない。

ヴィオレッタは【契約】を交わしたテーブルを眺めた。

ランプはすべて消しているので、窓から差しこむ月光だけが部屋をぼうっと照らしている。

若返りの話が出たときのエリクの表情を思い出して、ふふっと笑う。

(あんなふうに、子どものように無邪気に喜ぶ姿を見たのは初めてだわ)

一年も一緒に過ごしているけれど、まだまだ知らないことが多いらしい。

(今後、エリク様のことをもっと知ることができるかしら)

人は生きている限り変わり続けるものだから、すべては理解できないだろう。

けれど、より深く結び付き、お互いを知ることはできるはずだ。

「おや、ここにいたのかい」

寝室から顔を覗かせたエリクに、ヴィオレッタは微笑む。

「今日がすごく楽しかったので、わくわくの余韻を感じていたのです」

「わかる気がするよ」

歩み寄ってきたエリクが隣に座る。清潔なバスローブから伸びる素足やチラリと見える胸元がセクシーで、ヴィオレッタはうっとりと目を細めた。石鹸のフローラルな香りに混ざって、エリク自身の香りがする。

人は変わるとわかっているのに、これからどれだけ年月が過ぎてもエリクは傍にいてくれる確信が不思議とあった。

「以前、僕は自分のことすら信じられなくて、呪いを愛の証明だと考えていた」

エリクが話し出した内容に、彼女は頷く。以前、そのような話を聞いた覚えがある。

「今は違うのですか？」

「証明なんてなくても、僕の心は変わらないと思うようになった。きみと過ごす未来が待ち遠しくて堪らないんだ。だからきみの気持ちが離れていかないように、より精進するつもりでいるよ」

「私の気持ちが離れるなんて、あり得ません……！」

強い口調で言うと、彼はくすくすと笑う。

「きみはどんな僕でも許してくれるから、甘えすぎてしまうな」

ヴィオレッタはきょとんとした。彼は常日頃から、ヴィオレッタを甘やかす側ではないか。これまでを思い返しても甘えられた覚えなどない。

（あっ、今後は甘えたい、って思ってくださったのかしら！）

彼女はエリクを見上げて微笑む。

「いつでも、甘えてくださいね」

今度はエリクが目を見張った。

（甘えてはいけないって、思ってらしたのかしら？）

確かにこの世界では令嬢に結婚が求められる一方、貴族男性には甲斐性が求められる風潮にある。

しかしヴィオレッタたちは、結婚した当初から型破りだった。

一方は【悪魔憑き】で、もう一方は【契約】した前世持ちだったのだから。

エリクが世間の常識に囚われているのならば、二人で過ごす時間だけでも気にしないでほしい。

「……本当かい？」

「勿論です」

「じゃあ、王都滞在中に、貴族居住区にあるジュエリーショップに行こう」

「それは、ええ、構いませんけれど。何かアクセサリーをお探しですか？」

「前に、ヴィオレッタが言っていたペアリングを注文しようと思ってね」

「ペアリング……結婚指輪ですか！」

「そう。きみが以前暮らしていた世界では、夫婦でペアの指輪をつけるんだろう？」

エリクはヴィオレッタが前世で早世だったことを気にかけてくれていた。何かと彼女に前世の話を聞いては、どのような風習や風潮があったのか、またどんなことをやりたかったのかと、さりげなく尋ねてくれる。

結婚指輪について話したのは、使徒の一件が落ち着いたあと、二人で旅行に出掛けたときだった。サイズ違いの同じ指輪が売っているのを見て、ぽろりと「結婚指輪みたいだわ」とこぼしたのだ。

（あのとき、エリク様に結婚指輪とは何か聞かれて……でも、あまり気のないふうだったのに）

ちらりとエリクを見ると、目を猫のように細めてヴィオレッタを窺っていた。

「いらない？」

「欲しいです！」

力強く言ってから、彼女は両手で頬を押さえる。

（また我儘を言ってしまったわ）

正直に言うと、ヴィオレッタはウエディングドレスと同じくらい結婚指輪に憧れていた。けれどこちらには結婚指輪のような風習はなく、貴族の結婚は書類一枚で決まるため、諦めていたのだ。

「じゃあ、明日行こう。予約を入れてあるから」

「ありがとうございます。……やっぱり、私ばかり甘やかされています」

するとエリクが目を何度か瞬いたあと、なぜか笑いはじめた。

「そうか、なるほど。ヴィオレッタ、これは僕が甘やかされてるんだ」

どういう意味だろうと思っていると、彼は身を屈めて彼女の唇に自分のそれを押し当てる。

深くなるキスを、彼の首に腕を回しながらヴィオレッタは全身で感じた。エリクは顔を離すなり、彼女を抱き上げる。

「そろそろ眠ろう。明日は朝食を軽くして、市場で食べようか」

ベッドに下ろされ、彼も隣に入ってきた。優しく抱きしめられると、不思議と眠気が押し寄せる。

どこに行っても、どんな部屋に泊まっても、エリクの傍こそがヴィオレッタの居場所なのだ――

「おやすみ、ヴィオレッタ」

「おやすみなさい……エリク様」

自覚していたよりも疲れていたらしい。ヴィオレッタはすぐに深い眠りに落ちた。

†

エリクは豪華な部屋で一ヶ月も過ごせば有り難みが薄れると言った。

しかし今、その言葉を取り消したい。

(三日で飽きるな……)

元々、彼は寝泊まりする場所にそれほど頓着しないたちだ。立場上気遣ってみせてはいるが、正直、布団があればどこでも眠れる。

王都ホテルに関しては、単純に飽きたというだけで文句はない。警護も完璧だし、ホテルマンも教育が行き届いている。ヴィオレッタが安心して過ごせる場所が一番なのだ。

エリクは隣に座る愛しい妻を眺めた。馬車の窓からつい先程まで一緒に歩いていた市場を眺めている彼女は、子どものように瞳をキラキラとさせている。

(可愛い)

豪華な部屋は、三日で飽きた。

比べるものではないけれど、ヴィオレッタとの結婚生活は生涯飽きることがないだろう。

（三十年後、ヴィオレッタはどんな姿だろう？）

年を取った彼女を想像して、その愛らしさにエリクはこっそり笑みを深める。

「どうかしましたか？」

微笑んでいることに気付かれた。慌てて咳払いをして、「楽しそうだったから」と嘘ではない微妙な返事をする。ヴィオレッタは素直に笑みを深めた。

「エリク様、建国祭をご存じですか？」

国家創立を祝う祭りは年に一度、秋にあるという。収穫祭も兼ね、かなり大規模だという話だ。

あいにく、エリクは行ったことがない。

昨年は【悪魔憑き】が解けて自由に出歩けたのだが、不慣れな伯爵領の仕事でてんやわんやしており、気付けば終わっていた。彼が治める辺境の領土でも祭りがひらかれ、治安維持のための兵士を巡回させたのは覚えている。

「勿論。領地でもささやかな祭りがひらかれたからね」

「あっ、そうでした」

ヴィオレッタは恥じ入ったように俯く。

「エリク様がご存じないはずありませんね」

「その建国祭がどうしたんだい？」

もしかして今度一緒に行こう、と誘ってくれるのだろうか。そんな期待を抱きながら続きを促すと、彼女は窓の外を眺めて目を細めた。

「一度、家族で出掛けたのを思い出したのです。まだ十歳くらいの頃だったので、家族ともよい関係を築けていました」

　王都の貴族は建国祭の日の過ごし方が決まっている。教会で祈りを捧げたのち、王宮でひらかれるパーティに参加するのだ。ヴィオレッタの家族も毎年そうしていたが、その日は父親が仕事で不在だったこともあり、王宮のパーティには参加しないことになった。

　そう話しながら、ヴィオレッタがくすくすと笑う。

「そしたら、ソフィが泣(な)き喚(わめ)いたのです。とても楽しみにしていたみたいで」

　ソフィを憐(あわ)れに思った父親が臨時で護衛を雇い、パーティに参加しない分、王都の平民居住区に並ぶ露店を少しだけ回ってもいいという許可を出したそうだ。貴族なのに屋台なんて、とソフィとアンソニーは不満を見せたが、実際に行ってみるととてもはしゃいだという。

「市場とは違って、いかにもお祭りといった屋台はキラキラして見えました」

　一通り話してから、彼女はエリクを振り返った。

「教会の前を通った際に思い出しました。エリク様といると楽しかった想い出が鮮明に蘇(よみがえ)ります」

「素敵な兄妹だね。ご両親も、とても子どもたちを大切に思っておられたのがわかる」

「……私も、よい母親になれるでしょうか」

　ぽつり、と呟(つぶや)かれた言葉に、彼はまじまじとヴィオレッタを見る。視線がつい彼女の腹部に向く。

「もしかして、ヴィオレッタ。お腹(なか)に――」

「いっ、いいえっ、まだです！」

　まだですから、と繰り返しながら、彼女は両手で顔を覆(おお)う。見えている耳が真っ赤になっていて、愛(いと)おしさで胸の奥がむずむずした。

　子ができにくくなっていたというだけで、完全に不可能なわけではない……そんなふうに考えて、つい期待してしまった。僅(わず)かな落胆(らくたん)はすぐに消える。急ぐことはない。

　ヴィオレッタの腰に手を回し、そっと頭にキスを落とす。

（こうして甘える僕を、いつも受け止めてくれる）

　エリクはずっと彼女とくっついていたい。だから隙あらば腰を抱き寄せて、額(ひたい)や頭、唇にキスをする。このスキンシップこそ甘えているのだが、昨夜の会話から察するに、どうやらヴィオレッタはエリクが甘えているのだと気付いていないようだ。

「まだということは、子どもができるのを待ってくれているんだね」

「勿論(もちろん)です。愛する方の子を授(さず)かりたいと思うのは、当たり前ではありませんか……きゃっ！　エリク様？」

　堪(たま)らず強く抱き寄せると、一瞬驚いた顔をしたヴィオレッタがすぐに抱きしめ返してくれた。

（ああ、好きだ……好きだな……ヴィオレッタ）

　ぐりぐりと彼女の首筋に顔を擦(こす)り付(つ)けると、やはり拒絶することなく受け入れてくれる。

　ほどなくして、馬車が貴族居住区に入った。

　これから向かうのは、ヴィオレッタの実家、オーリク伯爵家である。彼女のたっての希望で、改めて挨拶(あいさつ)に伺う約束を取りつけておいたのだ。

エリクとしては、ヴィオレッタが実家で受けていた仕打ちを考え挨拶する必要などないと思うのだが、彼女は冷遇されていたことを自業自得だと思っているらしい。

やがてオーリク伯爵家に到着すると、屋敷に横付けする形で馬車が停まる。

エリクは先に馬車を降りて、ヴィオレッタに手を差し出した。いつまでも初々しい彼女は、恥ずかしそうにその手を取ってゆっくりと馬車を降りる。

到着を待っていた執事らしき男に案内されて屋敷に入ると、ちょうどアンソニーが奥から出てきた。彼はヴィオレッタの姿を見るなり嬉しそうに目を細めたが、すぐにキリリと厳しい顔になる。

(おや?)

彼はエリクが思っているよりもずっと、ヴィオレッタを大切に思っているのだろうか。

アンソニーと握手を交わして挨拶を述べると、客間に案内される。

「ようこそ、オーリク邸へ。よく来てくださいました」

途中でアンソニーがちらちらとエリクの顔を見たが、若返りについては何も言われなかった。

客間でいくつか話を交わした頃、アンソニーの妻メリッサが大きなお腹を抱えてやってくる。

身重の彼女が先日の結婚式と披露宴に出席できなかったので、ヴィオレッタは改めて挨拶に来たがったのである。

エリクの――というよりも、アベラール公爵の調べによると、ヴィオレッタはメリッサから不遇な扱いを受けていた。だというのに、メリッサはにこやかにヴィオレッタと接している。

演技か、それとも子を宿したことで心境に変化があったのか。

「ああ、そうだ。ヴィオレッタ、子が生まれるにあたって使っていない部屋を片付けようと思っている。先延ばしにしていた母上の部屋も片付ける予定だ。今部屋にある分は捨てることになるから、必要なものがあれば持っていくといい」

「ありがとうございます、お兄様。エリク様、私、最後にお母様の部屋を見てきます」

「ならば、僕も行こう。一人にしたくない」

なぜか、アンソニーが驚いた顔をした。

「何か？」

「ああ、いえ、妹をとても大切にしていただけているようで……」

エリクはにこやかな笑顔を保ったまま、ふむと考える。

少なからずアンソニーは、ヴィオレッタに無理やり結婚をすすめたことを申し訳なく思っているのかもしれない。使徒の事件の際に見たソフィの態度からして、アンソニーもヴィオレッタに敵意を向けているのかと思っていたのだが、そうではないようだ。

アンソニーの許可を得て、ヴィオレッタと共に彼女の母の部屋に向かう。体面を気にしてか、アンソニーはあえて案内役をつけないことにしたらしい。アベラール公爵お気に入りのエリクを見張るような真似はしたくないのだろう。

エリクは念のために周辺を警戒しながら、ヴィオレッタの生家の雰囲気をめいっぱい堪能（たんのう）する。

幼い頃のヴィオレッタはさぞ可愛かっただろう、と考えていると、その彼女が足を止めた。

「ここが母の部屋です」

薄暗い部屋だ。どうやら見える部分の掃除しかされていないようで、空気が淀んでいる。カーテンも締め切られているようだ。

「両親の死は突然だったのです。爵位を継いだ兄は、本当に忙しくて……」

エリクの考えを読んだように、ヴィオレッタが話しはじめる。

「義姉様も兄の手伝いで慌ただしく、私やソフィが勝手に手をつけるわけにもいかず」

「きみはオーリク伯爵夫人とは仲がよくないと思っていたよ」

彼女はそこで寂しそうに微笑んだ。

「義姉様は貴族らしい方なのです。なので、貴族として責務を果たせない私を疎んでおられたのだと思います。……今の私は、無事に嫁ぎましたから、義姉様も友好的なのですわ」

自分は貴族の責務を果たしているのに、両親の許しを得て実家に居座るヴィオレッタが許せない――ということだろうか。ひねた考えかもしれないが、ヴィオレッタ側の理由を知るエリクとしては、メリッサを到底許す気にはなれなかった。もっとも、ヴィオレッタには言わない。

ヴィオレッタがゆっくりと部屋を眺めながら歩く姿を、エリクは愛おしい気持ちで見つめる。

「……これは何かしら？」

彼女が飾り棚にあった、両手に乗るほどの小箱に手を伸ばす。木製の小物入れで、表面に花柄の模様が彫りこまれている。そっと蓋をひらいた彼女は、まぁ、と歓喜の声をあげた。

「これ、私とソフィが作ったブローチだわ。庭の花をドライフラワーにしてお母様に贈ったの」

誰に言うでもなく、嬉しそうに早口でまくし立てる。彼女がそっと摘まんだブローチには枯れた花がくっついており、使えるような代物ではない。それでも小箱に入れて大切にとっていたのだから、母親がどれほど娘たちを大切にしていたかわかる。

「よいお母様だね」

「はい！」

満面の笑みを浮かべるヴィオレッタを見られただけでも、来てよかった。そう思いながらエリクもまた微笑んだとき、小箱の底に何かが引っかかっていることに気付いた。

劣化で外れた留め具が、小箱の底に引っかかっているのだ。

ヴィオレッタも気付いたようで、剥がそうとアクセサリーを引っ張る。

「え？　これ、二重底……？」

小物入れの底が持ち上がり、その奥にも空洞があった。ヴィオレッタは中身をすべて取り出してから、ゆっくりと小箱の底を抜き取る。

そこにあったのは、また箱だ。今度は手のひらに収まるほど小さく、六角形をしている。外面は錆びた鉄のような色をしていた。

（変だな。隠されていたにしては、古めかしい。夫からの贈り物か？）

大切なものを入れる宝箱なのならば、エリクにはわからないよさがあるのかもしれない。

ヴィオレッタがその箱を優しく持ち上げた――瞬間。

パキッと音を立てて六角形の箱が崩れて、なかからミニトマトくらいの紅い玉が出てきた。

玉がころんとヴィオレッタの手のひらに転がり落ちる。

「あれ……？」

エリクは呟いた。

壊れたはずの六角形の箱が、どこにも見当たらない。まるで崩れたあと空気に解けて消えたかのように。

嫌な予感がして、慌ててヴィオレッタの手から紅い玉を振り払おうとしたが、遅い。

手を伸ばした先で、紅い玉が彼女の手のひらに吸いこまれる。彼女の身体がゆらりと揺れた。

「ヴィオレッタ？　……ヴィオレッタ！」

エリクは倒れこむ妻の体を支える。呼びかけても、意識を飛ばした彼女はぐったりと動かない。

その顔色がみるみるうちに青くなり、手足が冷えていく。

何が起きているかわからず、エリクはただヴィオレッタを抱きしめるしかできなかった。


王都ホテルに戻ってきたエリクは、ヴィオレッタをベッドに寝かせた。

すでにオーリク伯爵邸でメッセの診察を受けていたが、もう一度、彼が診察を始める。

「旦那様こちらに」

ジョージが椅子を置いてくれたため、エリクはそちらに腰を下ろす。

オーリク伯爵家では人目があったため、メッセは「命に別状はない」としか言わなかった。その後、ヴィオレッタを王都ホテルに移動させるように指示を出し、彼自身はすぐさまインデックスに状況を知らせに行ったのである。

命に別状はない、と聞いたはずだ。なのに、エリクは不安と恐怖で身体の震えを止められない。

ややあって、メッセが顔を上げた。

「ヴィオレッタはどんな状態なんだい？」

「……その前に、何があったのかもう一度詳しくお聞きしたいのですが」

「話した通りだ。彼女の母親の部屋にあった箱から出てきた紅い玉に触れたら、こうなった」

「その紅い玉は奥様の手に吸いこまれたと」

「そうだよ」

メッセは何か言おうと口をひらいて閉じる。その様子に苛立ちを覚えたエリクは立ち上がった。

「――お待たせ。とても大変なことになっているようだね！」

ガチャ、となぜかバスルームのドアから寝室に入ってきたインデックスが、相変わらずの堂々とした態度で歩み寄ってくる。メッセがすぐに場所を譲り、インデックスはヴィオレッタの手首や首筋に触れた。

「これはまた、とんでもない呪いを受けたね」

「呪い、ですか？」

尋ねたのはメッセだ。彼はヴィオレッタがどのような状態かわかっても、なぜこうなったのかまではわからなかったようだ。

「多くの者の憎悪が凝縮されたものだね、世間ではこれを呪詛と呼ぶのさ」

インデックスがエリクを振り返った。

「小箱に紅(あか)い玉が入っていたと聞いているけれど、間違いないかな？」

「ええ、その通りです」

答えたエリクに、インデックスはさらに問う。

「その小箱だけど、どんな形をしていた？」

「六角形でした。このくらいで、色は錆(さ)びたような鉄色だったかと」

違和感があったので、よく覚えている。

インデックスが目を細めて、「それはおそらく結界箱だね」と言った。

「彼女の先祖が【悪魔祓い(エクソシスト)】と関わりがあったのは、きみたちも知るところだけれど。その関係で、触れてはならないものを結界箱に隠していたのだろう。……だが、このタイミングで表に出てくるとは……」

最後の呟(つぶや)きは、エリクにしか聞こえなかった。それというのも、静観していたジョージが声をあげたからだ。

「憎悪というと、悪魔の叫びでしょうか」

「ああ、きっとそれだ。さすが現役【悪魔祓い(エクソシスト)】だね！」

インデックスがパチンと指を鳴らす。

「悪魔は葬(ほうむ)られるとき、悲鳴をあげるんだ。その悲鳴は呪詛となってこの世に残る。だから【悪魔祓い(エクソシスト)】は、残された呪詛を数日かけて清めて瓦解させる必要があるんだ」

そうなのかとエリクは驚く。一方で、ジョージは頷(うなず)いていた。どうやら一部の者には常識らしい。

「しかし悪魔が頻出していた時代では、この呪詛を清めるという時間が足りなくてね。効率よく悪魔を屠るために、【悪魔封じ】のアイテムが考案されたのさ。私は堕天使になった兄に使ったけれど、本来【悪魔封じ】は悪魔が残す呪詛を溜める入れ物なのだよ」

「じゃあ、奥様はそのアイテムに封じられてた呪詛をその身に受けたってことですか⁉」

「私と【契約】していなければ、即死だっただろうね」

インデックスがエリクを手招いた。ふらふらと彼が近づくと、ベッド脇に座るように促される。

「手を繋いであげて」

「ヴィオレッタは目覚めるんですね……？」

「今は受けた呪詛の反動で魂がどこかに行ってしまってるようだ。本来、魂が肉体から離れる状態を『死』と呼ぶのだが……【契約】の効果で、肉体は本能的に生命を維持している。目覚めさせるには、魂を呼び戻す必要がある」

エリクはヴィオレッタの手を取る。人の手とは思えないほどひんやりと冷たい。このまま彼女が目覚めなかったらと考えて、堪らなく怖くなった。

「肉体から離れたヴィオレッタの魂がどこに行っているのか、私にもわからない。けれど、肉体と魂を繋いでいる、糸のようなものを、強固にすることはできる」

インデックスがヴィオレッタの額に触れる。心なしか、手にぬくもりが戻ったような気がした。

「これで声が届くだろう。呼びかけてやるといい。……一年か、十年か。三十年以内に戻ることができれば、目覚めるだろうから」

インデックスは「また見に来るよ」と言って帰っていった。

メッセも反対の手を掴んで呼びかけたが、ヴィオレッタの反応はない。

日が沈んで、また昇る。

ジョージが休むように言ったけれど、エリクは軽く首を横に振って断った。

(……僕がもっと気を付けなければならなかったんだ)

使徒を封じた【悪魔封じ】のネックレスは、元々ヴィオレッタの母方の先祖のものだったという。

他にも受け継がれているものがあったとしても不思議ではなかったのに。

(愚かだな僕は。当然のように、きみと過ごす幸せな未来を夢みていた)

このままヴィオレッタが三十年間、目覚めなかったら。

冷たい姿のまま、会話もできず、抱きしめ合うこともないまま寿命を迎えてしまったら。

唇が震えて、喉の奥から声にならない音が漏れた。

ギリッと歯を食いしばって、漏れそうになる嗚咽を堪える。涙が頬を伝って、とめどなく溢れた。

「ヴィオレッタ、戻ってきて……お願いだ」

エリクの呟きは、静寂に消えていった――

†

やけに景色がぼやけて見えた。

ヴィオレッタは既視感を覚えて、一体何に似ているのだろうと考えて思い出す。

(メッセさんと【契約】したときも、こんな場所にいたわね)

一体自分に何が起きたのだろうか。

「私、もしかして死んだの……?」

そんな考えが浮かんで、何が起きたのか懸命に思い出す。

(お母様の部屋で紅い玉を見つけたのよね。それから……それから、どうなったの!?)

考えてもわからない。ここがどこで、どういう状況なのかさえわからないのだ。考えても疲れるだけだ。

(エリク様のところに帰らないと)

ヴィオレッタは改めて辺りを見回す。ドアを見つけてそこから出ると、赤いベルベットの絨毯が敷いてある廊下に出た。

やはり辺りはぼやけている。なんだか奇妙な世界だと思いながらも、ゆっくりと足を進めた。

どれだけ彷徨っただろうか。誰とも出会わず、どこまでも廊下が続いている。

ヴィオレッタは次第に心細くなってきた。

「誰か……っ、誰か、いないの……っ?」

声をあげる。

エリクに会いたくて堪らない。

次々に、ジョージやフィア、メッセの顔が浮かぶ。

（私、このまま……ずっと、ここに……？）

両腕で自分の身体を抱きしめ、歩き詰めだったこともあって、がくりと膝から床にへたりこんだ。

そのとき、ふわりと風を感じる。はっと顔を上げると、すぐ目の前に誰か立っていた。

「インデックスさん……！」

足しか見えないけれど、インデックスに違いないと思う。

「――誰だ、お前は」

しかし、目の前にいたのは青い髪をした見覚えのない男だった。年はインデックスと同じくらいだろうか。端正な顔立ちだが、鋭利すぎる瞳はあまりよい印象を受けない。

男は不審者を見るような目でじっくりとヴィオレッタを眺めると、おもむろに腕を伸ばして二の腕を掴み、彼女を立たせた。

「なぜ、神気と呪詛を纏（まと）っている？」

ぬっと顔を近づけられて、息を詰める。

鼻をくんくんとヒクつかせる男から距離を取って、ヴィオレッタは首を横に振った。

「私、何もわからないんです。気付いたらここにいて」

「人は本来、この宮殿には来られない。ここに来たということは兄弟の誰かが連れてきたか、流れによるものだ」

流れ、というのは、【契約】した際にインデックスも話していた。

それについて尋ねる間もなく、目の前の男が深いため息をつく。

「その神気は創世神様のものだな。あの方はやけに人に肩入れなさるから、困ったものだ」

「創世神様というのは、インデックスさんのことですか？」

「その名は知らん」

（そういえば、偽名っておっしゃっていたような……）

どう言えば伝わるだろうと考えていると、男が続ける。

「なんにせよ、呪詛を払わねばならん。何か呪具を持っているだろう、出せ」

「私、そんなもの持って――」

ない、と言って手を振ろうとしたとき、手のひらにひんやりとした感覚がした。いつの間にか青い石を握りしめている。オーリク伯爵邸で見つけた紅い石と同じサイズだ。

男は青い石をひょいと取り上げると、何か呪文のようなものを呟いた。

「――これでいい」

「ありがとうございます……？　あの、何をなさったのですか？」

「お前のなかに入ろうとしていた呪詛の残り滓を払っただけだ。お前がこれを手に取ったときは、紅くなかったか？」

「はい、紅かったです。やっぱり同じものなのですね」

「どうやら封じられていた呪詛はすべて、お前の纏う神気に阻まれたようだ。呪詛は本来別の宿主を探すが、時空間を移動した際に霧散したのだろう」

「えっと……時空間というのは一体……？」

「わからんのなら知らんでいい。それから、この【悪魔封じ】のアイテムは貰っておく」

男がそう言って青い玉を見せた。ヴィオレッタは驚いて、まじまじと青い玉と男を眺める。

「【悪魔封じ】のアイテムだったのですか！」

「そうだ。これは俺が昔、【悪魔祓い（エクソシスト）】に作り方を教えたものでな。【悪魔祓い（エクソシスト）】が絶えた今、これほどの【悪魔封じ】のアイテムは二度と作られることがないと思っていたのだが……」

どういうことだろうか。目の前の男が言っていることはいまいちわからない。

（作り方を教えたってどういうこと？　それに、【悪魔祓い（エクソシスト）】が絶えたって……ジョージやその仲間たちはまだ生きているわ）

混乱していると、男は何を思ったのか口をへの字に曲げた。

「俺にはやれないというのか？　言っておくが、これは世界のために使うんだ」

「世界ですか……？」

「【悪魔憑き（あくまつき）】がもうすぐこの世からなくなるからな。その際、世の均衡を保つためのテコ入れに【悪魔封じ】を使う」

（やっぱり、何をおっしゃっているのかわからないわ）

しかし、目の前の男がメッセやインデックスと同類であることは察することができた。

「もう戻れ」

「戻る？」

「身体に、だ。魂（たましい）だけだと危険だからな」

「私、魂（たましい）だけなんですか！」

ぎょっとしたヴィオレッタに、男が「深呼吸をしろ」と命じる。その迫力に気圧されながら、彼女は言われるまま深呼吸をした。

「目を閉じて、身体の深い部分に意識を向けろ。まだ肉体と繫がっているはずだ」

ふわりと意識が沈んでいく。身体が一気に軽くなって、エリクの呼ぶ声が聞こえた。

(戻らなきゃ……エリク様のところに……)

細い糸をたぐり寄せるかのように、ゆっくりと彼の声を頼りにして意識を潜らせていく。

数分か、数時間か、数日間か。とても長くて短い不思議な時間のなか、ヴィオレッタはどんどん声が近くなるのを感じた。ふいに、身体がずしりと重くなる。身動きができなくなって、混乱した。

その手を、力強い大きな手が握りしめる。

エリクの手だ。

そう認識した瞬間、ふわりとエリクの香りを感じた。

「ヴィオレッタ、戻ってきて……お願いだ」

苦しくなるほど切ない声に、ヴィオレッタは胸を痛める。

(ここにいます、エリク様)

徐々に、彼の吐息や洟をすする音が聞こえはじめた。重いだけだった身体に、寒さを感じる。だが少しずつ温かくなって、硬直していた指が動かせるようになった。

「……ヴィオレッタ？」

ゆっくりと瞼を上げる。涙で顔をぐしゃぐしゃにしたエリクが、顔を覗きこんでいた。

「ただいま戻りました。心配をかけてしまいましたね」

エリクを安心させたかったのに、涙が込み上げる。何が起きたのか具体的にはわからないまでも、自分がとても危険な状態だったことはわかった。

エリクがベッドに乗り上げてきて、ヴィオレッタの身体を労りつつ抱きしめる。

「おかえり、ヴィオレッタ……！」

彼の身体の熱が移り、まだ寒かった身体が温まるのがわかる。

「エリク様が呼んでくださったので、無事に帰ってこられました……っ」

本当に戻ってきたのだと実感が湧き、ヴィオレッタは彼の身体を強く抱きしめ返した。


「――この数日、随分と忙しないね」

開口一番、インデックスはため息混じりにそう言った。

部屋には彼の他に、エリク、ジョージ、メッセがいる。

（まさか、こんなにすぐインデックスさんが来てくださるなんて……）

どうやらヴィオレッタが倒れてから一晩が経っているらしい。

昨日、インデックスがすでに様子を確認に来たと聞いて、ヴィオレッタは驚いた。

気さくに見えても彼は創世神であり、この世界を治める神なのだ。気軽に人の世に降りてきていい者ではないだろうに、二日連続で来てくれるなど、一体どれだけ迷惑をかけてしまったのか。

インデックスはヴィオレッタの身体を確認すると、頷く。

「問題はないようだ。しかし、随分と早く戻れたね。もっとかかると思っていたよ」

「……夢を見たのです」

少し迷ったものの、ヴィオレッタは青い髪の男に出会い、彼と話した内容を伝えた。

「とても現実感のある夢でした。……インデックスさん？」

インデックスがこぼれんばかりに目を見ひらいている。初めて見る表情に驚きつつ、そういえば【契約】の際にはすでに彼の表情が豊かになっていたなと思い出した。

以前の彼はどれだけ笑みを作っても瞳は無機質で、感情が抜け落ちているように感じた。

「青い髪の男が、【悪魔憑き】が世からいなくなると言ったのか」

インデックスはしみじみ言うと、フッと口の端を吊り上げて笑う。

「きみは、【悪魔封じ】を未来に届けてくれたのだ。未来といっても、数百年後のことだが」

「未来って……私、時間を超えたってことですか？」

青い髪の男も似たようなことを言っていた。時間を越えるなどあるはずないと思いながらも、転生してから不可思議なことばかり起きているので、絶対違うとは言いきれない。

「しかしまさか、ヴィオレッタが兄上に会うとは驚きだ。兄上は素敵な男だろう？」

「インデックスさんのお兄様……ってもしかして、あの青い髪の男性……!?」

「ヴィオレッタの言う外見からすると、そうだろうね」

では本当にヴィオレッタは未来——使徒がインデックスの補佐として働き、【悪魔憑き】が終息する頃に、行ってきたのか。口元に手を当てて驚く彼女を見て、インデックスが肩を竦め、メッセを手招きした。

「兄上、何か……?」

「使徒の件が一段落したら、天上の仕事に専念するという話を延期する。向こう三十年、ヴィオレッタの傍(そば)で問題が起きないように見張っていてくれ」

ぎょっとしたのは、ヴィオレッタだ。話は終わったとばかりに部屋を出ていこうとするインデックスに、ベッドから起き上がって話しかける。

「ご迷惑をおかけしてごめんなさい、でもメッセさんまで巻きこむわけには――」

インデックスは立ち止まることなく、なぜかバスルームのほうに出ていった。彼の移動方法はヴィオレッタたち人とは違う。行き止まりの部屋からも出ていけるのだ。

「いいんです、ご心配なく」

メッセに言われてヴィオレッタはゆっくりとベッドの縁に座った。

「俺自身、お二人のことは気になってましたから。それに、天使の寿命は長いんで、三十年くらい大したことありません」

「メッセ殿がいてくれると心強いね、ヴィオレッタ」

エリクの言葉に、頷(うなず)く。心強いことに変わりはない。

やがてメッセも帰っていき、ジョージが頭を深く下げて退室した。

二人きりとなった寝室で、彼女は改めてエリクに向き直り頭を下げる。

「エリク様、申し訳ございませんでした。私が油断したせいで、皆に迷惑をかけてしまって……どうしたら……」

「僕も油断していたんだ。ヴィオレッタには謝らなければならない」

「そんなことありません！」

そもそもインデックスや青い髪の男は、この一連の出来事を流れだと言っていた。まるで最初から決まっていたかのように物事が進んでいるのだ。

（だったら、今回のことは仕方がなかったのかしら？）

ヴィオレッタは流れというのがいまいち理解できないが、話を聞いたところでは、必然だったように思う。

ふと、エリクがベッドに上がってきた。ヴィオレッタを軽々と抱き寄せてベッドに寝かせ、自らも隣に寝転ぶ。彼は布団を被りながら、彼女を抱き寄せた。

「……少し眠るよ。安心すると、眠くなってきた」

「眠ってください。傍（そば）におりますから」

エリクは昨夜眠れていないのだ。すぐに静かな寝息を立てはじめる彼を、じっと見つめる。

今回の件で、ヴィオレッタは多くの人に沢山（たくさん）心配をかけてしまった。

しかしいつまでも悔やんでいられない。

教訓として胸に刻み、これからの日々をより充実したものにするのだと胸に誓った。

†

「奥様、とてもお綺麗です！」

いつものように褒めてくれるフィアに、ヴィオレッタは苦笑した。

今日は大人しい紺色のドレスに、旅人が使うマントに似せて作らせた長衣を羽織っている。

秋になったばかりの今、気候も安定し、寒いわけではない。それでも長衣が必要なのは、身分を知られないよう顔を隠す必要があるからだ。

「フィア、ありがとう。あなたも楽しんできたら？」

「とんでもないことです！　お傍で仕えさせてくださいっ」

力強い言葉とは裏腹に、フィアの表情は寂しそうだ。

十年近く前、ヴィオレッタは王都で呪詛にかかり仮死状態になったことがある。そのときフィアには数日間の休みをやっていたため、主が危険な状態にあったと知ったのは休み明けに出勤してきたときだった。その際、『これからは離れません！』とわんわん泣いたのだ。

当時のことがあるので、ヴィオレッタも無理に休みをすすめない。

「では、お願いするわ。いつもありがとう、フィア」

途端にフィアは、えへへと照れたように笑った。彼女を伴って、待ち合わせている玄関ホールに向かう。余裕をもってやってきたはずなのに、すでにメッセが長男と次男を連れて待っていた。

八歳にして怜悧な雰囲気の長男は真っ直ぐな白銀の髪を、遊びたいと顔に書いてある次男はふわふわとした淡い金髪をしている。

「母上、早く行きましょうよ！」

「こら、まだ時間には早いだろう。それに父上もいらしていないじゃないか」

次男が待ちきれずに声をあげるのを、すかさず長男が窘める。

ヴィオレッタは微笑ましい気持ちで二人に歩み寄ると、それぞれの肩に手を置いた。

「今日はお父様の視察に同行させていただくのよ。これは大切なお仕事です。領主の息子であることを忘れないで。それから、しっかりと楽しむのも大切なことよ」

二人は大きく頷く。

「初めての建国祭だからと、はしゃぎすぎないようにしてくださいよ」

少し離れたところに立っていたメッセが、苦笑交じりに言う。

彼は今、エリク・アベラール邸の専属医をしている。鎮守師はキッパリと辞めたため、彼が纏っているのはゴテゴテの黒衣ではなく、医者の白衣だ。

『教会関係者には厳しい戒律があるんです。使徒の件が片付いた今、それを守り続けるのは馬鹿らしいですからね』

そう言って医者の仕事に専念するメッセからは、そこはかとなく酒の香りが漂っている。今日も例外ではない。

「メッセさん、今日はワインかしら？」

「ええ、やはり酒はいいですね。禁酒生活が長かったので、つい飲みすぎてしまいます」

天使というと清らかなイメージがあったのだが、酒は普通に飲むらしい。

飲みすぎて堕天使になるなんてことはないと思うが、ちょっと心配だ。

「僕も大人になったら、お酒飲みたい！」

次男がメッセにしがみつきながら言う。長男も頷いている。

「それは楽しみですね。そのときはぜひ、一緒に飲ませてくださいね」

「うん！」

メッセは子どもの扱いが上手で、兄弟から好かれていた。

「待たせたね」

低くて心地よい声が耳に届いて、ヴィオレッタは振り返る。視察用の服装に着替えたエリクが、こちらに歩いてきていた。今日も彼は格好いい。十年経った今も、彼を見るたびに甘く胸が疼く。

「私たちが時間より早く来てしまったのです」

「そうか。なら、早速行こう」

子どもたちが歓声をあげて駆け出し、屋敷前に待たせている馬車に乗りこむ。

「とても楽しみにしてたんだね」

「ええ、二人共初めての建国祭ですから」

領地でひらかれる建国祭は、地元の人々が行うアットホームなものだ。前世で経験した盆祭りのような温かさがある。

エリクが自然な仕草で腕を差し出し、ヴィオレッタは彼の腕に捕まった。二人で寄り添い、ゆっくりと馬車に向かう。

屋敷を出たところで振り返ったヴィオレッタは、奥まったところにある塔を見た。

今はもう、あの塔は使われていない。使用人用の建物の近くに家族で暮らす用の屋敷を建てて、そこで暮らしているのだ。かつて彼女が暮らしていた妻専用の屋敷は、女性使用人用として活躍している。

「なんだか、懐かしいね」

ふいにエリクが言う。

「ヴィオレッタが嫁いできた頃のことを思い出したよ。当時の僕は、あらゆるものに絶望していた。それなのに、今は幸せで堪らない」

彼の視線を受けて、ヴィオレッタは微笑む。

「私も幸せです。こんなふうに温かい家庭をもてるなんて、思ってもいませんでしたから。すべて、エリク様のおかげです」

嫁いで来る前のヴィオレッタは、生涯自分は誰のことも愛さないと決めていた。

憧れの結婚も諦めていた。兄妹との仲がこじれても、愛した人を不幸にしたくなかったのだ。

――しかし、エリクに嫁ぐことになって、ヴィオレッタの生活は一変する。

最初こそ、年の差があるからという理由だったけれど、エリクの誠実さに惹かれ、彼女は心から彼を愛するようになったのだ。

たった十年で色々なことがあったけれど、それらはより二人の絆を深める結果となっている。

「ヴィオレッタ、今日のドレスもよりきみの美しさを引き立てているね」

「エリク様ったら、いきなりどうなさったのです？」

見ると、エリクは蕩けるような笑顔でヴィオレッタを見つめていた。

「さっきから言いたかったんだ。今日のきみも愛らしい」

彼女はほんのりと頬を朱に染めてお礼を言う。

夫は変わらず歯の浮くような言葉を言うけれど、いつだって瞳は真剣で、そのたびにドキドキする。いい加減慣れてもいいだろうに、嬉しいのだから仕方がない。

エリクが先に馬車に乗り、ヴィオレッタは彼の手を借りて、馬車に乗りこんだ。向かい合って座り、それぞれの隣に子どもたちを座らせる。

ずっと、求めていた温かな家庭がここにある。

滑るように動き出す馬車のなか、ヴィオレッタは幸せを噛みしめるのだった。

濃蜜ラブファンタジー

# ノーチェブックス

Noche BOOKS

## 豹変した婚約者の淫らな手管に堕ちる

## 愛しい人、あなたは王女様と幸せになってください

**無憂**

イラスト：天路ゆうつづ

令嬢クロエは、騎士・リュシアンと政略的な婚約をしていた。しばらくは穏やかな婚約生活を営む二人だったが、ある日、王太子の妹の護衛に抜擢されてから、リュシアンの様子がおかしくなってしまう。美しい王太子の妹に惚れたのだろう、とクロエは婚約の解消を申し出たのだが、なぜか断られてしまって……？

詳しくは公式サイトにてご確認ください

https://noche.alphapolis.co.jp/

この作品に対する皆様のご意見・ご感想をお待ちしております。
おハガキ・お手紙は以下の宛先にお送りください。

【宛先】
〒150-6019 東京都渋谷区恵比寿4-20-3 恵比寿ｶﾞｰﾃﾞﾝﾌﾟﾚｲｽﾀﾜｰ 19F
（株）アルファポリス　書籍感想係

メールフォームでのご意見・ご感想は右のＱＲコードから、
あるいは以下のワードで検索をかけてください。

アルファポリス　書籍の感想

ご感想はこちらから

本書は、「アルファポリス」（https://www.alphapolis.co.jp/）に掲載されていたものを、
改題、改稿、加筆のうえ、書籍化したものです。

# 結婚相手は、情熱的すぎる紳士でした

如月あこ（きさらぎ あこ）

2024年 6月 25日初版発行

編集－黒倉あゆ子
編集長－倉持真理
発行者－梶本雄介
発行所－株式会社アルファポリス
〒150-6019 東京都渋谷区恵比寿4-20-3 恵比寿ｶﾞｰﾃﾞﾝﾌﾟﾚｲｽﾀﾜｰ19F
TEL 03-6277-1601（営業） 03-6277-1602（編集）
URL https://www.alphapolis.co.jp/
発売元－株式会社星雲社（共同出版社・流通責任出版社）
〒112-0005 東京都文京区水道1-3-30
TEL 03-3868-3275
装丁イラスト－國月
装丁デザイン－AFTERGLOW
（レーベルフォーマットデザイン－團 夢見（imagejack））
印刷－中央精版印刷株式会社

価格はカバーに表示されてあります。
落丁乱丁の場合はアルファポリスまでご連絡ください。
送料は小社負担でお取り替えします。

ISBN978-4-434-33460-3 C0093